江湖边像一本书，翻开酒气四溢，合拢
江湖无迹。画中人外，犹有看画人。

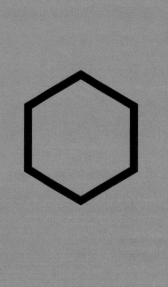

蚂蚁书架

江湖边

匡笑余 著

天津出版传媒集团

天津人民出版社

图书在版编目（CIP）数据

江湖边 / 匡笑余著. -- 天津 : 天津人民出版社,
2023.5
ISBN 978-7-201-19210-9

Ⅰ.①江… Ⅱ.①匡… Ⅲ.①散文集—中国—当代
Ⅳ.①I267

中国国家版本馆 CIP 数据核字(2023)第 026896 号

江湖边
JIANGHU BIAN

出　　版	天津人民出版社	
出 版 人	刘　庆	
地　　址	天津市和平区西康路35号康岳大厦	
邮政编码	300051	
邮购电话	(022)23332469	
电子信箱	reader@tjrmcbs.com	

责任编辑　伍绍东
书名题字　张无戒
扉页字画　玄　同
相片提供　江湖边·小生活
装帧设计　明轩文化·王烨　张无戒
TEL:23674746

印　　刷　雅迪云印(天津)科技有限公司
经　　销　新华书店
开　　本　880毫米×1230毫米　1/32
印　　张　11
字　　数　200千字
版次印次　2023年5月第1版　2023年5月第1次印刷
定　　价　68.00元

目　录

叁·秘密后院

壹

永年

旧山河平平常常，
故人家凄凄凉凉。

一世人, 两兄弟

我们是命里注定的兄弟。

吾兄生于七月初二, 我生于七月初三。

一

我哥长我三岁, 三岁的距离, 隔绝了童年我们哥俩在一起玩耍的一切可能。

他有他的大朋友玩, 我和我的小朋友耍, 我们的朋友圈互不交集。很多时候, 我也想和我哥他们一起耍, 这样会有一种被大朋友看得上并罩得住的荣誉感和安全感。我哥从没带我玩过——他跟我不同, 他没有江湖气, 更多是斯斯文文的书生气。他安静地和他的大朋友们度过了安静的童年。生性爱动不愿安分的我, 一直不晓得他们这班大朋友那时候究竟是怎么玩耍的。

不熟悉, 也猜不透我哥的童年游戏, 但另有一个游戏却是我们哥俩一直在玩的。

因为我们哥俩生日只隔一天, 于是我会在头一天先祝他生日快乐, 然后次日他回祝我生日快乐, 像一场不服输的推搡, 你若给了我一拳, 我也必得将这一拳还回去。我们两兄弟从出生之始, 就共同参与了这个游戏。这个游戏里只有我们两个人。我们俩还将继续玩下去，直到此生别离。

虽然这个游戏已经玩了半生，但我每年除了祝我哥生日快乐之外，从没送过我哥任何实质的生日礼物。倒是我哥，总会在我生日那天给我礼物。这样看来，好像我哥就是游戏里不变的输家一样，总要付出彩头。

印象最深的生日礼物是，自从我哥参加工作后，每年逢我生日那天他都会给我转一笔钱。最初通过存折转账，后来打在银行卡上，再后来有了支付宝，我就没有收到过了——因为只有我那当家的才有支付宝，我没有。我很想跟我哥说，微信也可以转账啊。

不晓得我哥记不记得一些童年我们哥俩一起玩乐的趣事？我记得我们一起偷偷拿着木制驳壳枪出去显摆过，后来被爹妈抓回来数落了一顿。平时这把枪郑重得像把真枪一样，深锁在爹妈的柜底，那是他们年轻时演出《长征组歌》的道具。那次之后，父母似乎感觉到对我们哥俩的歉意，又专门托姓敖的木匠做了两把，母亲还系上了红绸子。后来，它们跟那把道具枪一起，成了过时的旧物，被束之高阁。

大约有两个暑假，我们还和不知为何突然想要学游泳的父亲，兴致勃勃地去练凫水。当年的家境并不富裕，父亲那一回却大手笔地在后来我哥读书的轻化工学院买了三个游泳圈回来。我们爷仨光着膀子，顶着八十年代的日头穿过树林越过田野，走过长长的盐场废弃的柏油石子路，接连"扑通""扑通""扑通"跳进乡村的池塘，浑然不顾一旁全无任何装备的附近村落小孩们鄙夷的目光，回忆着电视里的各种蛙泳蝶泳，各自趴在游泳圈上打水踢脚，偶尔回头，就看见那时候还年轻的母亲出现在远远的山坡上林荫下，撑着伞看着我们爷仨。母亲是担心我们出意外呢！她说：

你们仨爷子，没一个会凫水的，还不担心你们啊？

童年记忆，已然稀奇。如今父母年逾古稀，兄弟各处南北，长年不得一见。那三个游泳圈依然在旧居的柜顶，我依然不会凫水。家乡的池塘不知是否清澈依旧？那山那水，是否还深藏着当年打着光胴胴儿的三爷子的记忆？我在南国的台风之夜，想起这些，伴着当年你引导我听的陈百强。

二

我哥是最初影响我的那个最重要的人。

因为长我三岁，当我还在初三时，我哥就已经上了大学。

自高中始，我哥就开启了他后来离乡别井的努力。他真的很努力，凭本事从乡村中学考上了省重点高中。这是一座百年名校，创建于光绪二十九年，延续至今，走出过包括李宗吾、许祖熊、黎英海等学子。

这座百年名校历年校训颇为好玩：1949年前是"做堂堂正正的人"，1962年改为"根深叶茂，事在人为"，1993年是"求是，创新，坚韧，奋进"，1998年又提炼成"以人为本，以章治校"，到2003年终于改成了"坚持以人为本，促进和谐发展，培养创新人才"。又很多年过去了，不知道现在的校训是什么。

凭硬本事,打拼自己的天地,这是我哥一直秉承的气节。他跟我念过陶行知一句话,勉励这个只爱文艺和拳脚的弟弟——

　　流自己的汗,吃自己的饭,自己的事情自己干,靠人靠天靠祖先,都不算好汉!

这话我一直记得,虽然我执行得不好,但字里行间的豪情却一分不少地转接到了我后来所有的创作里。我现在对各种奖项不在意,可能也和这句话有莫大干系(结果我哥现在没事就晒我侄子的各种荣誉,这让我不免猜疑,可能我哥觉得把我引导错了,要通过重塑儿子来找回那句话的真相)。

去了县城读高中后,我哥并不经常回来,最初我很想他,因为家里少了个人。家里只有我一个儿子了,还是最不让父母省心的那个,父母的指责自然就只剩了我这一个目标。日子不好过的时候,我就很想念我哥。到了后来,我想我哥能尽快回来,却是因为另外的理由了——去了县城之后,我哥的眼界和接触面大了很多。每次回来他都会给我带一些县城的玩意儿,除了那把九毛钱买的塑料战刀(有护手那种哦),还有个最重要的影响我一生的东西:磁带!

我的母亲教过音乐,家里有很多油印的歌谱。每周一晚上,父母去开教师大会,我就会和我哥把这些歌谱捧出来,一首首地唱。没有伴奏,就是干唱。当年的革命歌曲,《绣红旗》《映山红》《泉水叮咚响》《嘎达梅林》,等等,都很好听。

母亲让我成了一个爱唱歌的人，而哥哥，则让我成了一个爱音乐的人。

最初是罗大佑那盘《之乎者也》，然后是崔健《新长征路上的摇滚》。冥冥中似乎我哥不自觉地，从一开始就给了我两条音乐道路的指引，前者是风花雪的性情抒发，后者是硬邦邦的责任呐喊。或者，他就是那个上苍遣来指引我此生投身音乐的人。

音乐，是种生来性灵的选择，其间不容半分勉强。

有段时间，在我哥影响下，我特别喜爱刚出道时的姜育恒。有次周日，我哥难得回家，两兄弟领命在擦窗子。边擦我边没话找话地向我哥请教，他最喜欢姜育恒哪点。我哥站在凳子上抓着抹布说："他的唱法有种压抑感，压抑感来自生命的不得已，正是这种不得已动人。"那时我不太明白这种压抑感是什么，就把自己关在房间，也不开灯，黑沉沉的，坐在床上唱《想哭就哭》，就有一点点体会到我哥说的意思。但是我没来得及完整体会明白，母亲突然就把门打开了，用一贯严厉的腔调说："原来你在这里！灯都不开！到处喊你都不答应！皮子痒了？"

未几，我哥上了大学。大学是个更开阔的世界，从那时开始，我又接触了粤语歌：从谭咏麟到徐小凤，再到太极，从林子祥到陈百强……

我哥那会儿带回来的磁带都是借同学的，我们哥俩还都没富裕到有用来满足文艺的钱。多数时候，我哥都会转录了给我留下。但这样一来，我要抄写好多歌词；二来呢，即使空白磁带我们哥俩也没有那么多，于是只好把暂时不听的又抹掉，去录新的。我就是这样接触并学习最初的流行歌曲。有时候，我哥带回来的只是一盘磁带，专辑内页可能被别的同学拿走了。这就让我很为难，尤其粤语歌，我完全不知所云了。我只知道"丫桑"是"一生"。凡事皆有命里注定。我后来到广东驻扎，和这段听粤语歌的经历有无关系？我想多少是有一点的。

三

很多年后，我有了自己的专辑。

第一次把自己的专辑送给父兄的情景，是这样子的：在上海，临行前夕，候到他们都睡下了，我把父亲给我准备的海派黄酒喝了个饱，壮够了胆，才把专辑拿出来，谨慎地放在我以为他们会经常打开的电视柜放VCD的抽屉里。我不敢当面给他们，这里面有亲情的腼腆，也有中国传统家庭因长幼之序带来的至亲之间也存在的距离感。

直到去年巡演到上海，我才真正邀请他们一起来看我的演出。在音乐里，我是另一种存在，一种和他们的印象完全不一样的存在，这种存在是我后来独自的成全。虽然我爱这个独自成全的自己，但这个自己很明显和父母的儿子、哥哥的弟弟完全不一样。我爱他们的方式就是，尽量让他们感觉，我和从前一样，虽未必更好，但一定没有更坏。

更重要的是，我的音乐一直都是我自己的事情。若干年来，我带给家族的，除了让他们担忧，并没有任何回报。有一年我竟忘了父亲的生日，错过之后，父亲说了句话让我椎心惭愧，恐怕一生一世也不敢忘怀。父亲说:"忘了我的生日不要紧,只要你们过得好就行了。"父亲对己有一日三省之德,对我们哥俩则有无限的宽容。我知道,他没期望过我能通过音乐给他什么回报。但有没想过要给父母回报,则该是赤心如我应该想到的。

处下不争、自知自爱,只这两袖的清风,拂得身心内外,一生如此,便是喜人。我清醒地活着自己的样子,瞪眼看着家人的焦虑关切,我只能把自己活得更像个人样——不是有钱人的样,是真人样。我相信他们也会开心的。

不止一次,我在舞台上说起过我哥对我的影响,相信他也知道。但他从未问起过我关于音乐的只言片语,我们哥俩就是这样,都揣着明白装糊涂呢。我也几乎不问他的工作。我的交往只看一个人的状态,一个人状态齐整,再打水漂关怀些人家都已经安顿得很好的事情,就有点绷着客气说套话了(可见我是一个多么不会聊天的人)。言谈其实距离心灵太远,好坏也并不在言语之中。真心真情,一目了然。

在我摸不着方向滞留于山城、衣食无着的那些年,我哥助我不少。老样子,嘘寒问暖极少,但生活费用却是但凡张口必有。我的第一把吉他还是我嫂子给我买的。我的四川家族的父老兄弟姐妹,他们亦然。直到去年春节回家,侄子还说:"以前你回来,他们还给你钱呢。"

一世人,两兄弟,生来如此,后来亦然,我们对得起"兄弟"二字。

我的主人家有个让我叹为观止、心服口服的说法,她说:"你看'哥'加'欠'是为'歌',你唱的歌,都是你欠你哥的。"

我无话可说。

关于我哥,我其实本该也无话可说的。

两兄弟有什么好说的呢?

好

吾兄

在你生日的子夜我诞生的前夕

但饮此杯

用窗外的风雨下酒

用遥远的乡愁下酒

用那些年的林子祥陈百强

用谭咏麟用旧达明

用虽已模糊的记忆却历久弥坚的手足情义

下酒

初稿于2017年8月23日,吾兄是日47岁

修改于2018年8月12日,吾兄48岁夜

此世清名在人间

——关于歌曲《爷爷的名字》

从来没见过爷爷。1973年我出世的时候,爷爷已去世13年。

一、家谱的记载

匡姓一脉,源自春秋。

始祖句须公为匡邑宰,以邑为姓,世称匡句须。句须公有子七,长子名裕,余子名号不传。弟兄七人天性好道,齐于江西庐山结庐修道,五人成仙,故庐山世称匡山。周天子慕之,欲为朝辅,隐而不出,仅余草庐一座,故又名庐山,或匡庐。古人诗云:"峨峨匡庐山,渺渺江湖间。"即此也。

自句须公至入川祖瑞赏公共一百世,其间垂直世系中修道好学者众多。如二十四世祖禀,慕道修仙,寿一百二十岁。三十世祖衍,汉尚书令,其弟衡,凿壁偷光,建昭三年拜为丞相。

始祖句须公本籍山西晋阳。至五十八世祖胄,唐贞观八年任吉州别驾。巡视属地,道经泰和祁州,见风土淳厚而居焉,匡氏一脉遂入江西。一百世祖瑞赏公,清乾隆年间自赣入川,定居叙州府富顺县下西路板桥场,瑞赏公故为匡氏入川始祖。

我就是瑞赏公传下的川派七世、通派一百零七世裔孙。

"夫谱,尤史也。家之有谱,无异国之有史……谱者,溯本宗所自出。序昭穆,定尊卑,辨同异,明是非也。"蜀中匡氏迄今仍有家谱二册,一为清光绪本,一为宣统本。毛笔手书,历历在目。2012年清明,回川参祭爷爷百年冥诞,其间协助父亲第二次修订家谱。拆散装订线,那蝴蝶装的纸页间竟断续藏有田契或拜师契。如今田地不在,拜师的人也早完成了他那一世的宿命,只有古稀的父亲远在沪上搜索着记忆奋笔写下祖辈们的留世经历,而我在岭南用音乐和想象勾画着从没见过的爷爷了。

二、父亲的讲述

爷爷那一辈行"祚",名祚塘,号茨萍。其父,即我的祖祖国储公,号君甫,办油厂、开钱庄、任团政。故老相传,国储公忠厚热忱,面善心慈。钱庄名曰"元玉",其所开银票通行四十八州县,即使外省亦无碍兑换。1992年12月12日下午,族中百岁老人、爷爷的同庚叔伯兄弟祚林老人对我父亲讲起祖祖一件往事。说有陕西客人一名,存若干钱财在祖祖的元玉号。后陕西客人病逝异乡,家人不知其在元玉号存钱事宜。祖祖得知,费二三年工夫,派人辗转找到陕西,通知其家人。其家人感动之余,率数十乡里自陕西抬匾来谢,未入场口,即敲锣打鼓鸣放鞭炮,直达元玉号。可见祖祖家风之厚。其时,外地头面人物初至板桥,必先拜会匡君甫。或江湖相见,或排忧解难,匡君甫莫不赤肝义胆,慷慨解囊。

爷爷继承了他父亲忠厚热忱的性格,成人后即入帮袍哥,拜为袍哥老五。据父亲说,爷爷专门司职各个码头的迎来送往,乡里皆呼以"五爷"。即使在爷爷去世十数年后,奶奶牵着我走在板桥的街上,一路上还不断有"五嫂"的招呼问候声。

叙府宜宾,万里长江第一城也。年轻的爷爷在这里学艺时娶得了当地文姓商人长女为妻,即我奶奶,生育儿女七人(五男二女):长子、次女、六子、七女均幼亡,三子、四子、五子(即我父亲和大伯三叔三兄弟)成人立家,儿孙满堂。初,爷爷在宜宾成家立业,后避空难,携妻儿返归故里板桥。

1960年,爷爷在肿病医院咽下这世道人间最后一口腌臜气。当其时,妻儿均不在身边。

三、我的目睹

2012年清明,和一众亲人从爷爷的坟头回来的路上,我再次看到那排隐没在雁荡(堰凼)竹林里的、曾经爷爷留下的、如今属于别人的匡氏祖屋,哀伤不已。

油菜花开的季节,漫山黄绿。老屋前的竹林依旧浓密。风吹茂竹,如故人相问。竹林前的小溪已不复存在,早被开辟成了一大片的鱼塘。小桥依旧,上面一定还有祖祖带着爷爷、爷爷带着父亲、父亲带着我走过的足迹。卧槽于其中的背山,被一条没有修成的路直刺其中,如一道被翻开的红色伤口,说着山水与年光的疼痛。

这是一座明堂与靠山均有考究的祖屋。背靠小山,房屋掩藏在山腹里,门前院坝下的那片竹林如一扇影壁,照顾着身后的人家。竹林前是一条潺潺奔流的小溪,一座小小的石桥横担其上。正对祖屋的左边有条石板铺就的小道,像一只接待远客的手臂。

小时候,祖屋的布局就是这样的。它有个好好听的名字,叫作"雁荡"。

爷爷归天后,父亲外出读书,大伯和三叔分居在祖屋两套不大不小的房子里。祖屋有间大大的堂屋,里面空空荡荡,只有一张吃饭的方桌和四条长凳了。多年以后,就在爷爷曾为全家大小烧菜做饭的灶台边,年轻的三叔一边往灶孔里塞柴火,一边急火攻心地威胁我,再不肯吃饭就打我一顿。古老的房梁上曾经出现一条大蛇,他们没有打它,据说这叫家蛇,打了会遭殃。我相信这样的传说,因为我们是连仇人也不会大声说出他名字的人,我们必须为家族的兴旺留下哪怕系在一条蛇上的希望。

祖屋有高高的门槛,严密的屋檐。我最大的爱好,就是坐在门槛上看屋檐下的风雨,看外面风雨中飘舞的竹林,湿润的田地。爷爷会喝酒。父亲和大伯三叔都说,姓匡的不管男女都是喝酒的。甚至家族每个人都会说的一句话是:"不喝酒还是姓匡的哦?"语气有十二分的自豪与对对方的鄙夷。爷爷的上一代,族里有自己的酒厂,不为卖钱,只为族里人自己喝够。现在我也会喝酒了,可以随手就掏出一个酒瓶来,但是再也没有给我坐的门槛,再也没有为我蔽雨的屋檐,我只能走在不同的异乡路上掏出酒瓶来,喝一口,想一想他们。

父亲毕业之后做了一辈子的人民教师,这让我从小就有一点拥有城镇户口的虚荣心,好像不再拥有乡村子弟的身份是多光彩的事一样。每逢假期回到板桥走回雁荡的时候，我总有一些和这块土地格格不入的斯文秀气。如今年已不惑，回想起来深以为憾！须知，这是爷爷把奶奶从叙府接回来的路，这是爷爷被禁足过的路，这是爷爷带着少年大伯步行数十里出去卖草鞋卖盐巴的路，这是爷爷背着年幼的幺女去看病的路，这是爷爷背着患关节炎的父亲去治好病又把他背回来的路！我本可以揣着少年的无知天真地呼喊奔跑在这条路上，当山风扑面的时候，我可以隔着年光和爷爷欢乐地对话——你看，孙儿健康敏捷，还是二级武士咧！爷爷的魂灵会隔着年光，化作一缕深情的山风，拂过我的脸庞。即使只是那么一瞬，那也是遇见啊！是的，就是深情！从未谋面的祖孙相遇，只是如许的深情。深情得像人间，深情得像一壶你一口我一口彼此相望喝完的酒。

曾共九天把酒，同来人世言欢。

彼此相约不见，回首白浪滔天。

——癸巳八月廿一寄先祖

爷爷身材高大，性情温厚，这点在父亲身上得到了极好的遗传。父亲说，在油盐最艰难的年代，一家人常以干锅菜、白水汤（即无油煎的菜，无油煮的汤）度日。一次，儿时的父亲不小心打碎了油罐（当时如此珍贵的东西）。爷爷并未打骂父亲，只是让父亲赶紧拿碗来，然后爷爷将残油一点一点捧进碗里。爷爷的教育方式直接让我成了受益者，四十年来，父亲从未打过我。我唯一被打可能就是练拳的时候被师兄弟们拳打脚踢过，所以我练得狠，我想我爸都不打我还能让外人打我？印象最深是上初中的时候，我把父亲上面有各种规尺的测量板玩断了，想起父亲教育过说"凡有错事，不当隐瞒，据实上报，宽大处理"的话，鼓起勇气对父亲自首了。果真，父亲履行了诺言，还赞扬了我坦白诚实，然后自己用胶水把板子仔细地粘好。

那时候不知道父亲有否忆起爷爷，如果有的话，父亲该很自豪呢。因为父子两代的身体力行，让一种宽厚的家风完整地继承了下来。现在，还有多少家庭拥有那种叫"家风"的东西呢？我为自己生长在这样的家庭自豪，为自己拥有如此通情达理的父亲、爷爷、祖祖，庆幸无比。

除了爷爷年轻时和奶奶合拍的一帧黑白小像，我从未见过爷爷，然一往情深至此，非至情至性同祖同根之心血澎湃何以释焉？我曾自信地以为，此世乡土此世姓氏，不过都是因缘际会，当不执不着，莫沉莫溺，终究元神不受此羁绊，遂只身飘零，远走他乡，乐得自己逍遥自在。而今岁月草草心绪寥寥，方知入世之难，身在人间之不易。佛说因果，道演承负，而造化更在三世之外。用情不深何来历世之真？人间，就是让我们此世人身好好历练的方所。欲求仙道，先修人道。空谈"无分别不执着"本身即妄语。太上忘情，并非无情。人间修行不谈人情简直就是睁眼说瞎话，枉费了父母给的这副人模人样。人情之深之真，全在亲情。观得亲情，识得人间。这恐怕就是"弟子归"的真义所在。

我跌跌撞撞追寻着一个如此陌生而又如斯血肉粘连的名姓，看见沿途的人情世故，风物景象都如镜花水月，沾身即逝，如风拂面，冷暖顿知。遥望天边，黑夜灯火辉煌的广州上空集聚了人间所有的思念。思念是甚？是对遗憾的不甘，是渴求生命的圆满，是杨柳岸晓风残月，是今夜扁舟来诀汝，是佛是道，是整个人间，是即使瞒天过海也无济于事，最模糊的那一念。

思念就是那点私心，是我为爷爷写的这首歌。

最后，用我父亲回忆录里的一句话做结尾："我七岁前，家境殷实，吃穿不愁，能保温饱。"

原文收录于秘密后院2013年专辑《弟子归》

癸巳八月廿一

家家一副旧门牌

——关于歌曲《解放街73号》

直到上了初中，我才知道外婆原来姓金。现在，顺着解放街73号从镇口一直走出去几里远，在公路边的山坡上有块石碑，上面刻着"金氏老孺人"名讳，外婆就躺在那里。她的旁边是外公，他们携手走出了解放街73号，再也没有回来。

外公外婆的家在沱江边的一个古镇，古镇有座山，名曰"牛王山"，传说有牛王在此成道，于是古镇就叫牛佛。"九街十八巷，中间有个鸭儿凼，五省八庙七栅子，河北老街隔河望"，解放街73号就在九街十八巷中的一条青石长街。街上还有一座王爷庙，小时候我经常从王爷庙的石阶一路向下，就跑去了江边。那时候的王爷庙美得很，庙墙高耸，上面画满了五彩斑斓的壁画。庙里供奉的是天真童子。这名字充满了童心野趣，其实就是哪吒，因为他和海龙王的战绩，所以靠江讨食的渔民们祈望他能护佑这方水土平安。有一晚我喝多了酒，醉倒在王爷庙门口，还是外公打着手电找到了我。最后一次进庙，却是数年后在庙里广场上为外公做法事了。

在外公去世前数年，外婆已更早地谢世。

这是条宽敞的青石长街，逢赶场的日子，数不清的乡亲就背着背篓从街上进入集市。他们守着蜀人的古礼，头上缠着为诸葛武侯戴孝而传下的白色长布,嘴里叼着各种式样的烟杆。他们好像互不相识,又好像熟稔得不得了,一路打着哈哈拥挤而过。每次都会有和外公外婆相熟的乡亲或远房亲戚,赶完场就把装满货物的背篼寄放在外公外婆家,然后甩着手去泡茶馆。他们身上都有浓重的烟叶子味道或者烧酒味道,每张黝黑的脸都布满属于土地的沟壑。外公是个很斯文的人,每次他笑眯眯、轻言细语地和他们打着招呼,指点着堆放背篼的地方。他们说话的嗓门都很大,一口一声"聂二爷",让小小年纪的我总是怀疑他们都要借此留下来一起吃饭,并且还要喝很久很久的酒。

从那块刻着"解放街73号"的门牌下跑出去,就是林立着各种店铺的有着各种名号的街道。街道上布满了牛佛蒸笼、豆花饭店和羊肉汤馆,当然还有众多的茶馆。在老码头的街上,有间茶馆已逾百年,里面还坐着那些头裹白布抽着叶子烟的人们,他们像是已经在这里喝了一千年的茶,但是不知道他们还能喝多久了。

以前是没有自来水的,镇子上的人们都在沱江里洗衣服。即使冬天,孃孃们赤着脚站在江水里,一边洗衣服一边指着对岸的牛王山给我讲牛王菩萨的故事。据说,牛王他老人家得道后并未离开,还一直住在山腹里。山腹处有个像螃蟹肚皮的凹处,那就是他老人家的家门。据孃孃们说,如果在夜深人静的晚上侧耳倾听,还能听见他在里面纺线的声音。有很多很多的汽划子从江面驶过,它们冒着烟从很远的地方驶来又向很远的江面驶去。更多的是渔民们自己的小木船,他们在船上喂鱼鹰撒渔网。那时候的沙滩广阔平坦,阳光下有细细的金光一闪一闪,比米粒还小,大人都说那是沙里的金片。我曾经热衷于翻捡它们,因为我相信搜集到一定数量就能像金子那么值钱。沙滩上晒满了渔网,白白的,搭在竹三角上。有时候还有远方游走江湖的各种杂耍团,他们将沙滩的一部分用帷幔围起来,一个人坐在门口收门票。有卖艺的,有耍猴的,还有美女蛇。沙滩上还有废弃的渔船,找不到小伙伴的我经常爬进去玩,但里面已没有它的主人的一丁点儿痕迹。

江对岸牛王山下有一块两三米高的石头,以前我们回外公外婆家,就从县城坐班车到对岸下车,然后在那块大石头下等渡船。有时候就从县城直接坐船过来,但那样会很久,半天工夫才能摇到牛佛。公路修通之后,渡船也就退出了历史。很多时候我会看着江面出神,怀念以前等渡船、隔着江岸和前来接船的长辈们互相招手吆喝的时代。

一切都不复从前。

河沙利润越来越大,越来越多的翻沙船来到牛佛,它们取代了汽划子和渔船,将河沙一船一船地运走,留下一个不堪入目、再也无法落脚的沙滩。只有目睹过昨日美好的人们才会知道,顺着那些百十年的石阶走下的码头,曾经多么的美丽。

六舅舅教我游泳,八舅舅教我打拳,也都是在这片沙滩上。很显然,这两样我都没有学会。现在我更喜欢去水边而不是山上,可能和我在儿时的沱江边留下太多遗憾相关。

从刻着"解放街73号"的门牌走进去,是外公外婆三进式的家。一进门是个小小的客厅,然后是舅舅的卧室,再里面是外公外婆的卧室。里面有个很老式的木头柜子,我哭闹的时候,外公就会从那个柜子里翻出他珍藏的糖果、饼干给我,长大以后,外公还从里面翻出过一瓶白酒给我。最里面是厨房。好像每个四川男人都烧得一手好菜,而在饭馆做了一辈子的外公更是厉害。他给大家做粑粑皮,给我做我最爱的酒米饭——好多年没再吃到酒米饭了!"你们外公一生热爱摸牌。"八舅舅说,"某夜十点过,早早躺下的外公竟又抱着麻将走出家门,一边念念叨叨:没打牌硬是睡不着哟。"

外婆没读过书,她一生去过最远的地方可能就是成都。外婆有很典型的乡下发音,比如她说"二"念的是近似于"累"的音,每天早上她就叫着"小累小累"的把我叫醒。外婆去世后,她的口音就失传了,再也没有人这样叫我,我只能继续小累小累地活在这同样小累小累的世上。

我的母亲是老大,她从这里走出去遇见了我爸。她的弟弟妹妹们也一个接一个走出去,好像开连锁店一样,给解放街73号建了七八个连锁店。这些连锁店都很兴旺,过年过节的时候,他们就都回到这个总店来,探望两个留守的老董事长。我在门外的长街上奋力奔跑,有时拿着节日的烟花,有时呼扇着秋天的衣袖,跑着跑着,跑出了这个家门,跑出了这条长街,跑出了牛佛,跑出了四川,一个人跑去了最远的地方。

在岭南回望西南,耳边传来三十年前沱江水浪的声音,传来那些汽划子孤独的汽笛声,传来外公的摸牌声,传来外婆说既然还在唱歌为啥没在电视上看到我的疑问,传来九街十八巷里凝固的多少年以来的人们的打趣谑笑,传来只有深情的游子才会听见的无可抑制的回响。它们都像王爷庙被拆剩的最后的庙墙,护卫着深情的游子;而那块刻着"解放街73号"的门牌，像一个小小的放音机，播放着这些不成曲调的音符，随其自然地奔碌回荡在这匆促的世间。那些深情的游子们有他们独特的耳机，一连上线，他们就再不孤独。

原文收录于秘密后院2013年专辑《弟子归》

癸巳秋分前夕

心事重重度流年

——关于歌曲《夜航船》

孤灯苦雨夜航船,心事重重度流年。

当年明月当年事,恍若霸王别貂蝉。

据说,川人有三次大规模出川,一是蜀汉伐魏,二是十万川军出川战倭寇,三是眼前,难以数计的川人出川打工。从来川人并不乐意出川,因为出川的路太难。"蜀道之难,难于上青天。蚕丛及鱼凫,开国何茫然!尔来四万八千岁,不与秦塞通人烟",当年李白亲历出川苦旅后写下这样的诗篇。剑门难度,蜀道难穷,于是开辟了水路。幸好四川地处长江上游,支流水系众多,比如沱江就是长江的一个支流,多水的土地也才有了"四川"这个名字。川者水也,水者情也。这是片多情的土地,多情到外乡人只得以"少不入川,老不出蜀"来自诚,多情到她的子孙后世们宁愿在茶馆酒肆闲掷光阴,也不愿身出剑门扬名立万。然而,当多情的女子遇见薄情郎的时候,出川,又似乎成了川人自救的唯一途径。在宜宾或重庆上船,一路随波逐流,出三峡荡巴陵,浩浩汤汤直抵汉口,这是历来出川主要的路径。扯一帆风雨,荡八方征程,说来是多么的豪气干云,然而谁又知道,真正出川的游子们苦难的心情呢?

在传统里，川人爱自称"老子"，这似乎是粗俗的表现，但你不知道，川人还爱尊称对方为"爷"，"老子"和"爷"在一起的时候，"老子"还是又自谦了许多。我的外公就叫聂二爷。有二爷当然就有大爷，大爷就是我外公的哥哥，我的大外公。

外公那一辈是"忠"字辈，两兄弟一个叫忠富，一个叫忠贵。小时候我从来不知道还有一个大外公，直到八十年代一封从宝岛台湾来的信漂洋过海几经周折终于飘进了解放街73号，才引出一段被湮没的故人往事，好长，好长……原来大外公才是离家去得最远的那个人。

在我爸写的回忆录里，关于我的大外公，他如太史公造史，只叙不论，文直事赅，写下如下文字：

> 伯岳父忠富在解放前夕，跑到三多寨招兵点卖壮丁当了兵，把每月领到的津贴费寄回家中补贴生活。后随胡宗南部队撤退到缅甸，驻缅甸开荒种地，自备军粮。约两年后撤去台湾，退伍后定居台湾。台湾政府未发养老金前，靠卖小菜、打工谋生。

若以春秋笔法来写，一个人的一生真的就那么寥寥数笔。比如写一个神仙就是这样：某某年入道，某某年"嗖"的一声，成仙啦！但世人感兴趣的肯定不是成仙的结果，而是成仙的过程。每个人都想成仙，所以怎么成仙才是他们感兴趣的。历劫成仙的过程是怎样的辛苦艰险，仙人不语，旁人不知。仙人有仙人的艰险，凡人有凡人的苦难。大外公也常和大家絮叨他在台湾数十年来的经历，说起时，没有那种卖弄经历以此博人合不拢嘴的意思。他像是在给小孩子讲大人的故事，又像是在向家乡做记忆汇报，说到一些非常的事情时，他就像个说书人而不是经历者，比看客都眉飞色舞，好像这事只是他听来做了艺术加工一般。更像在说一个和他一起卖壮丁的老乡老战友，而不是自己。数十年漂泊流离，从军人到老百姓，种种经历恐怕早已让大外公有了一颗"嚼得菜根，百事可说"的不二定心了。那时候我在念小学，还没有资格坐上大人的酒桌，与他们一起把酒言谈，不知道大外公有没有情到深处唏嘘感慨的时候呢？

大外公第一次回来时，他送给我们这般小孩的礼物是每人一块电子表。把电子表的表盖掀开，就会叮叮咚咚响起一首好听的歌儿来。我的是一块红色的米老鼠，这让少年的我有点害羞，觉得戴着米老鼠去女生面前炫耀有点说不过去。但无论怎样，又实在争胜不过小孩子爱卖弄炫耀的虚荣心。

现在想来，那应该是我有生来第一件值得炫耀的高级货了。

第二次见大外公时我已念初中，我精心为大外公准备了我的礼物，腼腆地递到麻将桌上，大外公只看了一眼，说："我用不上这些，不要给我。"很有老军人斩钉截铁弃绝人情的语气，霎时间我就像在最喜欢的女孩子前做错了事一样，闹了个腆皮腆脸无地自容。

这件事埋下了从此以后我但凡送礼物都不合人心的毛病。我只按自己所想去送，但基本上我的所想都和对方的所好有很大距离。

我送他的是一本我花费了所有私房钱买的精装书，书名叫《秘传穴位点按法》之类的。我觉得经常点按合适的穴位对养生保健很有好处，现在我还经常在自己身上点啊点啊，自我感觉还是蛮有效的咧。

大外公身材高大，即使老了，脊梁也挺得笔直。回来探亲期间，他以牛佛为根据地，在几个侄女家轮流玩耍。据我观察，他和外公两兄弟唯一相同的爱好就是打麻将。所以不管去到哪儿，外公一定陪伴左右。除了陪多年不见的大哥，还有牌打咧！老人家老人家，真是越老越好玩的！

大外公来我家的时候，吃完晚饭，我爸就会让我扶着大外公去外面遛弯儿。这是我第一次扶着一位老人走在路上，走在他离开了数十年的乡间小路上。那时候的乡间，很有几分传统的遗貌。农村人家吃得晚，我们出去散步的时候，他们的炊烟才刚刚升起，弥漫在乡土田野，就是故乡故土的气息。那是夏天，有晚归的牧童和哞哞叫着的大水牛，遍野的油菜花里是蜜蜂嗡嗡的叫声，路上三三两两的农人或荷锄或担犁，至不济也背个背篓，吸着烟卷或叼着烟杆，走在各自炊烟升起的路上。一条废弃的石子马路通向一个废弃的盐场，经过一个个大大小小的池塘，有蛙鸣，有路边村庄大人小孩的喊叫，还有晚风吹动竹林、竹叶沙沙的声音。许多年过去，我和当年的大外公一样，再也没听见那熟悉的竹叶沙沙声了。记忆中大外公并不和我这小毛孩有太多话讲，倒是我对当兵打仗正感兴趣，会问他好多当兵时的故事。那些故事现在多想不起来了，它们可能隐匿在我后来看过的各种电影录像片里面，再也分不清那些故事哪是电影里的，哪是大外公的。

后来因为读书，毕业后出川南来，大部分时间都不在家，见大外公的时候就少很多了。2006年，家里电话打到广州，告诉我大外公已在台北去世的消息。再后来,我去了一个朋友的出租屋喝酒,两人喝了一个通宵。喝着喝着,我抓起他的吉他,就弹出了《夜航船》的前奏,它们在我心里就像茫茫大海上无星无月,不辨方向不明就里、孤独的摇橹声。这摇橹声,是漂流在外的人唯一的温情,唯一的依托,唯一的指引。

我写"穿过数十年的风,穿过数十年的浪,你看他摇啊摆啊像谁的身体",你看了这些文字之后就会知道:呀!原来风是那样的风,浪是那样的浪,而身体,原来是那样的意思。而"淑女"与"少年",他们在八千里路云和月的追逐里,又汇集成怎样的思念呢?总有些歌词是穿越你小小的天地,飘扬在世情之上的。你不知道的时候,风浪就是眼前的风浪;你知道之后,才明白风浪原来可以穿透时间拍过人间。

出川的人越来越多,出川之后,很多人再也不能回去。因此,我倒更敬佩那些简简单单出门打工、赚了钱回去盖房子的民工兄弟们。简单的念头让他们还有个故乡的皈依,而我,编织牵绊起各种人情丝缕,只一抬脚,仿佛就又回到一个孤单的自己。游子之苦,恐怕正在于此。

早在十年前,我就信誓旦旦对父母说:不必为我留房子,此生不会再回川定居。但岁数越大,世情识得越厚,乡情旧思也就越是浓烈,浓烈得像一口只存在于记忆里的烧酒。没喝到它就茶饭不思,食不甘寝不寐。故乡啊!交通越来越发达的今天,它倒像个越来越远的码头!我磕碰着腿脚在世间浪荡,原以为在找一个新的彼岸,谁承想,原来只是找到一条暗夜里漂泊、永不靠岸的——夜航船!

行文将尽，总有一个画面飘荡在我脑海里。那是1988年，离乡背井了无音讯数十年的大外公终于又站在他熟悉的沱江边牛王山下，看着隔岸来接船的失散多年的兄弟的时候，他是怎样的心情怎样的神情呢？半个世纪的光阴过去，英雄早已气短，独留这般的儿女情长。当年被一艘小船摇走的人，如今又将摇着一叶小舟归来。所有的时光、所有的苦难艰险、所有的少年心气赤子情怀，都遗落在这一江故乡的水面，不着文字，只得风流。

　　弟子归弟子归，弟子当知归。那墓穴里的更苍老的人啊，看见这少年兄弟老来逢，即使苦涩的笑，也总算圆满。

原文收录于秘密后院2013年专辑《弟子归》

癸巳秋分子夜

风雨流年面一碗

　　酷暑的广州,太阳不动,风云不动,花树不动,仿佛一切都在默默忍受。让风扇转到最快,默默地吃一碗面。汗水层层泛起,又叠叠滴落。身体减少动作的时候,能动的似乎只有心了。心里包着回忆,藏住了那些遥远的并不炎热的夏天,藏住了遥远得再也不可复来的故人故事。

　　生于七十年代小乡镇的人,小时候吃的挂面其实和现在的不太一样,而是粗粮杂粮所制。直到我上了小学,才出现一种叫"精面"的类别,更白,更柔滑。吃上精面,可能是记忆中家里生活第一次改善的标志吧。

　　父亲三兄弟,父亲在外教书,大伯和三爹在老家。每逢暑假或过年,我们就会回去。

　　老家那片乡村,围着稻麦水田,住着众多的族人。沿着细长蜿蜒的田坎,走过大片如镜面般的水田,穿过一道石桥,走进一丛竹林,从竹林里拾阶而出,就到了我们这一支的祖屋。

　　其实整个石阶之上、平台之间的屋子以前都是我们的祖屋。如今保有的是堂屋和两个厢房。大伯和三爹分居了堂屋和一间厢房,另一间厢房里住着他们的堂姐,我的二嬢。

　　二嬢是个患小儿麻痹症的残疾人,身高固定在一米左右。因为身体的缘故，二嬢不用出工，大部分时间都留在家里。于是每次回到祖屋，第一个迎接我们的一定是二嬢。

二嬢已明显是老年人的面貌，这让小时候的我感觉有些不能适应。因为我们都面对所谓的正常人太多太久，所以无法自觉地接受非常态的变故。

一年四季，二嬢都穿老式妇女的传统装束，斜襟带襻，前摆过膝。她手上长期不离一个小板凳，这个小板凳是她的拐杖也是她最好的伙伴，她就是靠它各处挪动，甚至进行各种劳动。

穿过竹林拾阶而上，二嬢穿着蓝色的土布旧衫，扶着小板凳，热情地呼唤着归来的我们。不论是什么时辰，二嬢一定会拉着我们在她的院坝坐下，然后她扶着小板凳去灶台为我们煮面。灶台很高，二嬢必须要站在小板凳上才能完成她的操作。贫困的二嬢没有更多可以拿出来招待我们的东西，她唯一能做的就是每次看到我们的时候，不管我们饿与不饿，都给我们煮一碗面，饱腹洗尘；并且，在面里搁下一勺足够多的猪油。

猪油，葱花，白白的面条。离开故乡之后，每次给自己煮上这样一碗面，都会想起二嬢。二嬢好像把一碗猪油葱花面演化成了一个符号，这个符号里凝缩着她自己、老家、乡土，还有乡土上飘过的风雨、数不尽的流年。在七八十年代的农村，在没有通电的时代，在即使白天也黑漆漆的灶房里，曾经有一个残疾的、过早衰老的老人家为我们煮过一碗一碗面条。耳边隐约又响起她从黑漆漆的灶房递出的声音：

小二,喜欢吃炝点还是硬点?

每一次她都会问。这成了她这辈子和我说的最多的一句话。

二孃早已过世,埋在爷爷奶奶的坟边。坟头不高,一如她在世时的身材。

约成于2014年盛夏广州金昌大厦

四十三年，望中犹记

我不知道为什么我这么思念永年。

早已没有可以回去的家门，早已四散天涯的儿时的伙伴；土里土气的街，街上指指点点的人们；一下雨就泥泞累赘的路，略显粗俗的俚语；杂乱破败的场头镇尾，车辆驶过带起的滚滚沙尘。

我不知道为什么我还那么思念永年。

乡下的地名被乡下话念了几代人之后，就有一种挥之不去的泥土味。然而，当它们行诸文字付诸页面的时候，就显露出它们本来的风范来。比如我出生的偏僻小镇，叫"福善"，既福且善。我真正生活长大的另一个小镇叫"永年"：德康寿永，在世长年。由地名而知，其间有多少先人们对后世子孙殷殷切切、绵绵密密的期盼祝福。然而我们都成了不愿归或归不去的游子了，那些地名空自蕴满泪水，在地图上和你无言相看，成了故乡最深情的召唤。

农历九月十四晚上的梦里，一个人突然出现对我说，你已经二十年没有回你生长的地方了。语气深沉，似点醒又像告诫。醒来之后，我不敢把这个梦说出来。我怕一说出来，就马上变回了那个还在永年学着长大的孩子。

寒露后的广州终于下起雨来。巴山蜀水，此刻涨的不是秋池，是此去经年的思忆。

不知道永年那个我跑上跑下上学放学的山坡,是不是也跟从前一样,有雨水从坡顶倾泻而下、漫延开来?现在的孩子们想必各自都有了自己的雨鞋吧,可以肆无忌惮脚踏秋水,游戏一场。那些栽满桑葚树的田埂上,我已错过了几秋的摘取?层层叠叠的梯田啊,又是谁家的少年在一步三探?屋后田间遍野的油菜花里,是否又有顽皮的孩童追逐着蜜蜂掰扯断菜秆?把菜秆做成各种机关枪冲锋枪的手艺,他们也会吗?那些追着我们的凶巴巴的农民伯伯们,他们都老了吧。

我不知道我为什么那么思念永年。

难道我想回去摘桑葚,再玩一玩用油菜秆做的机关枪?二十年来,有三两次在车上路过永年,我忍不住死死地盯着它的每一寸景象;我甚至期待突然从某一个旮旯跑出一个熟人,他正懵然无知地操持着自己的家务。我的双脚再未沾上过永年的尘土,永年,像一个被遗弃的妇人,老实巴交地默默承受着发生在自己身上的一切。

九月十五的晚上,圆月高挂。我坐在江湖边门口吹着秋风,抬头看一眼树影摇秋,又看一眼天心明月。手机里正好翻到一位老人出狱回乡,在母亲坟前静默的背影。一个老人家对另一个更老的老人家的凭吊,刹那之间让我对乡土有了更廓大的触动。朋友评论我说:"湘人、川人写故土,有种难以言表的情韵……有他自己那份像犁一样倔强,犁进土地里的深情。"可能因为我属牛,所以朋友把我和犁联系起来。然而我觉得,乡愁亲思,不外都是人之常情。观风雨,观江山,观落魄流离风云聚散,还有那似水的流年,能有这点常情观照,已然极好。

正逢其岁,适逢其日,是为题。

2016 年 10 月 18 日

如此还乡

一

小雪前夕，我刚从舞台下来，电话响起。

"是父亲打来的。"天真听我说后脱口而出，"可能是你大伯……"

果然，父亲在电话里说："你们大伯于刚才十二点零三分去世了。"

我在江湖边和回家的车上分别大哭了一场。哭的时候，我和大伯是单独在一起的。眼泪是私密的江河，它带走了私密的倾诉。

次日小雪。下午，按计划我依然参加了一个关乎庄子的现场。我唱了我写的《齐物论》，鼓盆而歌，泰然自若。四点半，我放下琴对台下拱手作揖："至亲去世，我要回川奔丧去了。"

南方无雪，而我心中，怀抱一捧小雪，开始了我奔丧的行程。

二

飞机落地宜宾，已是夜里九点。会合了从上海提前抵达的长兄，上了堂侄的车，夜奔老家。数十分钟后，车从老家新辟的乡村公路到了停灵的柑子林。我从车子一路的起伏转折，清晰感知到老家的临近。风景变了,地势还在。

柑子林原先种满了柑子树,距离大伯的老屋近在咫尺。现在的柑子林早没有了柑子树,建起了新农村的楼房,只留下柑子林这个昔日的地名。

下车就看见了夜幕中的父亲母亲,二哥六弟,我看见了他们我从没见过的样子:头缠麻巾,一袭白,在夜色里分外显眼。

早已设好道场,塑料布遮掩的坝坝头,白炽灯惨白。鼓乐齐鸣,阴阳道士们早已就位。

"快去跟你们伯伯上个香!"母亲搀掇着我的手臂。我和哥哥还有天真走进灵堂。为了方便吊唁,大伯并没有躺在他的寿材里,而是暂停在一个从殡仪馆租的透明塑料棺材,方巾覆面。墙上是他正壮年时的相片,浓眉大眼,英气逼人。

我说:"伯伯!小二回来送你了!"霎时湿了眼眶,再起身时眼泪就收了。吊唁莫哭,不扰亡魂。

哥哥说:"哪里有酒?我要给伯伯再敬一杯酒!"外面拿了酒进来,我和哥哥为伯伯添酒。墙上他黑白的眸子随我们移动着,我想起伯伯大口喝酒的那些岁月。他下酒的猪耳朵、鸡爪子,此刻摆在外间桌上,兄弟姐妹们招呼我们:肯定饿了,赶紧吃点。

四川的冬天真冷。我加上大衣围巾,用玻璃杯一杯一杯在露天坝坝头喝着,二哥六弟都在桌上,三姐四姐五妹都回来了。我既在久别重逢的兴奋里,也在送别大伯的哀伤里。酒很冷,握杯的手发抖,喝下去,心也在抖。大家情绪都很高,并无悲戚。此刻我们只是一群久别重逢的亲人,像小时候一样,一起经历着一桩家事。我们其实已经很久没有一起经历什么事了。

大哥不知道从哪个角落里晃晃荡荡地走过来，我说大哥坐嘛，大哥诡异地笑笑摇头，我说不喝酒也一起坐嘛，大哥以手抚腮，继续诡异地笑着摇头。

他两眼通红，步履蹒跚。

三

伯伯是在县城家里去世的，按老规矩，运回老家追悼下葬，所谓落土归根。落土之前，先选定吉日良辰，并预留数日停灵吊唁。因为大伯一家早已搬离了老家，所以吊唁的地方由留在老家的三爹的长子、我的波堂兄一力承担。正好他和他的二弟也就是军堂弟，在柑子林刚置下新的家业，这场子就由两兄弟扯起来了。

灵堂设在波堂兄新买的，还没使用的一楼铺面房，隔壁的麻将房本来就是波堂兄为未来营业设计好的，设备齐全。我的父母，也即伯伯的二弟二弟妹，就近住在军堂弟的新家。

两栋楼下就是我说的坝坝。坝坝是四川话，其实就是空地，平日用来晒谷子晾衣服挂腊肉，关键时候就可以用来设灵堂做道场。波堂兄请人支了塑料棚，摆了数十张方桌条凳，因为要连开几天的流水席。夜深时下起雨来，军堂弟拿着竹竿奋力地撑起塑料棚，把雨水往棚外引流。六弟见状，说你这样做得不对头，拿起一根竹竿去做正确的示范。

波堂兄腿脚有旧疾，居然爬上高高的竹楼梯，和电工一起牵线架灯。其中一盏灯要架在完全没有依凭的最高的棚顶,他让我搬了两条条凳,把条凳以一种奇怪但绝对符合力学原理的方式架在一起,楼梯架在这两张条凳上,我心惊胆战地帮他扶着,他咋咋唬唬波澜不惊地爬了上去。因为要用铁丝把灯固定在房梁,还要使力,我感受着从条凳上传来的力度。他倒无事,左绕右缠,迅速完工,身上那套崭新的波司登沾满混杂雨水的泥污。

负责流水席的是乡下做宴席的传统班子,穿州过府走乡过户,哪里有红白事他们就到哪里去。锅碗瓢盆一应俱全,垒灶备料,几个妇女和一两个掌勺,麻利得不得了。备菜之外,还有一位幺师,就是掌茶师傅。这个幺师年近七十,个子不高,衣裳裤子都是四川乡下的样子,唯独头上的帽子彰显着行业的行头。那是一顶黑缎子的瓜皮帽,圆圆的,扣在头上,提醒着熟知往事的人,此地原是袍哥的码头。一条青布围腰,上有一口袋,里面装着层层叠叠的一次性纸杯,每个纸杯里早放好了乡下人惯饮的花茶。通常,他右手提着大茶壶,左手拿着空纸杯,游鱼般在人群中穿梭来去。他的眼很尖,总能发现那些刚来报到的来宾。当你还不知道何去何从的时候,他就会拖着一双军绿胶鞋出现在你面前,迅速倒好一杯茶递给你。人们多已有了自带保温杯的习惯,他就会让你把保温杯掏出来,然后给你加水添茶。他的记性表现了足够的行业素质,因为他能记住几乎每一个人。比如我站在一边发呆时他会走来,我刚摆手,意思我不需要添茶,他就会说那你的保温杯添点水嘛!添完水他还会记得问我:咦,你婆娘呢?她的保温杯也要加水了哦!

四

大伯的这场葬礼，更像一场故人重逢的见面会。

坝坝宴席中，会突然走出来一个陌生的中年人，一脸亲切地跑来问我："你还记得我是哪个不?"多数时候我能通过一旁兄弟们的及时提醒想起来，还有些想不起来，他就先哈哈一笑自打圆场，大概意思是：你年纪轻轻记忆就这么差，然后也不告诉我他是谁，转身就走了，像打了一场漂亮的胜仗。

我的心事一直系在灵堂里静静躺着再不会骂人打人的大伯身上。当了一辈子家的大伯，终于不能起来招呼客人了。

在大伯身边，还有一个人。他是大伯这几年请的护工，六十左右了吧，一直安静地坐在塑料棺材旁的旧藤椅上抽烟，香尽了续香，油枯了添油。每次我进去上完香，就会给他一根烟，帮他点燃，然后一起坐一会儿。大伯不说话了，我们也不说话，世间喧嚣都是门外的事了。

五

落土下葬那天，腿脚不好的父亲像个在这块乡土上已经活得无所谓的老人，拖着一瘸一拐的双腿，走在刚刚送完他的大哥的路上。

路上经过一村落的一间房，此房是父亲的太爷爷买下，为区别老屋而叫新房子。遇到一个他的长辈，这位长辈拉住我爸大声说："匡诗炜！我昨天梦到你大哥了！"这位长辈一句话就把我爸留下了。

他不再瘸着他的腿往前走,停下来问她:"大嬢！你梦到啥子了嘛?"

大嬢就说了她的梦:

"你大哥早都死了！"

"初四就死了！"

"啊!"我爸觉得这话不太对头。因为大伯是初七去世。

"昨晚上,你大哥跟我托梦了！他一个人在田坎上走,我就问他,匡诗焜你要到哪里去嘛? 他说他要去你们妈那里。哎,你们妈都死了好多年了嘛!"

"他又说他不得马上去,还要隔两天。我说那这两天你住哪儿嘛? 他说住柑子林。"

父亲掐指算了下,大伯说还要在柑子林住两天,不正是这两天在柑子林停灵做道场嘛！但是说"初四就死了"不太对得上,因为大伯确实是初七才落的气。父亲后来边走边跟我们推敲这个梦,最后他说:"你们伯伯真的安逸！托梦都不托给我跟你们三爹两个亲兄弟!"父亲说得轻松调皮,我不晓得在轻松调皮之后,是否也藏着一些未能梦到他的大哥最后告别的遗憾。

六

那个下午,我驻足在我从小奔跑的田间,拍下了那个长长的送葬队伍。一段歌声穿过岁月,又重新来到我的心头。那是二十五年前那个夏天,我在大伯的老屋为我的祖母、大伯的母亲守灵的那个夜晚。另一拨更长辈的道士做着法事，我和波堂兄随着他们的指挥叩头作揖。那时候大伯正当壮年，我也非常年轻，还没出川南下。在叮当哐啷的锣鼓磬钵声中，脑中飘来当时同样年轻的张楚的一句歌：

尽管不能心花怒放，嘿嘿嘿别沮丧，就当我们只是去送葬。

初稿于2020年12月9日

完稿于2022年3月25日

你游过的就是江湖

一

有些人，他们总会以某种频率每隔一段时间回到你的记忆打一个转。那时候我可能在江湖边，可能在家，可能在路上，也可能在超市。

大约一个多小时前，我和天真在超市购物。并无什么来由触动，突然他就又从记忆里按时走来，在人潮涌动的超市，在我不为人知的内心，跟我打了个招呼。我想到他还是以前的模样，准确说是小学时候的模样：壮实的身子、朴素的衣服、短发。最重要的是：憨直明快的笑容。

他是我的小学同学，也不记得是从哪个年级我们凑在一个班的了，反正小学毕业照上我们搭着肩膀站在一起，面容像阳光一样新鲜。岁月会带走我们的年纪，但磋磨不了我们的记忆。

二

他家在我长大的中学隔邻的乡村，我们很早就已经是乡邻，但并没有一开始就有友谊。那时候的乡村小学,每个班上总有一两个成绩不好但打架很凶的人。多数时候,他们都让同学们害怕。我认为,为了不被他们欺负,最好的办法就是成为他们的朋友。他就是这样成绩既不好大家又很怕的人,所以应该是我动机不纯地和他做了朋友。如我所料般,我的小学生涯从没被人欺负过,因为我和他基本形影不离。

我的中学是个开放的校园,没有围墙。附近的乡亲赶场上街都是从我们学校走进走出,这样的情况直到九十年代中期,一个年轻的校长上任后才终于改变——砌上围墙,将乡亲们走了几十年的路一刀两断。

很庆幸我和他的小学生涯是八十年代,每天早晨,他就从他的村走到我们学校,也不用大声呼喊,隔着百十米距离,噘口一吹。只需一声口哨,我就放下饭碗背上书包从家里飞奔而出,然后两军会合,齐齐上学去也。

从我们结成朋友,到小学毕业,至少两年光阴,几乎每天早上,无论刮风下雨,他都这样如期出现。他的口哨短促而响亮,后来连我父母都能准确辨认出他的口哨声,会主动叫我:

快点! 人家王五都来了!

他和从前那个著名的"大刀王五"一个名。当然他的大名不叫王五,他在家排行第五,大名王庭松。这个名字我曾经天天呼来喊去,如今几乎二十年不见,再想起时,会连带想起归有光的《项脊轩志》那句"庭有枇杷树,吾妻死之年所手植也,今已亭亭如盖矣"。虽说男女有别,枇杷松树相异,但故人情怀,岁月追忆,总是相似的。

那时候的王五总是强壮如一面山墙,将我护卫在后。跟他走在一起有种不容分说的安全感,但其实他是个腼腆得近于害羞的人。他不喜欢到我家去,印象里甚至一次都没有,更别提到家里吃饭了。在我们那个城乡结合部的弹丸小镇,我曾顽固地以自己不是乡下人为傲,当我的父亲无数次自嘲地跟人打趣说"我们乡下"如何的时候,我甚至深以为耻想要纠正他——我们是城里户口,我们是城里人!当然,现在的我再也不会有这样虚荣得随时都会一脚踏空的自以为是,我倒是多么盼望自己还能回到儿时那个乡村中学。

下午看电影《远山的呼唤》,哪里是日本的农村呢,分明就是自己长大的地方哇:那水田、小路、牛儿、青山,那远远望去袅袅的炊烟⋯⋯

我知道,即使我再回到那个叫"流水沟"的小镇,再回到那片乡村田野,也再见不到那山水牛羊了,也再寻不到王五了。生命的遗憾从来不由分说不容躲闪,来就是来了,你当得起也罢当不起也罢,只能接着。

三

那是个城乡分别很大的时代,我的三婶和我三叔依旧住在我们家族乡下祖屋。三婶上街和人吵架,骄傲地说:"街上人了不起啊!我二哥他们也是街上人!"因为农村没有街,所以镇上住的就叫街上人。王五虽然很能打架,但他心里肯定也有这种关于农村孩子是否能恰当地出现在街上人家里的疑虑,我想,他的羞涩腼腆恐怕大半因此而来。

我们早上一起上学,上午散学一起回来。午饭后,若是夏天,我们又会立刻纠集在一起,揣上各自的弹弓和石子儿,哪儿偏僻往哪儿去,到处找麻雀打。我的父母从来没担忧过我和王五在一起是否会影响成绩。很多年来,直到现在我的父母还记忆犹新,他们都希望我还能找到他,再全一番我们的友谊。是的,那时候我们说得最多的是"友谊",而不是友情,更不是义气,直到现在,我祝酒还总喜欢说:青春永驻,友谊长存。前一句是仙家贵生,而后一句……只有从那个年代过来的人才会知道,"友谊"这个词曾是多么纯真宝贵。

四

我上一次见王五应该是1998年左右,我们又一起坐在校园外山野里那层层叠叠的坟头上,我说我搞音乐了,他像敷衍一样礼貌地说:"你唱歌本来就好听噻。"我不记得那天我们还说了些什么,应该是喝了酒。现在茶酒已成了生活中唾手可得的东西,但我们却还可以在何处重逢呢?

曾经我们都以为未来就是抬腿就到的时间,如今我们轻易抬腿,果然已到未来,才发现我们好像没来得及约好——我们抬腿之间彼此去了两个方向,从此已难再见。

如今我在真正的城市了,但城市里再也吹不到我们吹过的风了。风是什么?风就是铺天盖地绵绵柔柔的记忆吧。天地之间,那些纯真的少年再也不会出现,他们在彼此黯然的记忆里,偶尔才被想起。

五

我们那乡土的发音其实和四川大多数地方不相同。其一是卷舌,其二是儿化音。比如电影儿板凳儿桌桌儿碗碗儿星星儿串串儿,所以王五的正确发音是王五儿。我们的乡俗是不呼全名,姓加排行。比如我从小叫匡二,我的大名除了作业本上填写一下,基本不用。甚至听到有人呼我大名,会浑身不自在,以为犯事儿要挨批了。

王五小学毕业后并没有跟我一样上初中,初中需要考试,但王五没考上。他回家务农了。

他家兄弟姊妹五个,但能生并不代表能活:他有一个哥哥,这哥哥神经兮兮,在医院的时候可能比在家的时候还多;还有一个姐姐,这姐姐该是王五在家唯一的倾诉对象,但她出嫁早;王五的妈妈,终年一袭斜襟黑衣,发绾髻,面容如旧式村妇一样早衰,但精干得很;他的父亲在附近唯一景观——当年土匪的山头"保和寨"下的电厂做工。我每次去找他,基本都会见到他妈妈。我先从学校走出来,下一个梯田,走过一口不大不小的池塘,穿过一片蔽日的竹林,就到了王五家的后门——不能走前门,一旦走进去就有被狗凶吓的危险。我在后门清清嗓子,开始呼喊:"王五儿,王五儿……"他或他妈妈就会从黑洞洞不见灯火的屋里应声而答,多数时候,他从后门踏着台阶跑上来了。

吸。

呼。

这是多久前的事了？

我不知道如今我再站在那个地方喊破嗓子还会出来一个这样的人不？

王五没上成初中，从此我早上的口哨声就断了。

我们保存着友谊，我还是常跑去老地方叫他，叫他也不知道做什么。那会儿没有提了啤酒去找朋友的风俗，那会儿啤酒刚兴起不久，还被我们四川人叫潲水呢，那会儿四川只有烧酒，浇灌肝胆。

六

他的消沉是用回避来告诉我的。

很长时间里，他不喜欢见人，尤其朋友，尤其像我这样的朋友。

他开始招摇过市，大张旗鼓地从校园张牙舞爪地走过，偶尔遇到我上体育课，还会停下来似笑非笑地瞟上几眼，就像那个年代我们说的社会上的二流子。

他去镇上喝茶，五毛一碗的盖碗，一喝一天。他家里给他找到一份工作，去我们市唯一有本科的大学四川轻化工学院的食堂。

我们又开始交际了。

因为川化院的面包太好吃了！

对于从小一大早就去学校食堂端馒头的孩子，面包这东西就是个彻头彻尾的洋玩意儿。我最爱吃面包的那两年，王五在化院。后来就很少吃了。

那时候似乎大家都很想要吃到化院的面包但苦于无门，王五又像当年庇护我的王五一样出现啦！化院离我们的小镇大约二十里，每天黄昏，王五就会拎着一袋面包出现在旧地方，一声口哨，熟悉如昨。

七

直到高中，我们还是在一起玩。我的同学们都知道王五，王五似乎还为我的某个女同学动过情打过架。然后我就到了大学，离开了那个小镇。那时觉得终于离开了那个小地方，但是鬼晓得这一去就再也回不去呀！

我已经回不去我长大的留下最多往事的地方了。

我走了。

我再也听不到王五的口哨再也吃不到他提回来的面包。

我走了。

最初我以为我自己把自己流放了，后来我明白，其实是被故乡流放了。

我所有的朋友都只是后来的朋友。我本来的朋友再难寻觅。

小时候我以自己是个城里人为傲，如今我发现农村人才是真正的骄傲，因为他们还有土地还有老家。我曾经嘲笑我的四川老乡们，认为他们挣了钱就只知道回家盖房子。但他们其实一直把房子盖在自己祖宗传下的地方啊！他们自认自觉是没文化的人，但守住土地不就守住文化了吗？

搞音乐的我有一年不想再在外面这样漂下去了，想回家。我想隐匿这从未显世的名，只想做个小酒吧度此余年。父亲说，王五开了个酒吧就在我们楼下哦。我乘夜色下楼沿街找他。我找到我爸说的那个地址，一个陌生的老板娘说：王庭松？他把酒吧转给我咯……他在哪儿？不晓得唷。

今夕何夕，月照愁人。

八

四川的冬天总是阴冷，像有个没被张天师灭尽的阴魔，吸尽了人间阳气。衣服很难晾干，王五，我就对你说我家要一根晾衣竿，帮我整条竹子呗。你就整了。我们经过苗儿塘遇见了你神经兮兮的哥，你哥兴奋地把竹子丢到了池塘里。你不失规矩地责怪他，然后脱衣，入水，入那阴沉如岁月无情的水，将竹子拖回岸边。穿衣扛竹，说走就走。异姓兄弟和亲兄弟之间，不落半点瑕疵。有人爱说规矩，却多半误了性情。规矩即性情，你游过的就是江湖。

九

2015年，回乡祭祖的父亲在街上偶遇王五，我们终于又联系上。

自从我们重新联系上之后，他每隔一段时间就会走进我记忆的身影彻底消失了。

原文写于2014年11月，

补记于2015年1月15日

漂游在记忆里的戏

一、从小时候开始

这两年总想写一篇关于"吹将"的回忆。集了一些图，做了一些准备，心情似乎是随时可以拔刀相向的不愁，就因为这点不愁，一直拖到了今天。

今天有两件事触动了小时候的回忆。一是刚录了个"植树节的傍晚"的视频，唱了首《校园的早晨》。这首小时候的歌，我配了2017年夏至写的那篇节气文链接。在这篇链接里，我可堪深情地回忆了童年的夏天，和夏天里祖母的故事，然后自觉，好像很久没有写这样的文字了，这点自觉终于让我决定马上开始这篇"吹将"的记忆。

第二件事是本打算为《寂寞逍遥游》这首歌写篇文字，我准备的腹稿是这样开始的：小时候，庄子是一个讲故事的老爷爷。

我就这样被触动了关于小时候的心绪。它们像突然从岁月深处甩出来的两个鱼钩，钓起了我还没来得及喝酒的心。

二、从评书开始

小时候玩过很多游戏，有别人发明的也有自己发明的，有众人一起耍的也有独乐的，有男孩子的也有女孩子的，有大家熟悉的也有大家未必熟悉的。吹将，就是最后一种，也是我最爱的一种。

那是属于评书的年代，刘兰芳和袁阔成占据了四川乡下所有的电台，他们的书让我养成了一个固执的爱好——听书只爱袍带书。

所谓袍带书，即那些描写沙场点兵、对阵冲杀的演义。其多半描述是"跳下马来平顶身高在八尺开外……"，然后他们彼此看过对方多高多壮后，再跳上马提兵刃开打（小时候我就这样以为的，觉得古人那会儿可真讲究啊）。从杨家将、岳家将到三国、水浒，从春秋战国到残唐瓦岗，一个个顶盔掼甲的将士儿郎奋马眼前。他们多半是少年将军，手持各种兵刃，有亮银枪鎏金镗紫金锤丈八矛，也有方天戟熟铜铜镔铁棍禹王槊，个个骁勇无比，正是：江山当时真如画，儿郎千古人梦来，撩起了乡间少年无穷的遐想。

然而对于少年而言，遐想远不能满足好奇，必须要亲自成为书里真实的存在，才能压伏漫山野跑的玩心。于是各种自创游戏开始蜂拥而至，它们成了乡间少年最初的创作。

三、衍生的游戏

最初，我用父母的粉笔盒系上绳子，用彩笔画上一道道纹路，再插一朵花在盒上，真是"英雄不动它不动，英雄一动它是噗噜噜乱颤"，好一顶堪比吕温侯又亚赛杨七郎的束发紫金冠！然后用魔术弹（就是一种烟花爆竹）的杆子，前头插个塑料枪头，后头隐藏一根细铁棍在空心杆子里，两军相较的时候我突然把细铁棍抽出来，跟单枪夹单铜一样，总是让小伙伴们出其不意大喊"投降"。我就这样头戴"紫金冠"手持鬼知道什么名字的枪，大呼小叫好像骑着比赤兔马还好的千里驹一样，蹦蹦跳跳地跳在我的童年，经过邻居的家门就停下马来舞枪跃马叫骂一番，但是只选四个邻居，因为这叫"力杀四门"。

这种游戏非常危险，因为邻居会投诉，然后我就会被迫在父母训斥中卸甲归田。后来我聪明了，不再上沙场正面杠，而是开辟了第二战场，就是校场比武。我和小伙伴们到处找僻静的没有大人的地方作为我们的小校场，每到自由的时候就个个打马而来。这时候魔术弹做的枪杆就很吃亏了，一碰就折。我给自己找了两根木棍，两头削尖，扎上枪缨，这就是定彦平的八宝双盘飞龙金线枪，一手一杆，四个枪头，耍动起来整个人跟机关枪一样，挡者披靡。但是英雄总有打瞌睡的时候啊！终于有次被小伙伴觑准了破绽，一个绝户枪点在我脸上，差点瞎了眼睛！也不敢跟父母说，觉得自己的八宝双盘飞龙金线枪到底还是伪劣货不是真品，转而去附近电厂丢弃如山的垃圾堆里翻出两条钢片，跟捡到玄铁精英一样，磨啊磨，磨成了两把锋锐的折铁刀，耀武扬威了很长一段时间，直到小伙伴们也去了电厂垃圾堆，各自也拥有了神兵宝刃。正当游戏越来越危险，我们各自都开始受不同程度的伤，齐齐心生退意的时候，咦！一种神奇的游戏出现了！特别适合我们这种准备归隐江湖的人，那就是吹将。

四、吹将

除了评书,小时候不多的爱好就是小人书了(四川叫娃娃儿书),吹将是从小人书而来——把书里(主要是《三国演义》《杨家将》《岳家将》那些)手持兵刃的人物用剪刀细细地剪下来,各自摆在桌上分据两边,把自己的将折起一角当帆的作用,然后各自趴低了用嘴吹,吹得人物慢慢向前,从各种角度两兵相接,然后掌握力度猛吹一口,一击必杀。杀中了,则表示赢了。赢,不只代表一场战役的胜利,更是"我要赢了你的将"的意思——"你的将就被我俘虏了"。四川话的"赢"本身就有"赚"的意思。

游戏规则更细一点,要求剪的时候不能剪到将的画线,破了那就永久残疾不能上战场;将必须完整,那些本身构图就只有一边人马的不行,所以那时骂过好多画小人书的,尤其有个关羽,那青龙刀伸得老长非常适合吹将,就是半边人马都在画外(这可能是我爱上画画的原因,我想给它画全);马将比步将高级,你如果出个李逵,我就会收回岳飞换个闹花灯的秦叔宝;用力不对把自己的将吹翻了也不行,那相当于缴械投降,不战自溃;将太小不行,约莫不能小于二指,彼此要大小相当,这可能是小伙伴们关于价值的最初概念;兵器太古怪不行,比如你来个发手就满天乱石的龙须虎,我就必须找个会法术的公孙胜,那就成了斗法不是斗将了;攻击面必须是头部胸腹等要害,伤腿不算,因为还有马可以驮着,伤马也不算,小伙伴们有自己的理由和逻辑来诠释各种规则;有些连战马都可以做武器,比如打死伍云召的无尾驹,那尾巴弹出来一丈多长,中者立毙;还有些规矩想不起来,也许再玩时会想起来吧?

我们把爱将都夹在书本里,一页一个,压得整整齐齐。他们沉默在书页间,保持着当年跃马长江的姿态,等待着我们把他们翻开唤醒,重新点卯应征,再入沙场。从前的沙场局限在了小小的石板书桌、花坛阶梯,无一处不是战场,无一处不可以厮杀,只是马蹄和呐喊再也激不起沙场的征尘,只有小伙伴们一口一口大气吹得尘土飞扬,和他们的爱将们齐齐迷失在历史的烽烟。这是一场没有血光损伤的厮杀,山河社稷关山岁月都失去了本来的意义,一切归于游戏。天地如烘炉,人间一沙鸥,将成了被一口气牵动的玩偶,吹将的人化身成了玄穹高上的神。也许唯一胜负只是神魔之别,成王败寇,即使赤子玩心,亦然千古如此。

要想帐下战将如云,第一当然是需要有很多小人书了,第二就要懂得吹。第一条是兴趣拉动的舍得心,我经常拿着张小泉的小剪子下不了手但终于出剪如风,现在想来,我至今没有玩物的心会不会因此而来殊未可知;第二要会吹,会吹就会赢,就不用剪自己的小人书。吹有很多技巧,最关键的是要会在不同距离和角度中调整自己将折起的角度,可以保证你的气息达到准确的效果。对阵之初则一定是试探,轻轻地走一走,逐步接近暗暗观察——对面这将的兵刃长度多少,你的安全距离是多少;对面吹将的伙伴性格急缓如何,这些将直接影响到他发动攻击的时间。后来看李小龙在他的《截拳道》中千叮咛万嘱咐的搏击距离,就有"老子早就晓得了"的骄傲:如何让自己保持在既可以攻击又不被攻击的安全距离,同时揣测对手的惯常可能,这的确是到现在都还受益的收获。

以上姑且当战略了，而自己还有战术：你得学会不同的吹法，比如长驱直入：一杆枪一把刀得一口气直接命中对方，这个很像足球的远射或者桌球的长距离入袋吧？还要学会后退，距离太危险的时候你要向后吹气，并且保证兵刃一直冲前。最关键的高级技术是曲线攻击，你要练会一口气让你的将转弯躲闪和攻击的本领，这种攻击防不胜防，可以直接避开对方兵刃直捣腹地。现在想起来，三十年前和小伙伴们忘我厮杀的记忆就清晰起来，好像他们仍在眼前，而我的爱将也并未消散于时光，他仍在故乡某个抽屉里等待故人重新的召唤。故人往事，倏忽云烟，我惦念着从前游戏的时候，其实我不知道我究竟在惦念谁？从前的自己？从前的你们？那些故纸片儿？那些吹故纸片儿的天气光阴？还是吹故纸片儿的嬉戏年纪？也许你们都在一起，光阴岁齿就完整了。

记忆里有两本书的战将异常霸道：一是《岳云》，各色儿郎各种兵刃一直在杀，尤其岳云一对大锤，防则密不透风，攻则风雨不挡；再是《千里走单骑》，关老爷那口刀出尽风骚，各种身段无不凸显青龙刀的曲线——刀劈一片枪扎一线。在吹将里，枪尖只有一个点的攻击面，远逊于刀，但在少年的心里，总是那么偏爱用枪的那些名字，似乎他们代表着一种神一般的存在，而刀，太功利。

小时候我集邮，那个灿烂的八十年代，阳光是普照天地的能量，照彻万物。我们在阳光下写信收信，也在阳光下拆洗一张张天南地北的邮票。此刻我像个老妖精一样回忆着那时候的浆水味儿，它充满了一种阳光的气息。记忆里的八十年代似乎只有一个季节——春光明媚。

如此明媚下，我被一个大我好几岁的大哥哥骗了一次。

本人身份是集邮爱好者的他化装成个吹将爱好者潜入我们的校场，然后拿出一本《岳云》（好像还有一本《大战爱华山》）跟我换了好多邮票，好像是一套第几次全运会的邮票。直至今日，我倒无悔，毕竟自己办的事，但骗就是骗，这中间有大知对小知的欺。现在那些打着各种修行旗号开班授业的"师"们，不知道是不是也有这种"欺"呢？存此一问。

吹将之好玩，在于我们真的可以张飞杀岳飞杀得满天飞。那些隔着朝代不能相见的好汉，终于可以直抒胸臆正面相杠。天地之间一口气，我们的游戏也是一口气。他们辗转过权力的暗算，在孩童的游戏里翻身重新拾起从前的刀枪面对当年的仇人，好像这多少是一个重新证明自己的机会。颜良文丑华雄蔡阳，四柄刀四个人四个被秒的段子被传得生生不息，但是我的华雄停刀驻马只露出短短的一截刀尖就收缴了对方关羽。从此我开始信自己，信自己那口可以进退的气。

我的吹将和别家不同，我会摆阵。

摆阵当然也是从评书里学来的：一字长蛇阵，二龙出水阵，天地三才阵，四门兜底阵，五虎群羊阵，六丁六甲阵，七星北斗阵，八门金锁阵，九字连环阵，十面埋伏阵。

我排出很多将跟小伙伴们说："单挑没意思啦，我们来破阵吧！"小伙伴们对评书里浓墨重彩描画的单人破阵也很怀热情，但是发现小纸片儿只有一杆枪挡不住八方风雨的时候，他们纷纷撤退。他们说:"你这是以众凌寡,不是摆阵。"我找不到跟我玩阵法的人啦!

我长大的地方是个中学,每到寒暑二假,校园空空如也,我在这里学会也体会了寂寞。每到暑假(寒假太冷,热气得自己存着),我就发明了自己的吹将模式:我趴在凉席上,把爱将们一个个都从书页里遣将出来,大多数时候兵分两路,一路排五虎群羊,一路排八门金锁,反正玩的都是自己,一口气纵横沙场观他们斗杀纷扬。有时候非常无聊,就会排非常复杂的阵势,比如排三国乱战,最复杂的是演一出十八路反王、六十四道烟尘,那就天昏地暗,整个凉席都成了历史的天空。

还会变阵,比如对方一将杀入太深,我就蛇头衔蛇尾,一字长蛇阵变为十面埋伏阵;对方若三面出击,我就分别派出杨七郎、罗成、赵云分而拒之;对方有时候会出茅招(其实都是我)排出八个关羽(因为关羽很多书上都有),那我就会排出一个挥斥方遒的刘备被他们杀死,边收拢残局边告诉自己一些交朋结友的人生道理。我小时候就这么玩的,不需要人家说寂寞,我知道这就是寂寞。但寂寞得好玩,就是自适。

我自适于我的从前、现在和以后,一生所爱唯自家兴趣而已。兴趣并非因时地而异的动机,它更是一生根蒂,呼唤着能回去的人。我在吹将的过程里大杀四方,到我不能大杀四方的时候,我开始另一桩创举:我开始自己画将。我画了好多浑身上下布满荆棘耍着十八般武器的宛如外星人一般的家伙,画得极好,然后细细地剪下来推送沙场,由于太过强悍,我虽然师出有名,终于也像云一样被小伙伴们过眼不留了。他们谨守着自小以为的规矩,留在从前的记忆,缩守在从前的乡镇,而我离乡别井,开始一场长长的叙述。我的叙述悠远而冗长,密集且无用,像一口幽深的枯井。他们在井外,扒着栏杆,笑着望着这个井里的人——正好是你。

2020年3月15日

吹将：这么多情可如何是个了啊

一、蓦然旧事上心来

写了篇关于儿时游戏的戏文，朋友看完留言说，觉得下半生还有很多可能性。我说，下半生真是莫测得生机盎然啊。然后就被自己这句话打动了。"莫测"和"生机盎然"是两个向度的用语，合在一起突然有了一种更莫名的力量，就像李元霸突然和宇文成都联起手来一样，真的天下无一合之将了。

生命好有意思，一面积极地为自己开辟崭新的世界，一面开始深情缱绻地向从前翻检旧事。个体生命的走向难道真是这样：所谓新的开辟不过都是自己旧有世界的重新组合？所以所谓师父，应该就是那个自己潜意识里最想亲近、最想成为他的人吧？这个人一定并不只是和自己有道机仙缘，更有可能本身就是你中有我、我中有你的存在。王阳明当年说"抛却自家无尽藏，沿门托钵效贫儿"，自家的宝藏究竟指什么？也未必仅是义理的本心本来。流行人常说流行语，比如"遇见自己，即是修行"，自己在哪里？他在未来的设计空想中吗？有些人一上来就要"忘我"，好像一说这个"我"字都是没水平的表现——老实说，他可能连谁在修谁在行恐怕也未知悉。

我想起自己近来总在一些特别的时间突发一种冲动（这种时候越来越多），总想把从前看过的武侠小说、老电影，听过的评书，都在有生之年再翻检一遍。自己了然这和所谓老了并无关系，极有可能就是一种自我梳理的提醒。蓦然旧事上心来，无言敛皱眉山翠。隔着老花镜所见的屏幕，其实真的清晰很多。

二、年深情易盈

昨天下午，想到写进文字的吹将游戏，突然很想马上就要耍一耍。家里也没有小人书了，有也不敢剪。干脆就自己动手画吧！像小时候一样！

小时候我的将会损折严重，为了报仇，就会自己画一些出去欺骗人。比如画一个手舞链子锤的家伙，锤头扔出去得有十厘米长远，有效缩短出击距离；也不用担心对方会抢进防线埋身近战，因为链子上画满了倒刺钩须，沾上就亡碰着就死。这锤还是双流星，把自己包裹得跟一个盘丝大仙一样——后来小伙伴们都觉得我耍赖得简直过分了，就拒绝和我耍啦！

画将的手艺还在，工具也好了好多，但是画得我很伤心很感叹，因为老花了。看不清细节，笔尖只好瞎戳。我不知道当我再度画将的时候已人到中年，清亮的眸子已然老花，明眸善睐已成昨日传说。然后我又开解自己：又有多少人到了这个岁数还想玩小时候的游戏呢？他们忙忙碌碌奔走于现实，他们的童心早就被红尘染没了吧？古人说"人无癖不可与交"，我想加一句，人无童心一样不可与交，原因都一样，以其无深情也。

三、还情天下

从前至今，不知道的事很多。比如我从前都是自己一个人画一个人剪一个人开心得不亦乐乎，但是现在不同了，我有夫人了。夫人看着我画，拿手机给我拍视频；用剪子更考验眼睛的时候，夫人还帮我剪；我也不用再去找小伙伴一起玩，我和她就可以一起玩了。我在她跟帖我上一篇画将的朋友圈下留言，我说经此一役你已窥见了我的童年。有多少夫妻会陪对方玩小时候的游戏呢？离乡别井的年代，青梅竹马日渐稀少，但彪悍如我，还是不管不顾，骑着竹马穿越年代时空，打马而来。

人有深情，就可以自成世界。

把从前的游戏在今天重提，老花的是眼，心地一如赤子。赤子之情可以穿越时空，和从前的自己不离不弃不亦乐乎。

游戏源自深情，音乐也是。深情至极，近乎偏执。却正因那点我行我素不管不顾的偏执，也才有这个现世中的我。音乐和游戏都是大众眼中无用的存在，但正因其无用，才得安顿性命。

吹将是从前的游戏，音乐是现在的游戏，它们都是让自己更轻松地与世相契的法门。成人稚子，各自都有各自的游戏，我的游戏所异人者，唯有深情。某个雨夜，我与夫人和一位我们爱的禅师在一起，我喝着酒唱了很多歌，唱完《一生所爱》，禅师仰天兴叹，这么多情可如何才是个了啊？我想起我在鸣沙山上望着子夜敦煌闪闪的人间灯火时那一刻的感动：我做音乐，其实就是还情于天下啊。

2021年2月24日

贰

江湖边

一晌贪欢初醒，此身虽在堪惊。

曾經一別梅院深

滯到如今淋漓巨

迅葉兄仁兄雅囑 歐文

闲话喝酒

一

酒在不同的阶段会呈现不同的样貌。比如最近,我在准备喝酒前越来越多了谨慎和警惕,会多问自己一句——真的决定要喝了吗?

以前当然不是这样的。

说起"以前",眼睛不由自主眯缝起来,眼神也有了年月的光彩,酒杯就端起来了。

以前的朋友多数是在酒中相识相熟的。一杯酒在,似乎结交了整个天下。于是四海之内,似乎真的"皆兄弟"了。

二

少年时代,喝酒的理由通常是会友。

有朋自远方来,备酒相待是最平常不过的事。旧地逢故人,当然也应把酒言欢不醉不归。节假生日,不拉上一杆子人喝酒闹腾一下,就显得孤清乏味。

白酒啤酒不拘,和朋友一起就好。多数时候总在深夜,露天大排档,或者直接就提了酒在桥头在楼顶,在数不清的星星下,在抽刀断水的长河边……少年人有的是热情,所以连下酒菜也可有可无,满腔的梦和抱负是那时候最好的佐酒菜肴。有时候喝多了自然会不安分,忘了天忘了地,以为自己天下第一。所幸,真正天下第一的人从没找过自己麻烦。

回乡,和家里弟兄族中长老一起喝酒也是自小养成的习惯。中午开始,每人一杯门前酒先自己喝了,开始划拳猜枚。长辈这时候都争先恐后鼓励少年:"酒中无辈分,放开喝!"我有一次就和长辈们放开喝多了,一个人跑去小时候玩耍的王爷庙门口躺倒大睡,最后是外公打着手电把我找回去的。又有一次,大醉后神经兮兮地跑进三爹家的猪圈,抱一口猪相依而眠,直到我爸发现我。

喝醉酒闹的笑话估计每个有酒龄的人都有不少,如今事过,有的想来好玩,有的后悔不迭,有的甚至让自己吓出一身冷汗毛骨悚然。我的朋友中,不止一个酒后把自己摔得伤筋断骨。家乡还有个人,吃酒大醉,仰躺床上,连起身呕吐的力量都没有,结果被噎死。这就不是美谈了。

三

让人高兴的是,江湖边上如今喝醉的越来越少。点到即止的分寸不易掌握,更多时候来自大家对自己有几斤几两的认可。不再盲目充大,本身就是一种自知之明。这种自知之明之外,其实还潜伏了对自己的爱护。能喝也罢,不能喝也罢,一个连爱护自己都没学会的人,很难得到旁人的尊重。

每次忆起江湖边的酒客,总会想起当初那个中年女客人。她总是一个人早早地来,坐在老位置,点一壶淋漓飞一碟小食。酒食交代好后,也不撩人说话,自己静静小酌。一会儿对着窗外出神,一会儿躺在椅背闭目回味,偶尔拿出手机翻翻讯息,多数时候拿本书随手闲翻。每次一壶酒,绝不多喝也绝不浪费。来得早,去得也早。有时候我会猜想,她也许有个孩子,孩子该过了让妈妈24小时呵护的年龄,于是有了让自己兴趣继续的时间,爱小酌,爱这小酒馆。她该有一个知心的爱人,能让她偶尔自己待着。她一定还很爱自己的家,所以总是一壶即足,早早归去。她唯一一次主动和我们多说话,是要离开广州去别的城市工作,跟我们告别。这举动让我感叹,仿佛见到真正的古风。因为这样一个人,所以即使已记不清她的模样,她也总是漂亮的。

四

江湖边已越来越老:老旧的地板、老旧的桌椅,连猫儿们都快老了……老却并不可怕,当又有一个两个更多个你喜欢的客人出现时,整个江湖边就像个把盏度日的老人家,陡然焕发出昔日光彩来。

五

我肯定是江湖边醉得最多的那个。这个纪录不只让关心我的人不喜欢，我自己也不喜欢。但我也不喜欢别人来打破这个纪录，因为醉得太多，真的对谁都不好。如果我在这里醉过一百次，那就让这一百次成为江湖边最高的纪录吧。因为这不是荣誉，而是一个人曾经不知节制的次数。

喝酒伤身，更伤神。很多宿醉的次日，半点儿精神也无，一事无成，萎靡终日，就连镜子都不敢照，因为你知道，你不敢面对的岂止你自己。

喝酒是兴趣，更是性情。卖酒是营生，更是彼此的照顾。喝酒也罢卖酒也罢，都讲究个"度"，过了这个度，就好比自拍上瘾一样，会让人讨厌了。

因为无论爱人，还是爱自己，其实和喝酒一样，都是"度"最不易把控的体现啊。

2016年1月11日

这些萍水上的相逢啊

午夜十二点,距离打烊还有一小时,他们带着夜风醉醺醺地推门而进。

"老板,我就想带我这哥们儿喝一口花雕!"其中貌似来过的一位,说了他的第一句话。

已经翩翩醉矣的哥们儿说的第一句话更简单,酒端上的时候,他说:"谢谢!"

声音不大,仿佛他看过门上"清静为上,喧嚣慎入"的字一样。

"喝这么醉还能保持礼貌的可不多。"我心里自言自语。

旁边的桌上坐着两女一男,他们的酒壶更漂亮,里面装着山楂酒。我听见这两桌开始了聊天。

"请问您那酒是什么酒啊?"

女生回答:"山楂酒。"

"我可以喝一口吗?"

我把头探出去看,两女一男的一男已在给另一桌倒酒。我回头对天真说:"当年巽爷就是这么勾女的吧?"

巽爷是我们的老朋友,女人缘极好。

另一桌的醉男之一果然说:"我们可以坐过来一起喝吗?"

另一位醉男叫我:"老板,也给我们一壶这个酒吧!"不出意外的,就响起了搬挪椅子的声音。

我笑眯眯的。因为他们都很有礼节。不仅对我，他们之间也一样。凑过去的没有吵到她们，她们也并不反感萍水相逢。彼此其乐融融。

我想起不久前我写的："江湖边其实就是一汪萍水，供不相识的人们相逢。"

天真问我："他们会不会影响到人家？"

我说："没事儿，他们相处得很好，不是我们该介入的那种。"

我们不待见那种来江湖边拿酒勾搭女生的人。开店这么久，客人里只有一个这样的。但让人放心的是，他从没成功过，每次都是孤零零地把自己灌得稀里糊涂铩羽而归。酒这东西干净得很，祖宗用来祭天地鬼神，用于应酬交际便已失了章法，用来勾勾搭搭就更为人不齿。所以每次看到那些只是开心喝酒聊天的客人，我都仿佛比他们更开心，好像自己做了一件好事一样。

"你们喜欢摇滚吗？"

哈哈，没想到他们是这样聊天的。更没想到的是，女生抢着说："喜欢啊喜欢啊！"

这些愉快的年轻人！他们从二手玫瑰说到了radiohead，中间用什么做了过渡没听清。然后不知谁哀怨地告诉大家："我们以前都做乐队的，现在做了广告……"

然后说到了"自由"。摇滚乐的自由，广告人的不自由。

我突然想起了我的青春、弹吉他的巽爷、做了和尚的贝斯手、两个孩子妈妈的键盘手，好多好多当年同样年轻的朋友……

故事凭空开始,往事凭空而去。

突然,一切就都变了。

说"谢谢"的哥们儿一声大哭,哭声砰然爆炸在午夜的小酒馆。

所有人变得沉默,酒水也在酒碗里沉默地荡漾,像一桩桩刚被他们回忆过的往事。子夜的灯照下,整间酒馆泛起一层幽深的颜色,可能这就是昨天的颜色吧。

写于2015年2月29日

湖上一杯酒

2019年的秋分午后,宿醉的林莽告诉我们,一个我们都认识的朋友,他的同学鲍勃突然去世了,因为心肌梗塞。

前不久我和天真还见过鲍勃。那天我们去一大厦的苹果店修天真的电脑,然后到楼上找东西吃。我刚坐下来,一个戴眼镜的肥仔突然坐到我对面,说:"匡叔!"我愣了一下。他赶紧又说:"鲍勃啊!"我一下就想起来了!

其实他和当年出没在江湖边时并没太大改变。有些人的表情是识别他的最好方式,比如鲍勃的笑。他总是笑得真心诚意,你能感觉到这个笑容的主人内心的坦荡,更重要的是一种自由自在。有这种笑容的人,他一定也是自由自在地交着他乐意交往的朋友。

商场的灯光特别明亮,明亮得能让突然遇见的两个人看到彼此所有的迷惑和坦率。坦率是关于坦然和率性的词语,坦然的是鲍勃的笑容——你没认出我没关系啊,我可以告诉你啊。就好像《功夫》里周星驰对火云邪神说"你想学我教你呀"一样。

鲍勃的率性和自在表现在多年前一桩旧事。那是江湖边刚开的第二年,渐渐八方风起,四海来聚,每天都热热闹闹的。鲍勃在一场公司年会之后突然跑到江湖边,递给舞台上的我一瓶五粮液,说:"匡叔!给你喝!公司年会刚中了大奖!"他的言语间没有丁点世间关于五粮液的虚饰认知，因为这点，我率性地把酒留了下来，甚至率性地忘了后来是跟谁一起干了这瓶五粮液。

那时候的江湖边并不像个营业场，倒更像少数有心人不约而同、心照不宣的隐秘所在。他们从各自的窝里听到消息，或紧或慢相继而来。这些萍水相逢的年轻人，嘻嘻哈哈却保持礼貌，在小小的江湖边拥挤着彼此点头致意，在江湖边重逢了就举杯邀饮，离开之后也并不拉帮结伙再立门户。我喜欢他们，也从不打扰他们。他们看见我了会打招呼"匡叔好"，然后互不相扰。鲍勃是这样的，告诉我鲍勃死讯的林莽是这样的，还有好多人，我甚至不能再清晰记得他们的名字。江湖的水高高低低浮浮沉沉，总有浪起浪息的时候，但只要这些人来过，这片水泊就充满意义。

为了招揽客人，那时候我还经常在江湖边唱歌。有一次鲍勃把他妈妈带了来。他的妈妈像个从武侠片里走出来的神奇女侠，除了现场帮我们维持秩序，还跟鲍勃说："家里有一把大关刀，下次就带来，看谁还敢吵！"鲍勃笑嘻嘻地跟我说："她真的干得出来！"

当年的很多年轻人，他们渐渐过了而立之年，或娶妻生子，或专注事业，或开始养生，江湖边慢慢少了他们的面孔。距离上次碰到鲍勃，他已经很久没有亲身踏足江湖边了，之所以用了"亲身"这个词，是因为天真告诉我，其实我们好多演出，只要消息一放出来，鲍勃总会买票，但总不来。天真说，这可能就是一种默默的支持。他让江湖边的情义虽相隔相忘，但绝不泯灭。我不知道还有没有这样默默支持的人，但可以肯定的是，这样的人从此少了一个。一念至此，应许有酒。

江湖边就是这样了,好风光似幻似虚,谁明人生乐趣? 今年广州的秋意特别浓郁,清爽中时光轻扬,我在秋色里没来由地想着他们:那些一身情由不明相继远遁的,工作调动远徙天涯的,倦鸟知返归去来兮的……有模糊有清晰,有淡漠有热络,幸好江湖边写字的这个人还在,那些故事就总有流传的时候。那些故事里的人啊,我们曾同度过这盛世,也必将重逢在未来的文字里,种种恩恩爱爱,可绵延多少世代传唱呢?

明天又要演出了,我知道,这次会少一张票了。

遥知湖上一樽酒,能忆天涯万里人。湖上这杯酒还在,人又岂止已在万里之外。

喝一杯酒,想起一个人,四季并不分明的岭南,此心一片秋色。

2019年9月27日

浅醉一生：江湖边戊戌年收官致词

　　每年年尾，江湖边收市的次日，我都会去给馆子做大扫除。有时候和朋友们一起，有时候自己一个人，认认真真收拾整洁完，看着它重新窗明几净，容光焕发，才能安心回去休假过年。锁好门时回顾的心情，是真正属于这个区区馆主独有的感怀。这些感怀有些说得出来，有些只属于一己的感知，就像一年到头最后的那杯酒，用自己一年来耳闻目睹亲身经历的江湖边记忆做酒曲，情怀情性是酿酒的器，当下的感知触动便是酿酒的酒引，虽没有酒体酒气，却足够醉意盎然。

　　2018年，最大的变化应该是收获了江湖边现在的班子。我形容他们都很乖，能够齐心协力把江湖边经营得井井有条。我也会想起从前的店员们，他们把自己或长或短地奉献给这间小店。我是个对人情往来缺乏周全维系的人，所以也就只是自己悄悄想起。新春在即，拱手致意，祝曾经的伙伴们照旧安好。

　　这一年最深的记忆，当然是那对喝了酒闹事的男女，但这是不快乐的记忆，既然不快乐，只配一笔带过。不快乐的事并不多，大约2010年至今，不过两三回；更多的，还是那些快乐的或平淡的记忆。人事如记忆，平淡就好。我不习惯折腾，约酒局的事，大概一年也没两次，所以有更多的时间，保持自己一贯的姿态，安坐江湖边，目睹这小小空间内上演的故事。

比如金庸先生去世后的某夜,我听着"射雕"旧曲,揣摩邻桌四人:说话最吵最多的,可以比作西毒,因为挑事儿,向不安宁;东邪不说话,只顾翻着白眼喝自己的酒,因为自觉观点相异也懒得争辩,就只管把自己先喝好,然后随便找个茬早早走人;北丐则是配合西毒动静的那个,想显示自己又不能如愿,无奈嬉笑一生;南帝呢,固执地以为所有人都不理解他,所以恨恨地酒也不喝,却又闷坐不去(玩手机)。这是我在江湖边酒桌上看到的东邪西毒南帝北丐,那中神通呢? 他不会在,因为他是喝寡酒的人,只会在心甘情愿的传说里自斟自饮。

我有随手记的习惯,闲坐时的所思所闻都记在我的便签上,存下来很多江湖边的故事,这些故事有些会专门挑出来发在过往的公号,比如《好久没见过这样的年轻人了》。还有更多我准备留着,来日做一个专门的《江湖边人物谱》,可以让更多朋友知道,卖酒与喝酒,其实都可以更有趣。

比如:

一女客点单,其中一项是藕。我想了一下,藕也确实有,但是新品,还没来得及写在酒水牌上,莫非她未卜先知? 遂重新印证。结果她说的是"牛肉"的"牛"……

粤语中"牛"和"藕"发音基本相同。

2

客人进门，我都会问一下："您几位?"这回来了俩姑娘，我照旧问了这句，走后头穿一袭黑裙露着刺青的姑娘假装吓了一跳，调皮问我："啊! 你看到我后面还有人吗?"

我如果真看到了会不会吓晕她?

3

江湖边八载，第一次有人跟我说："老板你好帅喔，好有感觉。"

男的。

4

有时候很尴尬。

比如刚才，一对客人问：

"这是秘密后院根据地吗?"

"是啊。"

"你也是乐队的人吗?"

"是吧。"

"那你是乐队里弹……"伴随弹吉他的手势。

"打杂! 帮他们提供酒水的!"我果断地说。

5

店长志明忙了整晚,终于得闲可以吃口饭,端着快餐盒在柜台附近游动。厕所在柜台旁边,一客如厕,礼貌地问端着饭盒的志明:"你也在等厕所吗?"志明看看自己手里的饭盒,一脸无辜。

快过年了,广州又将变作一座空城,那些为这个城市输出着各种内容的大小店铺也将变得安静起来,江湖边也将回到它真正的主人手里,就是那两只猫儿——八怪和它的妹妹铁头。我经常会爱怜地看着它俩,它俩无忧无虑无知无谓地伴我度过了江湖边上的一年又一年,看尽了一个又一个新老朋友,而后我会想起它们消失的母亲四无,想起它们曾经的小伙伴小圣……年月啊,就这样在你看我我看你、有心与无心间悄然过去了。我开始变得不那么执迷于酒,把盏四顾其实和拔剑四顾是一样的,茫然若失。

小年之夜,我做了旧历年最后一场演出,把《浅醉一生》当作主题。一生爱酒,但浅醉即可。毕竟,我们活着还有很多很多更有趣更有意思的事情,等着我们去探究完成。这一切的基础,就是我们完美的身体和精气神。

林谷芳老师来江湖边那夜,笑说:"黄酒还可以喝一点点,白酒喝多气就散了。"

"气就散了",我越来越能明白这里面的道理,一朝一代一家一院,一风一水一人一物,都有气聚气散的时候。希望爱酒的你们,也能明白和享用这个道理。

收市那晚我发了一条微博：

　　每年馆子收市的最后一晚，心情都很惶恐。因为这小馆又平平安安过了一年，如大难不死，然而一颗心终于可以放下了；新的时间又如期而至，此身虽在堪惊。时间洪流，人在其中，步步惊心。"天天则得其神，重地则得其根"，我把这点惶恐当作最实在的感恩。

年头岁尾，又平平顺顺。于是一点惶恐，谢天谢地。

江湖边的猫

有个已经消失的客人曾经留言："江湖边，大道边，杯酒逍遥赛神仙。"江湖边其实并不在大道边上，它在繁华的江南西路内进的围院一楼。这位客人说"大道边"，是隐喻江湖边还是个道场。比如那只叫四无的猫，它就在这里上演了属于自己的、令人叹为观止的传奇。它神奇地出现，又神奇地消失，留下来的记忆就像人们感叹孙悟空一样——啊！当年曾有那么一只神奇的猴子！

四无出现的时候，我正与二三朋友在江湖边清谈小酌。一只猫摇头摆尾晃晃悠悠，像回到很久没回的家一般，走了进来。它一身白毛，只在头顶有一对蝴蝶翅膀般的黑斑。为了呼应头顶，它拖了一条铁鞭一样的黑色长尾。自此之后，每晚到了一定时辰，它就会准时回来，完全不理会你是否已认可它。它的聪慧表现在，当前门关着时，它会自己绕到后门去，然后"喵喵"地叫门。

那时候我住在馆子里，每天人客散尽，我给气垫床充满气，席地而卧。当它连续数日按时到来后，我对它说："好吧，那就正式考察你三天。如果表现好的话，就算你正式入伙江湖边啦！"因为打地铺，怕它跑上气垫床，又因为广州的冬天并不冷，就把它和水、粮一起关在门外。两天之后，天气骤变，夜风呼啸，我不忍心把它孤零零留在外面吹风，开门叫它进来。果然，它左右逡巡打量后，迅速爬上我的气垫床,趴在被子上倒头就睡,好像这里本就是它的窝一样。我也管不了太多,关键是躺在地上也没法让它不上来,一人一猫就这样做长夜的厮守。睡意蒙眬,正要入梦,听得"啡"一声,跟着恶臭袭来。起身一看,一摊新鲜的猫屎在冬夜的被子上灿烂明亮。没法入睡啊朋友!要命的是,我看了下时间,早已过了三日为限的时辰。它送了一个我并不喜欢的投名状后,留下来了。次日为它起名"四无",愿无忧无虑,无灾无难。

最初的四无完全是一只招财猫的样子。每晚开馆,它就守在我身边,陪我看书等上客。但有客至,它便欢快地跑上去,一副欢迎光临的姿态。等客人坐下,它还会跳上旁边的空凳,看着客人点单。客人但有溢美之词,便直接跳到客人身上,种种和谐。待第二批客人到,它就从第一批客人桌上下来,重复它自创的欢迎光临的礼仪,招人喜欢得不得了。在我的记忆里,江湖边日渐兴盛,似乎是从四无来了开始的。

它像个猫精,很多时候我会直接叫它"四妖精"。我说,四妖精你格老子又装憨卖傻哈,你以为老子不晓得那个猫粮盒子是你搬出来的?你都会开盖子自己倒猫粮了你还不是妖精?你格老子妖精妖怪还一脸无辜?你凶你能自己洗头吗?老子就可以!哼!

我对它经常这样戏谑调笑,每次它温柔纯真地看着我,好像看着一个人类的傻子。

有时候我们会在江湖边吃饭,那是四无表演各种攻坚战的时间。一开始它会强攻,直接哆哆地叫着让你给它吃。强攻失败后它启动了自己的聪明才智,从各个方向迂回,一旦被赶下去,又锲而不舍换一个方向,组织下一轮进攻。各种迂回失利,它就跳到一边空凳,基本都是最接近饭菜的地方,停住,坐得笔直,仰着一看就是装出来的高傲头颅,不屑地看着别的方向,就是不往桌上看一眼,一副"我才不稀罕呢"的姿态。这样坐上一阵,它会单方面以为我们已经放松了警惕,这时候四无的神奇就来了。但见它将眼一闭,轻手轻脚爬上桌,鬼鬼祟祟往早已看好的菜盘子挺进。之所以闭上眼睛,是它认为既然我都闭上眼睛看不见你们,你们也该看不见我才对。古有掩耳盗铃,今有闭眼偷吃,虽然总是失败的下场,我们彼此却都乐此不疲。

冬天过去,春天来啦。四无的春天也来啦!它的春心和它的身体一起,在南方的春天荡漾跳跃,追逐着春光和生命。昏黄的路灯映着宁静的午夜,打烊的酒馆还播放着那些咿咿呀呀的歌,忙碌整夜的沽酒人给自己温上一壶酒,在最喜爱的位置惬意地坐下,看着眼前风景,回顾前后时光。看着看着,四无就带着它勾搭的情人们出现了。

多雨也多情的春天,四无每天都带回来不同的情人。我敢说,你从来没见过那么多那么漂亮的流浪猫。它们白天不知道隐藏在什么地方,直到四无出现,它像个大妖一样,将它们召唤出来,捡合适的尾随自己。四无一脸优越地走回馆子,去吃自己的口粮,吃两口会回头看一眼,如居高临下的女王。它可怜的情人们,虽然长得如此彪悍漂亮,都只能乖乖蹲在门口,羡慕地看着大快朵颐的四无。饱食之后,四无多半不会再出门,它会跳到我身上,让它的情人明白——看到了吧? 我可是有人罩着的。

作为天生的运动员和格斗家,四无在它的领地快乐地和各种动物交手,从无败绩。壁虎、老鼠、蝴蝶、麻雀,甚至狗。那些遛狗的邻居以为可以通过和四无的交手让自己的狗狗获取胜利的喜悦,但在经过短暂的对垒后,他们从此选择了绕着四无走的方案。四无出手太快了!我才知道,原来"猫洗脸"不仅是它们自己的清洁行为,更是猫类的杀招,出手如闪电,伤敌似奔雷。虽然常胜,但也有免不了挂彩的时候。有一晚,四无腹部拖着一条既长且深的伤口回来,像个血盆大口,吓得我们不轻。神奇的四无并没觉得有什么大不了,在去医院施药后,它自己用了不到十天,像个大嘴巴一样的伤口已愈合如初,让它的主治医生都羡叹不已,显得我们带它去医院简直多此一举。

四无自理能力非常强。它经常跑出去玩,一两天都不回来,最长一次甚至有四五天。当我们都担心的时候,它就若无其事地出现了。有时候一身白毛沾满了污浊,连眼角也被蚊子叮肿一个红包,它就灰溜溜地溜进来,回到自己的窝,假装可怜兮兮地卧倒,让人不忍心斥责它。这是只能用"智慧"来形容的猫,"聪明机智"这些词都只是它的基本素质。它不只知道猫界的一切,我甚至怀疑连人类世界的很多事情它都知道。有一次我和天真吵嘴,天真边控诉边哭,四无跳上桌子走到她面前,用嘴轻轻叼着她的手指摇来摇去,眼里尽是关切。或者坐在她面前,喵喵地对她轻柔地叫,好像幼儿园阿姨安慰小朋友。又一回,后院闹耗子,我决定带四无回去震慑一番。我试图把它放进我的背包,但它很不配合,刚把它身子放进去,两只前爪又扒拉着拉链口,根本没法拉上。天真把它抱出来,跟它谈话,解释为什么要把它装进去的原因,并且盛赞了它无与伦比的狙杀本领。说了五分钟,再把它放进去时,它就乖乖地蹲坐在背包里,看着我把拉链拉上。一路也不叫,只感觉到一团温暖的热量贴在我的胸口,那是它安静的身体散发的体温。

转年之后,四无似乎怀孕了。说似乎是因为拿不准,它依旧身材苗条,上蹿下跳,直到临产前那天,它还轻盈地在树上做各种高瞻远瞩状。

四无产下了五个孩子,个个健康漂亮。因为家属众多,有一回我想给它重新换个猫窝,趁它不在,把小猫们都放了进去。四无一回来,谨慎地左嗅右嗅上闻下闻,最后果断地衔起它最爱的老二,呜呜呜地就要搬家,看得我们哭笑不得。

四无成了个称职的妈妈。小猫们稍稍长大,它开始教给它们各种本领:虎扑、变线斜走、翻身、纵跃、撕咬,不一而足。那段时间,每天就看见五只小猫努力地训练。有的学得慢,独自练习昨天的作业。几只学得快的,集体在另一边虎头虎脑地揣摩当天的功课。四无像个八十万禁军教头,蹲坐一边,虎视眈眈,稍一不对,立刻将其扑倒在地拳打脚踢一顿教导。

这是一只不仅为我们带来馆子的兴盛更为我们带来生命的猫。有一天它像往常一样出去,就再也没有像往常那样回来。我经常会想起它。但我不喜欢跟人谈论,而希望把思念留在心里。因为事关生死的思念,天地之外,不容分享。

四无像是《封神演义》里战斗力爆棚的散仙陆压,总在最需要的时候神奇地出现,帮你助阵扬威后,神奇地离去。又像陆压离去前留下超级法宝斩仙飞刀一样,四无离去前为我们留下了五只调教好的小猫。如今我经常对它最爱的老二像酒鬼一样絮絮叨叨,我说你每天吃啊睡啊你都不去找你妈妈……

我不知道猫的记忆有多久,只是从此以后,我心中多了一段神一般的记忆。

记忆即纪念。

四无消失之前,它留下的老大老三老四已相继送人,江湖边还留下小圣、八怪,和八怪的妹妹铁头。它们和当年的四无一样,以江湖边为家,却不再繁衍生息。因为它们都做了绝育。

小圣是朋友从街上捡来的。朋友看它在街上不惧车流乱跑,怕出意外,抱来了江湖边。猫肯定也有家族亲情的分别,小圣努力想融入四无一家未果之后,门外成了它最向往的自由世界。它是只自由的猫,足迹遍踏我想都想不到的地方。只有下雨的时候它会待在江湖边,其他时候总是在外面跑啊跑啊,跑的时候总是竖着毛茸茸的大尾巴,大尾巴在风中迎风招展,像古代大将背上的护背旗。也不回家,像老话里说的夜不收。跑累了就把自己藏在江湖边附近睡觉,听见开门的钥匙响立刻竖着尾巴飞快地跑来。它的叫声轻柔,完全不像它越来越肥壮的身躯。它吃饱喝足,埋头就睡,养精蓄锐后,又跑去开启它的秘密旅程。

小圣最后死在它向往的自由上。街道居委会设置了很多捕鼠器,遍地是毒鼠的耗子药。小圣打烊前有气无力地回来,在每个地方都趴不住,换来换去。我们也不知道它怎么了,只能计划次日一早带它去宠物医院。次日一早回到江湖边,"小圣小圣"地叫它,没有回声。它倒毙在一张方桌下,身体早已僵硬。转年之后有一天,我和几个朋友在一个道观喝茶,突然很多道士都拿起手机拍天。我们也走出去,天上一束毛茸茸的白云,蓬松洁白,和小圣曾经迎风招展的大尾巴一模一样。我知道,是小圣来向我告别了。

我发现我正按着生死的轨迹,叙说着江湖边的猫。

八怪和铁头两兄妹是四无留给馆子的纪念。八怪就是四无最爱的老二,铁头则是老五。有一天我看到八怪往铁头身上骑的时候,赶紧把它们送去绝育了。

八怪拥有一只标准大猫的体型,宽背窄腰,前低后高,走起路来一摇一摆,尾巴一晃一甩,表情严肃威严,像只小老虎。我相信八怪的父亲就是四无带回来遛过的硕大黄猫。八怪的体型和它爹一模一样,花色也继承了四无的白与老爹的黄。虽然拥有和乃父一般威武的样子,八怪终此一生,却始终金玉其外,银样蜡枪头。这点很像猪八戒,一样体型庞大,遇到妖怪最怂的就是他。客人们都很难想象,八怪小时候是五兄妹里最强壮聪明的。四无教它的各种本领都学得特别好,直到四无传授扑击的时候,八怪肯定被四无一次次扑倒在地并被咬住咽喉给整烦了,从此变成个懦弱怕事的大懒猫,再也不练不学,每天只管呼呼大睡。四无扑上来教它,它就主动放软身子,把要害都袒露出来,爱咋地咋地,完全成了个投降派。因为体型太过庞大,当它埋头大睡时,经常有客人走过表扬它:“这条大狗可真乖啊!”

它每天只顾睡觉,养膘,极少跑出去玩耍。上树之类更不用奢望,除非被狗追,急了会上树。还上得特别高,高到自己都下不来。体型硕大的八怪没有继承母亲的战斗经验,甚至连战斗的勇气都非常欠缺。除非铁头也在,它才假装虎背熊腰对着狗呜呜两嗓子,舍此之外，总是转身就跑，而且慌不择路。有时候找不准家门，哪有树就往哪奔，拖着大肚皮蹭蹭蹭一蹿老高。蹿上去立刻开始哭，召唤它的主人去营救它。

我不止一次上树捞过它。第一次是它难得跑出去玩，快打烊了还没回来。按以往的习惯，我们就要拿着猫粮盒满围院溜达，一边溜达一边“哗啦哗啦”地摇猫粮盒，嘴里还要发出唤狗的“嘬嘬”声，这是从小喂它时训练出来的习惯。一般这个时候，它就会鬼头鬼脑地从藏身之地向我们跑来。这次它没跑来，跑来的是对面小学的保安，问：“那是不是你们的猫啊？都树上哭一夜了，根本让人没法睡。”没办法，赶紧借了保安的长木梯去搭救它。即使看到是我，它也不会顺着叫声往下滑，反而越爬越高。还有一晚，我们已收拾停当，准备把它叫回来就关门去宵夜，出门随口“喵”了一声，就听见头顶传来熟悉的粗壮低沉的声音——“毛”。对，八怪的声音就是这样的。它从来不会细细柔柔地“喵”，它的叫声独一无二，跟“毛”的发音一模一样。抬头一看，果然这个二愣子又被狗追到树上去了。它怕高，但又爬得很高，足有两层楼。捞它不容易，体型太大重量太重，一不小心会直接从树上摔下来。偶尔抬头，还会滋一脸它被吓出来的尿，热乎乎的——你还想吃宵夜？哼！

拥有独特嗓音的八怪会说话。情绪复杂时它会咕咕哝哝吐出一连串的音节。我们都爱学它说话，后来连铁头都学它哥说话。八怪的叫声丰富多彩，比如从江湖边带它去医院，路上你至少会听到不下十种各式各样的叫声，骑车的我根本不用按铃铛，路人就知道，怪物来袭。

虽然看起来又蠢又笨，但八怪也知道自己的名字。有时候我在江湖边门外很远的地方打完电话，正看到它又鬼头鬼脑地在门口张望，就会蹲下来张开手叫一声"八怪"。它假装很警觉地左右瞄一瞄，然后一颠一颠地晃着大肚皮朝我跑来。那时候我充满了自豪。

四无太聪明，不需要我们为它操心。八怪愚拙，操心的时候多，和它相处的时候也最多，久而久之，我把它默认为我最爱的那只猫了。我用"鬼头鬼脑"形容它，其实是我爱死了它鬼头鬼脑的样子。2019年国庆那天，它又鬼头鬼脑地跑出去玩，就再没回来过。我看不到它鬼头鬼脑的样子了。那一天，我正好不在江湖边。

多年以后，江湖边只剩下八怪的妹妹铁头了。

铁头小时候是一员勇将。但在把它短暂送人后，它目睹了另一只猫从四楼阳台的坠落，心里布满了惊恐过度的阴影。从此再不能把铁头抱起来，离开地面就会发狂挠人。又因为有被送出去过的阴影，它现在足不出户，成了个大门不出二门不迈的千金小姐。我现在觉得，应该叫它"千金"。但是晚了，关于它们的很多事情都晚了。熟知它名字的伙伴都已相继消逝，它的名字成了对往日的纪念，叫铁头的时候，我会想起消逝的它们。

八怪和铁头最多的常态就是兄妹俩抱团一起睡觉。八怪的白色和铁头头顶的黑色就像一对阴阳鱼，而它们圆滚滚相拥而眠的身躯活脱脱就是个圆，肚腹相交的曲线就是太极弦。一个肥美且充满生机的太极图，曾经在江湖边活灵活现。

有一天我的名字也会和你们一样，成为一些人心中的纪念。

我们都是故事里的角色，只不过我扮演的是，被你们遇见，并照顾你们。

再见，我的猫们。我的记忆坚硬执着，总能戳穿岁月，与你重逢。

写于 2016 年 10 月 17 日

补记于 2022 年 3 月 30 日

成败不须公论，得失只在此心

有很多天没有更新我的酒话了，因为某天我酒喝太多连话都懒得说了。身体已经不复少年时候的生猛，大醉一次要萎靡一两天。和阿超排练的时候，阿超也痛彻心扉地说：酒醉有三不好，其一是精神不振，做不了事；其二是记忆力下降，记不住事；其三是酒多入魔，容易做出不当之举。这三点我认为他总结得真好，没有在酒场上打滚过的人是不会有这种体会的。但其实他还有第四点，后来和姬晓、阿峰又端起酒瓶时忍不住说了出来——智商会下降。这是他朋友说他的，他很以为耻。不论怎样，虽然我是为酒馆写酒话，但还是要时时提醒爱酒的朋友们，酒本身虽然没有好坏，但过量了肯定是不好的，大家都保重身体，量力而行。

好了，开始说道我心里的梁山排名。

一、群像"聚义厅"

人说"少不读水浒，老不读三国"，然而我看的第一部小说就是《水浒传》。记得很清楚，每本售价八毛，绣像插图本，分上中下三册。一百零八个魔星，泼剌剌地下凡来做了一百零八个好汉，耍刀弄棒热闹好看。

这是第一本影响我的书，从此埋下三个情结：第一是兄弟情，一帮异姓兄弟肝胆相照快活水泊；第二是拳棒，练一身精彩绝艺，走遍天下都不怕；第三是自由身，不受约束，快活于王法之外。当然快活于王法之外的意思不是不讲道理，比如"替天行道"四个字，就是不受世间王法，但有天道人心的意思。如果王法已经成了一种荒谬的压迫，那还是相信天道吧。天道无私，老君曰：大道无形，生育天地；大道无情，运行日月；大道无名，长养万物。喜欢归喜欢，但是我只喜欢招安前的水泊梁山，所以不喜欢宋江吴用，和一批出身官军系统的梁山人物。他们大抵都是情势所逼，暂且寄身罢了，心里还是隐匿着受招安沐皇恩的奴才相。

江湖边有一大一小两个待客空间，小空间的墙壁上，贴着戴敦邦先生画的水泊人物，我按我心中的排序，重组成了一幅水泊群像。争论自己心中的水泊排名，是和朋友们下酒的绝佳酒话。各自的排名都有不同，有些基于文学，有些基于武功，有些基于记忆，我则基于我对人物以心交心的认知。《水浒传》打动我的是"聚义"二字，江湖边这个小空间，因为有了这幅排名座次，也成了一个聚义厅。梁山的聚义厅后来改叫忠义堂，一"聚"一"忠"的变换，这个"义"字已经隐匿了人心隔肚皮的想法。

二、"入云龙"公孙胜

公孙胜是梁山上道家的形象代表，说是代表，意思是山上道人不止一个公孙胜。但其余的都止于道术，比如混世魔王樊瑞，后来做了公孙胜的弟子；又比如神行太保戴宗，日行千里，但也只是道术符咒而已。值得一提的是神机军师朱武，擅长推演九宫八卦，也是神机过人的一个军师型人物，但山上有吴用则不可能大用朱武，所幸朱武韬光得很好，虽没有太多出彩，但"居众之所恶，故几于道也"。能有道家境界将山寨事洞若观火的，也只有入云龙。劫生辰纲是梁山聚义的因由，这个因谁牵起来的？公孙胜。上得山后又时以探母面师修道为由，游离在山上众人之外，绝不沾染山寨善恶是非的诸般因果。除非有解不开的难题、打不下的州城，才被请出山一次，然后迅速功成身退。之所以把公孙胜排在前头，还有一个重要的私人理由——道家嘛，心向往焉，站在道门门槛上看梁山，就只看见这个入云龙。

三、"花和尚"鲁智深

"平生不修善果，只爱杀人放火。忽地顿开金绳，这里扯断玉锁。咦！钱塘江上潮信来，今日方知我是我。"整个梁山，生死最洒脱的就是这个花和尚。

几乎每一套评书都有一个鲁莽憨直、看起来傻乎乎大咧咧的英雄好汉。比如《隋唐演义》里的程咬金，《说岳全传》里的牛皋，《三国演义》里的张飞，《大明英烈传》里的胡大海，《东汉演义》的姚期。粗一看，我以为鲁智深也是这样的人物，细细品来却完全不是。从三拳打死镇关西到大闹野猪林，从二龙山小聚义到上梁山，甚至到后来征方腊，鲁智深从开篇时的一个主要人物逐渐隐没了自己庞大的身躯，但凡出现，便是重要的战役、重要的事件。比如擒方腊，比如钱塘圆寂。作为梁山步军首领第一的地位，花和尚拥有甚至比武松更服众的身手，这样一号武艺高强又充满魅力的大将，没理由不是小说家的宝贝，所以我更乐意将后半部《水浒传》里少见鲁智深的身影理解为：这是他自己的刻意为之。为何如此？简单说来便是从一个假和尚到真僧家的行止，智深若海，深藏功名。有了这样真僧家的内外行止，再看他的一生，恩仇定处，杀伐自在，了无牵挂，来去自如。世间的热闹全部尝过了，打打杀杀都打过了还都打赢了，恩恩怨怨都缠缠一身又能跳脱恩怨之外，最后老爷想安静了就不带半点犹豫，轻松示寂而去，哪怕只以世间红尘的标准，这也是不负此生的了。更牛的是，人家和尚不只是善终，还是了悟而去。整个梁山，凡写到离世的，和尚是第一人。生是小弟，死是大佬。这种生命的迹象，是做老大的宋江眼馋不来的。

道家公孙，佛门智深。这两位分列一二，有意思极了。

四、"浪子"燕青

小时候看各朝各代的话本，又听各种评书演播，发现两个有趣的现象。每部书里都有一号马大哈一样的傻英雄，每部书里又都有一个人见人爱的俏将军，三国赵云，隋唐罗成，水浒里便是"浪子"燕青。"浪子"本来大约有两个意思，一是无家可归、浪迹天涯；一是行止无行、浪荡痞赖。两个意思都不太好，但自从燕青将它作为绰号之后，似乎就赋予了这两个字无形的美感。以至后来看武侠小说，好多作家喜欢编撰些无情浪子之类的名头，恐怕也是由此而来。

关于燕青，动我心者其实是他后来的归宿。很多人的归宿是不得已的，被安排的，但燕青不是，他是自己给自己安排的。什么人可以给自己安排归宿呢——洞察世事而又自省自知的人。燕青无疑就是这样一个人。征方腊得胜还朝，燕青看到了不日后兄弟们身家性命的不测，于是不辞而去，从此真的成了个浪子，但这个浪子无疑更多了许多逍遥世外的生命意趣。更为可贵的是，燕青准备乘夜离去之前还做了两件事。其一是劝说卢俊义和他一起走。作为曾经的家主义父，燕青如此劝说是忠孝，而作为跟随了卢俊义大半生的燕青，难道不知道卢俊义其人吗？燕青肯定知道卢俊义的选择，但他还是去了，这是义之所为。义之所为的燕青没有接纳卢俊义的挽留，决然而去，这又是智。说到知人之智，从他不辞而去也可见一斑。若说辞，首先该向主帅宋江，但燕青放弃了这一步，他太清楚宋江心里装着什么，又会用什么理由来挽留自己，于是索性不辞而去。其二是临去之前，燕青还整理了一担子的金银，然后乘着夜色挑着就走了。这个举动很好玩，如果是公孙胜、鲁智深，恐怕是赤条条来去无牵挂，但小乙哥不是。小乙哥何等伶俐，注定是世间第一等聪明人，该取的还是要取，将保命安身的法门运用得炉火纯青。小乙哥从此全身而退，且还不只是全身，还全节，能做到这个分儿上的还有几人？所以我爱小乙哥，如果这辈子只是世间逍遥的命，那就毫不犹豫向小乙哥学习。

值得一提的是，《说岳全传》里，梁山老人一共出场了两位，一位是小乙哥，还有一位是旧日梁山五虎上将之一的"双鞭"呼延灼。呼延老将军的出场是让人扼腕的，年老力衰，被金兀术一斧劈在吊桥上，殊为可叹！小乙哥就不一样了，一出来就拥有和当年一样利索伶俐的身法，蹿上粘罕的马背，就把金国王子拽下来，绳捆索绑上了山，救了赵构一命。

五、"混江龙"李俊

"混江龙"李俊在梁山的名气并不大，座次排在天罡二十六，即使是水军头领第一，名气也不能和五虎、八骠骑相提并论，在看官心中甚至不如二张三阮。

但他在我这里却是个人排名的第四。有朋友很纳闷我这个排名，不只是李俊，包括公孙、智深，也包括之后的诸位。所谓排名，多半会根据上山的顺序、武力的高下、功劳的多寡、名头的大小，当然还有更多会依据自古民间传颂引致的内心的好感度。以前我也会很看重这些东西，但现在不会，如果现在还这样看世间的人事，那只能证明这些年都白过了。

和燕青一样，李俊让我羡慕的还是他最后的归宿。征方腊得胜回朝的路上，苏州城边，李俊假装患了中风，借口养病，让宋江留下自来跟随李俊的童威、童猛，等大军一走，立刻打造船只远洋出海，到暹罗打下另一片天下，自己做了暹罗国王。比起回朝受封领赏的诸位，李俊的结局简直是风光逍遥。见过一句评价李俊的话，说他一生是"全了宋江之功，尽了兄弟之义"，此言中肯。人能无愧无疚，俯仰天地，殊为不易。

大家爱雄心万丈（多数是假装的）地念叨"少年子弟江湖老"，或者"古来征战几人回"等等貌似豪气干云的话,但殊不知这些话都是要用自己一条鲜活的命来实证的。我欣赏那些纵横沙场功名在望,又能洒然放手全身而退的人物。多数人尽其一生只当得起一个"人"字,但要成为"人物",就不是单纯靠武功可以得来的了。

在世间就行世间事。扑啦啦大旗飞扬,在世留些声名;还能把大旗一收,两忘江湖笑看烟水,全了性命。我尊重这样的人物。能提得起的人多,能放得下的少。我还很重视"善终"二字。善始不难,善终才难。一般说来,善终是尽享天年,无疾而终。英武如霸王、关公,最后还是被人砍了脑壳,这就有点死得不好看,所以连新拍的《三国演义》都把关公的死法从斩首改成死于乱箭,据说是出于审美考虑。

关于"善终"我还有一个解释,就是内心的取舍。善始是取之初,善终是舍之后。老子是这样说的:民之从事也,恒于其成事而败之,故慎终若始,则无败事矣。夫唯道,善始且善终。

不负始终,才对得上这个"善"字。

李俊可能是古今偷渡第一人,也是规模最大的一人,"混江龙"的名号其实彰显在此。

后人有诗道:

> 知几君子事,明哲迈夷伦。
>
> 重结义中义,更全身外身。
>
> 浮水舟无系,榆庄柳又新。
>
> 谁知天海阔,别有一家人。

六、"活阎罗"阮小七

看完李俊,大家就知道我这个座次基本等于一个健康系数表,所以先说小七的结局。小七本也受了皇封、赐了官职,但最后还是免官罢职,带老母又回石碣村打渔去了。这个结局其实很适合小七的性情——本来就是不求富贵荣华的闲散渔人,有酒有肉,还能侍奉高堂,就已经很对小七胃口了,就像水泊里他自唱的歌词:

> 爷爷生在天地间,不做皇帝不做官。
>
> 水泊梁山住一世,快乐悠闲赛神仙。

这样一个人物让他冠冕堂皇去做官,可能真是难为了他。小七一生,重在性情,打杀跳脱,自在快活,豪放而不粗俗,仗义而不愚忠。金圣叹点评水浒人物时,也是将小七列入了上上品人物。黄泥岗起事,浔阳江救宋江,败何涛擒高俅,偷御酒耍龙袍,小七一生行事可以当得上兴致勃发,随心得很。像这样一个天不怕地不怕,唯胸中性情主张,且兼有一身好武艺的人,多半会是一个极会惹是生非的主。他惹事闹事,最后火烧功德林,坏了性命。阮小七当然也是一个极善于惹事的主(要不也不会到了手的官衔又被免了),但能做到下场极好,快意恩仇,刀头打滚过后,又终于还是平平安安带着老母回石碣村快活过日,就像出家人一朝了断尘缘一般,除了说他福分善缘之深之厚,恐怕也难有别的解释了。

七、"行者"武松

小七之后,余人基本可以匆匆几笔带过了。

武松其人,儿时极是向往。景阳冈打虎,斗杀西门庆,血溅鸳鸯楼,脱柳飞云浦,醉打蒋门神,再加上那副行者造型,真是帅呆。可惜武松多半为自己打杀得多,打蒋门神的实质又其实是两帮土豪劣绅的争斗,血溅鸳鸯楼一段又杀无辜。一朝落魄结识了张青孙二娘,马上忽略了二人谋财害命卖人肉馒头的勾当。比起鲁达为卖唱女子出头,一身武艺的去处糊涂了许多。当然不可否认的是,自从武松在鸳鸯楼留下"杀人者,打虎武松也!"之后,一个广受喜爱的英雄形象就树立起来了。尤其面对宋江力主招安时能说出"今日也要招安,明日也要招安。冷了弟兄们的心!"这样的话来,也足以当得起是一条立场坚定、见识超人的好汉子形象。水泊里两个僧家,花和尚花完大半生之后洒脱坐化,行者终究还只是行者,能终老六和寺已未尝不是善终。

八、"托塔天王"晁盖

晁天王本不在一百单八将之列,但作为一百单八将的缘起,有其存在的价值。

作为山寨老大的晁盖,本不该排名如此之后,但一个做老大的人如果只是心直口快讲究泛泛的肝胆相照,缺了知人明事的眼光见识,肯定不会是个成功的老大。

老大该是山寨的一道铁门槛。何人当迎何人当送当有讲究，如果只是一味来者不拒，而且还天天闹着要让别人当老大，那肯定会出问题。

所以晁盖死于非命，所以梁山招安。

九、"赤发鬼"刘唐

刘唐者，山上自天王去后，恐怕唯一念及天王哥哥者也。一个能记住亡故哥哥的兄弟，不是因为他不在乎身边的兄弟情义，而是因为他念旧。有些人一生只认一个老大，刘唐可能是这种人。

十、"一丈青"扈三娘

哀哉三娘，如玉桃花。

男人群中，说不得话。

梁山有三个女中豪杰："母大虫"顾大嫂，"母夜叉"孙二娘，"一丈青"扈三娘。无论从绰号名字，还是面貌描述，抑或武艺人才，三娘都是最杰出的。然而，也是命途最无依的。

十一、"病尉迟"孙立

孙立能打,武力至少在马军八骠骑之列,而且极有可能还是八骠骑里的佼佼者,要知道,这位病尉迟可是仅凭一柄单鞭就能够与五虎上将之中的"双鞭"呼延灼打个难分轩轾的人物。然而排名非但不能列入天罡星行列,而且比被他救出的解珍、解宝还低,对很多喜爱水浒的有心人而言,可算一个水浒谜案了。具体为何,有兴趣的朋友可以自己去看。反正我喜欢孙立,一是拥有过人的武艺又能韬光养晦,非得要打时就打得精彩绝伦,比如战辽国先锋寇镇远,战田虎手下四威将之一方琼,鞭打飞虎大将军张威,生擒雷炯;二是顾念兄弟情谊,为了弟弟"小尉迟"孙新和弟媳妇"母大虫"顾大嫂要救解珍、解宝,弃官造反;三是不显山露水,明哲保身,一连串血战之后,能成功带着弟弟孙新和弟媳妇顾大嫂回到老家,梁山上那么多亲兄弟,比如宋江和宋清、张横和张顺、穆春和穆弘、蔡福和蔡庆……一共十对亲兄弟,能平安生还的只有两对,一对是后来跟着李俊偷渡去海外称王的童威和童猛,一对就是孙立和孙新。

武艺高强,又不显山露水如此,可谓山上一个异人。

十二、"鼓上蚤"时迁

他大功不少。没有时迁,就不会有石秀、杨雄、汤隆、徐宁,更不会有五虎大将之一的呼延灼,甚至连救水浒第一变态高手"玉麒麟"

卢俊义也不会成功。然而排名仅在第106位，与叛徒白胜、盗马贼段景柱同列，可悲可叹。这是山上第一神探，哪怕仅作为小说故事而言，也是一个精彩角色，然而出身偏门，终不入假仁假义宋江的伪道德眼中。

十三、"黑旋风"李逵

很多人爱念叨这个名字，好像多了不起一样，其实武艺粗俗，死忠宋江，最后死得其所。但凡上阵，只懂将两柄板斧排头砍去，如鲁迅所评，李逵斧下多是无辜看客，比如法场救人，不论是谁，只管往人头砍去。其心思连简单都算不上，基本算是蒙蔽，智识未开，囫囵一片。一辈子莫名其妙认了宋江做老大，又莫名其妙跟着这个老大到处杀人放火，再被这个老大莫名其妙地毒死，基本可以理解为此二人就是冤亲债主的关系。李逵前辈子欠了宋江很多债，这辈子就是来还债的，所以啥情由也不问，只管跟着老大寻死觅活，"黑旋风"就是个糊涂鬼，排入我这个榜单纯粹是因为戴敦邦先生把他画得很有张力，可以活跃一下静态的挂图而已。

2010年6月22日

落落乾坤大布衣

一

初见滨哥的下午，阳光灿烂。他穿一件白色对襟大褂，黑色长裤，踏一双洒鞋，斯文又不失洒脱地出现在江湖边门口，教授朋友红叶养生导引术。那时候我们在屋里排练《道情/乙未卷》，从窗口望出去，滨哥正在教红叶做预备功夫，大约是"坎离互动"，左右拍打前心后背。这让我想起在西安八仙宫看见的那个值殿道人，那时候游客正少，他在殿里趁空练习这样的招式，白衣翩翩大袖飘飘，和此刻滨哥一模一样。

有些人初次相见，仅是丰采气度，就让人有结识亲近的心。休息的时候，我和滨哥聊了起来，惊讶地发现，作为某大型中医机构负责人的滨哥居然吸烟。这让我心生亲近的同时，坚定了自己暂时不考虑戒烟的决定。

二

第二次见面，我们直接开始讨论那个影响了我好长时间的合作。

滨哥托红叶征求我的意见,问我能不能和他一起做一场对话庄子的活动。我当然很乐意,一口应承下来。如红叶所说,后院这些年来,于内该有一次自我体系的整理;于外,则是时候在合适的地方以合适的方式旗帜鲜明地讲述自己的主张。那时后院刚做完"人间世上唱道情"的巡演,《人间世》这张专辑直接取名于《庄子》内七篇第四篇的篇名,《道情》则是音乐上后院迄今最能表达自己内核的新专辑,此时,滨哥提出这个想法,就像说:"来吧,我们一起打造一个衣柜,把后院的长衫短打都整齐地装起来吧!"

那晚和滨哥一起来的除了红叶,还有正安创始人之一的晓玲。晓玲不喝酒,嗓音低沉,有效地让我竖起耳朵保持清醒。滨哥聊天时几乎烟不离手,更让人开心的是,不只抽烟,他还喝酒。喝完第二壶老酒,我们已经大有相见晚、相见欢的默契。晓玲问滨哥:"你在哪儿认识这样神奇的人?"作为中介的红叶就在江湖边昏暗的灯光里,端着酒碗抿着嘴骄傲地笑了。

滨哥已经在正安做了很长时间关于庄子的座谈,有时候和梁冬,有时候和别的朋友。晓玲说,滨哥和梁冬都是话痨,聊着聊着就信马由缰如列子御风,旬有五日才返。梁冬后来这样评价滨哥:"我选择嘉宾老师的标准就是一个——比我强的人。"

三

如果一开始成不了朋友,多数情况下以后也成不了朋友。那些成为朋友的人,其实多半本来就是朋友,只因前尘隔断,分开太久。

我身边谈得上"斯文"的朋友太少。"斯文"不是安静,不是礼貌,更不是谨慎。"斯文"接近于一种文气,有先天一气的秉承,也有后来笔墨的滋养。文质彬彬,可以雅说,也足堪玄谈。斯文足以雅说,玄谈则需要性情的洒脱。没有那份性情的洒脱,怎么会生出那份"妙想"呢?滨哥斯文中见着洒脱,故能在魏阙江湖出入无碍;洒脱中又有融入形神的斯文,于是和世间总维持着适当的距离。"形莫若就,心莫若和",这点"就"与"和"的分寸把控,我不如滨哥。

四

滨哥总是很歉意,觉得"对话庄子"这个活动分了我太多心,占据了我太多日常时间。他不知道,其实这个活动给了我很多有益的力量。很多时候我们在懒洋洋中一事无成,把自己的时间挥霍殆尽。一场事关大宗师庄子的对话活动,则让我有足够的理由把自己的时间归整起来。

于是我重读《庄子》。

2010年做《神游:李叔同先生乐歌小唱集》,从李叔同先生的诗词歌赋入手,兼及先生的朋友学生所述,见到先生高尚而朴素的品格。六年后做"对话庄子",每读每新的《庄子》就像一场对自己若干年所学所行的验证。我问自己:舞台之上话筒之前,那颗卖弄炫耀的心是否还在?众人仰望下的虚荣,还有几分?哪些是自己的实学实得,哪些是拾人牙慧?可以说的是什么,不应当多舌义愤的是什么?若没有结识滨哥,这一场验证不知会拖到何年何月,自己又将继续浑噩无明自以为是多久。

关于朋友,庄子亲口所言有一句话:"吾无以为质矣,吾无与言之矣。"可见良朋之失,即使作为大宗师的庄子也不免多了几分寂寞。而写到子祀、子舆、子犁、子来四人,庄子说"相视而笑,莫逆于心,遂相与为友";写到子桑户、孟子反、子琴张,庄子更不吝将同样的话原封不动再说了一遍。"朋友"这个称谓,对于只有一个朋友的庄子有着极高的要求。同样在这两段故事里,庄子对"朋友"给出了明确的说明:"孰能以无为首,以生为脊,以死为尻,孰知死生存亡之一体者,吾与之友矣。""孰能相与于无相与,相为于无相为? 孰能登天游雾,挠挑无极,相忘以生,无所终穷?"

这样的朋友是大宗师的朋友,我也罢滨哥也罢,难以企及。但凡人俗世,是不是也应该对"朋友"有相应于自己的要求呢? 可以一起抽烟喝酒,又能相与坐而论道,这样的朋友是否也可以"相视而笑,莫逆于心,相与为友"呢?

五

活动开始前半小时,我邀滨哥上天台。我练八段锦,他打太极拳。滨哥说我的八段锦潇洒漂亮,他不知道,其实那几天几乎每天都有不期而至的外地友人来找我,甚至有漏夜之饮,我不止精神不好,而且脚下虚浮得很。然而我不知道的是,滨哥那几天正好有一位他敬重的对他影响颇大的长辈离世。现场的滨哥,完全没人看出来他心里装着一桩生死。我唱歌的时候,听见滨哥几乎每一首每一句都在一起大声地唱。我不知道那一时那一地，滨哥究竟是用怎样的心情在这人间世上唱道情。总要有一种时候，即使置身千人万人，我们也只和自己在一起。那时那地，我想滨哥就在他自己的人间世上唱他自己的道情吧！

2016 年 11 月 1 日

酒话摘录

1.很多时候我神秘兮兮小心翼翼看着手上这小小一杯,像举着一个大千世界。这世界充满神神鬼鬼,都是我们自己。

2.总有人问,为什么会起"秘密后院"这个名字?其实无论"秘密"还是"后",无不隐藏了甘居人后、处之若下、自得其乐、隐而不名的隐秘心思。对于这四个字,我最大的梦想是有朝一日可以之命名,做一个大家落地的安身之所,这个安身之所也是我梦想中可以回去喝回魂酒的地方。但是这个梦想比舞着醉拳去闯江湖更难,醉拳毕竟是一人之力,天长日久可以练出来。经营一个安身之所却不是一个人天天对着酒葫芦或者对着沙包可以打出来的。何况,你乐意将这样的四个字安放在这样喧闹的都市吗?于是,当我们大家只能在一个时间一个地方做短暂交汇的时候,我只能先做一件事情,那就是"江湖边"。

3.做酒吧似乎是所有音乐人都有过的梦想,好像做音乐是做酒吧的前提一样。但是对我而言,至少有三点是有不同考虑的:其一是因何聚财,其二是如何转财,其三是酒为何物。此中细节不能明言,有心人可以当个问题揣摩一二。所以如果有一天我们以"江湖边"的名义做了一个有酒可饮有歌可唱的空间的时候,我可不希望大家以为这是个酒吧,虽然它在很多人眼中是。

4.郭安达是内蒙人,擅长喝各种啤酒和吐各种啤酒。他送了江湖边第一件礼物:一个双座的烛台,上面刻有"接天莲叶无穷碧,映日荷花别样红"。送的时候我说,绿色代表生发,红色象征红火,从此馆子就可以红红火火地欣欣向荣啦。

5.如果可以通过音乐抵达一个人内心的江湖边,那现在也可以通过一壶老酒抵达我们日常生活里的江湖边。

6.八方英雄气,四面楚歌声。夜雨江湖行,孑孓一盏灯。

7.山上山下事,身前身后人。丈八风云路,底事本无痕。

8.多数人尽其一生只当得起一个"人"字,但要成为"人物",就不是靠单纯的武功可以打杀来的了。

9.江湖边可能也是一个看不见的鱼缸,每一个推门走进的人都是游来的鱼儿,每个人都将拥有各自或长或短的记忆。透过玻璃窗看出去,外面是不同的世界。透过玻璃窗看见你,你还是你吗?

10.前年,当后院《诸子列传》做好的时候,我看着阿仲给我们书写的"曾经一夕后院酒，泼到如今淋漓飞"，我就对后院诸子信誓旦旦地说，有一天我们一定要找到一种酒给它起"淋漓飞"这个名字，作为后院特供酒奉献给喜欢后院的朋友们。

11. 我记得，那天晚上我不是用自己的脚走回家的。

12. 醉步跟跄，玉环步、鸳鸯腿，和自己的影子厮杀。

13. 就像29号的下午，一个早已经不再喝酒的老朋友专程来到馆子，打开一坛六年陈的"醉花阴"和我细细地边酌边说话。早已不喝酒的他说，其实在知道我要开这间馆子的时候，他就在心里对自己说，不论怎么样，开业的时候，他还是要陪我喝一点的。这些话很让人温暖，会让你明白，朋友啊，不是拍拍肩膀碰碰酒杯就碰出来的，是用时间岁月为原浆，相濡以沫的往事为酒糟，一点一滴日复一日酿出来的。

14. 老李用一贯昂扬的语调在电话那边说，听说江湖边今儿开业，他现在准备从刚开完会的深圳赶来庆贺，然后认真嘱咐我，一定要喝"淋漓飞"喔！

15. 6月29日，准备正式开业的下午，去买茶具的天真发来短信，说在路上可能踩到"米田共"了，觉得今天可能不再适合开业。我看过了第二日的黄历，又日逢月破，断然弃绝，于是推迟到7月2日。7

月2日是个黄道吉日,下午我喜冲冲地去交水费,路上听了一路的评书,下车的时候突然动了调皮的心思,站在车门前抓住顶上的横杠,车门打开的时候,将身子一荡,凌空飞下了车。漂亮的飞翔之后没走两步,就发现这条老腰有点不对劲。很久没做骤然发力的动作,扭到了这条安逸已久的老腰。它在街上发出了抗议,让我停下来倾听它的委屈。之后的几天,我通过痛楚感受着自己这条艰难的活生生的而且是被遗忘久矣的老腰,看着天真一个人忙碌的身影,百感交集。人、事、家、国、你、我、得、失,都在这条老腰难得的痛楚里显现得清楚无比。它像这个叫"江湖边"的馆子,没有一个让人感到容易。

16.收拾好巡演时日日新的心情,坐回自己的江湖边。夜深人静,寂寥无人。枯坐在门前石阶,风吹树动,心里一片秋意立刻涌动起来,席卷身心。秋意浓,酒意便浓,返身给自己烫了一壶酒,酒里装满了属于这个人间的有情。明月当空,举杯相邀,想起古龙大侠的一句话——谁来与我干杯。

17.可以干杯的友人都消失在此刻酒碗前面那片遥远的虚空夜色了,他们举杯的时候我没法赴约,我邀杯的时候他们也不闻不见。生命至此,所以酒中其实只有一种滋味——孤独的滋味。但是真正的孤独是温暖的,你知道吗?

18.我一直在等着这样的酒客,一个人来,一个人喝酒,与人无干,只有自己和自己。但一直没等到。也不知道,他是不是正在赶来的路上呢?

19.且看咯,生命总是自己的。把自己当一个酿酒的容器,所有身内身外的故事都是酒糟,最后能倒出什么酒来,晃荡着壶嘴一样的脑袋想一想,还真就是自己的事。

20.有人情处,一切安然无恙。

21.落寞之情是没法和人分享的,能分享的不是落寞。

22.小曲也罢,小生活也罢,都可以小。小在对生命对世间的谦下之情,无野心无扩张,绝不是精神幅员的为之下,更不是任由他人将自己随意地看小。

23.有时候来的是听歌的人,有时候是喝酒的人,这样我就会纳闷自己是不是又回到很多年前酒吧驻唱的日子。到江湖边来的客人都是来品尝江湖边的酒,我们也可以给他们江湖边的音乐,前提当然是这些音乐是在江湖边之外听不到的,因为江湖边之外不会有江湖边上唱歌的人。说来说去,自己看见的都不是问题,自己就是问题的来由和答案。

24.就像看戏一样,每晚有不约而至的各式演员登上江湖边这个舞台,我是那个不买门票的看客。当然,转过来说也可以是,每晚都有不同的观众来看我和天真两个人的表演。

25.说到四无,这是只猫的名字,无病无灾无忧无虑。这只流浪猫在"晓峰宿醉"来到馆子那晚,如入无人之境踏门而来,从此每晚八点半就会准时报到。有时候前门没开,比如冷风直灌的今晚,你正忙着忙着突然听见后门外细细的喵喵声,那准是它来了。它聪明得很,知道咱们家有前门和后门,还知道主人是个耳力很好的人,不用叫太大声就能听见。这时候我就把它引进来,叫着"四无、四无"的名字给它倒上猫粮。

26.老子重来剑池,此身已非彼身。前盟旧事两忘,心与剑气森森。

27.静默如初,声色如旧,是这般重檐雪,滴得这岁月透。新发白首,红楼西游,似那些风云动,都成这万古流。

28.一捧飞雪千古尘,翻转头看百年身。风云不动当年色,深闺犹待梦里人。

29.烟火人间影绰绰,谁家神仙寂寞坐。隔年隔世犹观火,看得苍生热闹过。

30.馆子的支柱究竟还是这个主人,如果这个主人只是个酒徒,那就只能呈现一间唯酒是从的酒肆，非所愿耳。

31.一个人喝酒是快活的，因为这时候你喝的是自家的心情。

32.酒之一物，可不就是出世入世的桥梁么？身陷七情中，神游蝶梦前。世间万物莫不是度人的舟，何独将酒恐惧于外？

33.自在在哪里啊？不在酒后装疯耍性里，当然更不在酒前不知自处时。你看见酒里那一轮明月，且相看两不厌了，便是了。

34.滚滚洪流打身而过，数十豪杰，千般对错，终须那一日沉默。不堪与春争雄，都向杯里淹没，当年风起云涌处，凭谁是那，一般角色。

35.小凌子离开时说，她已连续在江湖边过了三年的生日。这话温暖地提醒我，馆子已经是很多朋友记忆的一部分了。当我们的身体已无法回到昨天的时候，我们可以用记忆来连接一个完整的自己。

36.我们不可能和所有人长相厮守，于是分开后能给彼此留下什么，这是多么重要的事啊！

37.如果江湖边是盘生意，那我和天真要做的也是有人情味的生意。怀抱人情和大家一起活着，比怀揣钞票独自活着有趣得多。

38.行走世间最重要的是脚力和心性。有脚力,可以行走;有心性,才能不泯于世间。

39.有一次,我接待三女孩坐下,她们有些怯怯地问我:"请问秘密后院的主唱小匡在这儿吗?"我一边擦桌子一边说:"在啊。"她们说:"啊! 他在哪儿呢?"我说:"正在为你们擦桌子啊。"问得自然,答得大方。问答之间,不就是生活本身吗?

40.有时候我去江湖边,整晚没什么事做,陪这个人说两句,和那个人说两句,嘻嘻哈哈不知所云打发着时间;有时候回到小二哥的角色,端茶递水忙前忙后,想起搁置很久的专辑还没做,又会心生遗憾。然而不论无聊还是忙碌,不都是自己的生活吗? 生活里本来就没有一直的激情和意义,有时候不无聊一点怎么有空为自己思前想后呢? 或者"不为无聊之事,何以遣有生之涯"呢?

41.你在天涯你在海角,都与我无干,相干的只是,我们两个祸福不及旁人的交情。

42.被年月打磨过的心啊,纤尘尽去,如一面干净硬朗的碑记,清楚而坚强地镌刻着那些该当记得的名姓。而我,是那个守护这样一块石碑的人,不停擦拭不停镌刻,若干年来,念兹在兹,星夜下,酒杯边,任人情如水苍茫成烟,隔绝消息,独自思念。

43.江湖边开业至今,来过各种人物。教授,无疑是其中最各色的:个性鲜明,最是跳脱,万花丛中,其色最异。有些人只能说,这是个人物。"人物"这个词多数时候表示赞美,但有时候,它更表示重量。无论忠奸善恶,有些人存在的重量都当得上"人物"这个称谓。教授是在刚开业不久的某个秋天黄昏出现的,踏着夕阳摇摇摆摆地闯进来,对刚排练完正在歇息的我们说起他的故事,从那一刻开始,他就不由分说地在很长一段时间走进了我们的生活。

44.酒中见性情,只要是可以对坐喝酒的人,知不知道名姓并不重要。

45.他就像一个被削去了记忆的神佛,打落人间,只待一朝觉醒,才和昨日一刀两断。

46.某日雨夜,教授曾用破纸一张写下一首打油小诗送我,还记得的是:江湖边,大道边,风雨不动赛神仙……很多时候我会回味这貌似平凡的话语。江湖边确实在江南大道边,但我们也更在彼此了然于心的天地生命的大道边,风雨不论,借杯酒匿名藏身而已,神不神仙,也只是审美范畴自得其乐的一点儿飘飘然吧。

47.遗憾的是,江湖边毕竟是个开在闹市的营业场所。越来越多慕名而来尤其慕各种点评网而来的客人,他们嬉笑喧闹,讲究这个要求那个,唯独对自己没有半点的讲究和要求。面对这样的客人,我时常在自己的馆子里如坐针毡。这是个能自保自立自清自白就已难能可贵的时代,虽然我很想让人看见"边",而不是"江湖",但面对那些故作豪情,拿着我们的手工线装酒单只能想象到武林秘籍的人们,只能还是大道如青天,各自走一边。

48.我挑客甚至逐客,但我也念旧。我念着那些真正属于江湖边的旧友故人,期待着他们重回江湖边的那一天。如果那一天到来,我想江湖边一定会像个绽放了鲜花的院子,那时节,高兴的就不只是人,还有这片从不声张的土地。

49.有些问题,一旦出口,就让你哑口无言。比如:江湖边开了这么久,你觉得自己最大的收获是什么呢?

50."叙旧旧人依旧",时光掺杂的是人情意气,那人依旧在那山,把酒桑麻。谁还真正在乎短暂相逢的姓氏呢?旧人早已旧去,重逢之时,不过如一场翻晒的时节。你执着地牵着衣角想着与时俱进,人家不过将时光一翻,轻轻叠起,爱物如旧,萧郎从此是路人。

51.我家兄弟艾谦,去岁离粤,千里相望。只有他的剑还悬在江湖边的舞台墙上。乱象频生之际,三哥将他的陌刀配挂在一侧。坐一边的人默默凝望,思绪飘然,情义在刀剑之间,作了如此的心知。

52.有些旧物,我会把它们清理出去,有些无论积尘多厚,会细心清理,物归原位。每件旧物后都藏着一个曾经结交的人,一个曾经相熟的名字。有些情缘两断,绝不姑息。有些呢?就像是远足的友人留存的纪念。有这样珍惜的纪念,就有重情重义的江湖;有这样决绝的两断,就有泊岸的江湖之边。

53.又有多久没想起四无了?它还在这个世间吗?"今日人琴俱亡,这流水高山向谁同奏?从今后,邗江渡口,多少公卿耆旧,骚人墨叟,一声声哭过扬州。"无时不在的离别,奔突流亡只在一念。上一回广州下大雨的午夜,趁酒性浪荡归家,在路口又拾起一只不能动弹的伤猫,浑身毛一丛丛刺猬般奓起。只有双耳耸立,表明生气。抱去宠物医院治了两天,从此身价(医药费)倍涨,一瘸一拐地活了下来,细细地叫着活跃在天南地北的人客间。无常的阴霾总优先笼罩那些更加羸弱的生命——不数日,它消失在打烊之前。它没过几天好日子。所有的离别,都希望它们能过上更好的日子。

54.君子之交其淡如水。淡,不执着滋味;水,不执着常留。若不能珍惜曾经的记忆且洒然抖落离别的牵扯,便似负了这番如水的情意。

55.我喜欢给馆子打烊,这是"从一群人到一个人"的过程,抹桌子的时候,更会想起"荷锄在风云上,数历历年光"。

56.一个男人有点紧张地进来,往书架上胡乱觑看。

我赶紧走出来招呼："您是？"

他不看我，像被抓到现行："啊我来送匡叔一本书……"

不等我作答，把书塞到我手上，仓皇而去。至今我仍疑惑，他知不知道我就是他要送书的人。

57.人间有时是一幅锦绣有时是一团枯草，靠自己收拾打理。

58.凭你左顾右盼，那些人影再不会踏月而来。寂寞让酒更有滋味，每一碗，都是自己亲历的时日。于是且饮自家酒，莫羡林下人。

59.流年虽逝，也堪追忆。往事今昔，总有一天会像茶和酒，在小小的江湖边，相濡以沫。

60. 3月23号，是八怪和铁头的生日，它们八岁了。我一直后悔铁头这名字起错了，该叫千金。千金大门不出，二门不迈，把自己养在深闺。"千金"比"铁头"也要好听得多，金也比铁贵很多。至于八怪……它从来没有不羁的眼神，却一直有不羁的作风——随地大小便！一个名字起错，一个不羁如疯，但是我一直很爱它们。因为江湖边上，其实没有几个相伴八年的生命。

61.随便就把自己的酒碗伸出去邀杯的人，并不明白何为珍惜，何为自我的眷顾。

62.每年4月1日,都有一班惦记张国荣,或是喜欢《东邪西毒》的朋友会聚江湖边,听我唱一些与之相关的歌。

63.相对宇宙亿劫,喝一壶酒和度过一生的时间,其实没什么区别。

64.除了眼下这个自己,还有个从前的自己。不是忘了,是太难唤醒。

65.馆子就是这样,不经意看一眼,就看见许多的故事,和故事的主人。

不　惑

《不惑》，是2017年和朋友梁一梦合作的一个传唱计划，分三回呈现：少年听雨歌楼上，壮年听雨客舟中，而今听雨僧庐下。

每一次演出，总会多少写一些文字做演出预告。有些写得随性，有些写得深情，有些则写到飞起。《不惑》的三篇分别代表了这三种写作状态，略去原文演出信息，仅收录文字在此。

第一回　少年听雨歌楼上

十多年前，我问一个朋友，如果用一首诗词来说尽一个人从少年到中年，再到暮年的不同阶段，你会选哪首呢？他说当然是蒋捷的《虞美人》：

> 少年听雨歌楼上，红烛昏罗帐。
> 壮年听雨客舟中，江阔云低，断雁叫西风。
> 而今听雨僧庐下，鬓已星星也。
> 悲欢离合总无情，一任阶前点滴到天明。
>
> ——南宋·蒋捷《虞美人》

弃我去者,昨日之日不可留。

故人已矣,人情两忘。留不住,就罢了,终于还是只有这个踏破风雨后的自己在立冬之夜,翻检从前的歌。

起初不经意的你,和少年不经事的我。旧事蹉跎,来日却又再如何磋磨?

光阴如箭,流年似水,风波亭上风波依旧。

不舍的心只好开始重新审视,万幸,年华虽然挽不回拖不住,但至少,终于它越来越分明。

我静静地看着你,看着那些变得安静的日子。在前辈们那些不为人知的歌里,他们妙笔生花,未卜先知。当循环反复的不是歌,而是一代又一代走来走去的生命,就不再是单曲反复,而是命里轮回。

容颜易老,光阴易逝,人世有尽,此心有憾。

这是动机。

再回头已百年身,就用百年身的姿态来唱。

这是身段。

第二回　壮年听雨客舟中

1.少年听雨

第一次江上听雨,是很小的时候。那时候回外婆家,沿沱江顺流,乘客船而下,几乎整天都在船上,一面与江水为伴,一面巴望着外婆为我们准备的好吃的晚饭。

江上过客如鲫。每个码头,有人下船,有人上船,都是沿江乡镇的村民。他们肩担背驮,箩筐背篓,沿着数百年来磨得锃光滑亮的青石长街,喧喧嚷嚷,踏阶而下。

蜀中多雨,一双双裹着泥水脚板的褐色草鞋,踩过颤巍巍的跳板,轻快敏捷。脚踏船头,他们摘下头上的斗笠,露出斗笠下裹着厚厚白布的形形色色的头颅。他们多半并不急着进船舱,更不会抢挤座位。他们就拥挤在船舷,指手画脚吆喝着看岸上的热闹:

——哟! 快看快看! 格老子周二娃可以哦! 割了恁多肉,屋头要办席哇?

——喂喂喂! 你看那个婆娘,是哪个屋头的? 那个腰杆甩得啧啧啧……

有看到熟人的,就会大声挥手招呼——喂! 你格老子酒醒了哇?

对方就会反唇相讥——老子醉在你婆娘床头老子才不得醒!

然后岸上船上认不认识的就都哄然笑一场。

输了的就一边讪讪地摘下烟杆假装填烟叶子,一边对身边人强舌——喝球不得!

2.壮年之思

码头是村寨往来的码头,也是旧日江湖的码头。

壮年是壮游的年纪。经历数十年风波变幻,码头早被洗尽了江湖的水渍,壮年的人们除了开一场荤玩笑,就只能死死坐在船舱,霸占着自己的座位。多年以后我重新想起那片水陆,里面一定有很多厉害的旧日袍哥,只不过他们早已卸下了当年的行当,和所有人一样,用一个个荤笑话,混迹于人群。

旧日人物多已衰没,你方唱罢我又登场。

裹在头上厚厚的白布,其实是川人当年为诸葛武侯戴的孝,如今重回乡里,这片风景已越来越少,只有那些乡间的老人,他们知或不知的,守着他们从小养成的习俗。

江上记忆,月下心情。如今我也不惑,想起那些码头水路,总觉得失去的不仅是一两代人的青春年纪,更是千古以来代代相传的殷实乡土。

3.而今之戏

后来我坐过更多更好的船,去过更多更大的城市,重新忆起舟中故事,却还是小时候最初那艘破木船,那条风凄雨冷的江。我是沿江出川的小镇歌手,驮着巴山蜀水遥远苍茫的少小记忆。舞台是五湖四海,我们相见的所在。歌是因由:当年江上,一朵朵水花飞溅起的,就是如今歌唱的点滴心情。没有当年那片茫茫水路,我发不出现在的声音。

不知道唱歌那天会不会下雨?如果下,踏入江湖边,便是踏上一叶舟了。

楼上帘招,舟上雨飘。

好歌,最宜风雨中相逢。

第三回　而今听雨僧庐下

1

有时候需要的不是酒,是雨。

2

立夏才过的天,忽然通身躁动起来。他感到一种罕见的不安,不安于己,不安于人。春主木,木生火,夏主火。春天之后,不只天热,连心火也旺盛了起来。

他在闷热黏稠的晚上,盼望一场雨水的降临,他的心,该清一清凉一凉了。

世味年来薄似纱,谁令骑马客京华?

走马京华已经是前年的记忆,那时候他手上的葫芦满了又空空了又满,就像少年人数不清的快乐时光,何曾有过空荡荡的时候?

现在非但葫芦早已踪影皆无,他的内心也躁动得空荡起来。

躁动得空荡。对,就是这种感觉。躁动的是往事,他说过的话做过的事从来没人相信。空荡的是眼前,还有什么话什么事可以说可以做呢?

3

雨是突然下起来的。

睫毛突然湿了,以为是泪,挥手擦去,原来是雨。

帘外雨潺潺,他的年轻的光阴都虚掷在眼前的无限江山里了。

说起年轻,想起从前酒席上的一个故事。说一个三岁的小娃子,听到大人们总在酒后追忆他们年轻时的似水年华,小娃子就仰着脖子问:

"那么——我小时候也年轻过吗?"

想到这里他笑了。"素衣莫起风尘叹",把叹息感怀收一收,才看清了眼前这片雨的世界。

雨丝绵密,滴滴晶莹,像无数翻转坠落质地奇特的线,把天地缝了起来。雨雾升腾弥漫,宛如一幕生机盎然的江湖。有人奔跑有人跌倒,有人叫骂有人欢呼。跟所有经历过的是非对错毁誉成败一样,他撇着嘴,负手向天,不屑地这么认为。

4

少年听雨歌楼上的是谁?壮年听雨客舟中的又是谁?

江湖夜雨十年灯,却照不见那些简单的答案。只是想来无论怎样出奇,也不过都是些"两鬓风霜,途次早行之客;一蓑烟雨,溪边晚钓之翁"。

一场雨似乎就是一场人间的闪回,文人墨客,浪子响马,莺莺燕燕,庙堂草莽,都化作每一颗雨滴。一滴雨就是一个人的一生,翩然过眼,不论你看见没有,只顾坠落。谢幕与上场,其实都是好短好短的时间,你以为的叱咤风云辉煌灿烂,在别人眼里不过都只是一次坠落的过程。"雨中黄叶树,灯下白头人",对物自怜,触景伤情,永远只是你自己的事。

仿佛就化身作眼前的一滴雨，他连自己是哪滴雨也分不清了，肉身早已消失，所谓"自己"，只剩了这一片眼光，而这眼光，却正似看非看地寻着雨中的自己。

这一刻，他似乎已能从亿万雨滴中隐约看见自己的一生。因为一个和他一模一样的人影慢慢自雨的世界闪现出来，愈见分明，唯阿堵茫然莫辨。他知道这就是他没能抵达的最后的玄关，当有一天阿堵显神时候，他的一生也就真正完整，并终成定数了。

5

雨越来越大，鱼龙纵横。

势若倾盆，把他从入定一般的状态惊醒。他打了个哆嗦，突然感觉到了寒冷，不禁抱紧了手臂。

冷，就又有了"我"的意识——我在哪里？

我在酒里？

唯酒里真妄非常。

我在病中？

独病中照见自己。

他无意识地拧头打量，一角屋檐戳破雨幕，一个人急步赶来，满面满身水，分不清颜色辨不清五官，只听见一连串四川口音喷着满口雨水叫骂——你还得呢间①哈戳戳呢神起！你跟老子不是说等落雨才好做事哇？隔会儿雨都停了天青日白的了你格老子呢一出去就遭逮斗起就安逸了！

他想起来，自己现在是个小有名气的杀手，等雨只因借雨消灭形迹才好下手。

又打了个哆嗦。

四川人骂完也不逗留，一个急刹车急转弯飞叉叉急抹头又要跑走，他随口喊道（那是他的线人）："你又去哪里？"

四川人头也不回凶巴巴地喊："老子为球跑起来通知你，连一百年才搞一次的传唱都差点搅黄了！老子是艺术家……"雨中丢过来最后一句，"老子当然是唱歌去了！"

---

① 关于"呢间"两字，起先落实不了究竟应该是哪两个字。睡前忽然想，该是从粤语来："呢"对应粤语的"呢度""这里"的意思；"间"本身就有空间的意义，且正是粤语的发音，同"甘"。方言是很珍贵的遗产，我们今天的时代以说一口标准普通话为荣，或许某个往后的时代，在地铁里在大街上，忽然会有人羡慕：哇！那个人居然还会说方言！

一个修理工

敲门的声音谨慎而低沉。

门打开,他高大的身体矗立门前,几乎填满了整个门框。

他说:"怎么电话没人接?"

口音晦涩难懂。

很多时候,很多人都会因为对方的口音而埋下"我不喜欢你"的抵触情绪。

我带他到厕所,把破裂的水龙头指给他看。

他说:"开一下抽风吧!"

很多时候,很多人也会因为对方祈使句的语气产生"我更不喜欢你"的抵触情绪。

他看了漏水的龙头后说:"要把总闸关了。"

于是我打电话给管理处。

打完电话,发现他已经把龙头拆卸下来,喷溅的水柱早已将他全身淋湿。

善良而耐劳的手工匠人总是没有太多的埋怨。他低着头,只用心地做自己的工作。

我们这间房的水阀已老化,不能完全关住。

水不依不饶地喷溅在他身上。我看着一个高大壮实的身体蜷曲在浴缸里。他嘴里叼着手电,湿透的白衬衣紧贴在背上,透出里面肌肉的颜色。

高大的男人留着板寸,板寸下是一张苦瓜一样的脸。这张脸告诉所有看见它的人,其主人来自底层。他手掌粗糙,脚板宽大。我知道他一定不是像我这样闲散过活的人,但是我真的很想问他的年纪。我觉得他不会太老,只是生活的压力让他过早面呈老相。

时间并不长,新的水龙头已经换好。他蹲在地上收拾工具,我说:"真是麻烦你了,你看连衣服都给淋湿了!"他抬起头居然露出很腼腆的笑容,说:"没事! 夏天嘛!"我担心他回去的路太远,湿衣服穿在身上太久了不好,就说:"您住哪?"他又抬起头说:"赤岗。"语音一如进门时的晦涩难懂,但我觉得我已经懂他了。

父亲影响过我很多。小时候,父亲说:"不可轻视来家里做事的匠人。无论砌灶打墙,泥匠木匠,必须善待。买包烟,甚至多给些工钱都无所谓。"我们都是通过为人做事才能立身处世的,事虽有大小,但人并无高低。眼前这位水管修理工,我相信如果上战场,他定是一个很好的士兵。他高大壮实的身体会更有用武之地。现在,他佝偻着身躯蹲在我身前,收拾他不多的工具。他不知道,我一直看着他。

杨　师　傅

　　杨师傅是蹬三轮车的师傅，十一年前，他蹬着他的三轮车来到了江湖边。

　　江湖边那时候还不叫江湖边，刚租下来准备装修。

　　我从一堆聚众打牌的三轮车师傅里选中了看起来比较忠厚的杨师傅，他跟我一起来到江湖边抡起了铁锤，发出了江湖边开始装修的第一个声音。

　　他好像从没换过衣服，或者说，任何衣服穿在他身上都会变成他唯一的衣服。那时候的他如果有四十五岁，那么他的衣服也都四十五岁了。衣服陈旧，并且好像从来没有扣子。因为他从不扣扣子，随时准备亮出被劳动锻打的肌肉。有时候会突然有了几颗扣子，一定不全，他就把那几颗扣上，敞开的衣领露出晒得发红的胸膛，敞着衣领的杨师傅就这样踩着三轮车慢悠悠地游荡在江南西的大街小巷。他爱哼小曲儿，也没有调，咿咿呀呀咿咿呀呀，像个东张西望贼头贼脑的老贼，又像是什么都不在乎什么都可以担当的老江湖。

　　除了固定为江湖边拉货，他还帮我搬家。十年里，他把我的家从江南西搬到江南东，又从江南东搬回江南西，再从江南西搬到昌岗，最后一次是从昌岗又搬回了江南西。我骑着单车跟着他跑啊跑，他的小小的三轮车，好像也是我的一个流动的家。

每次为江湖边搬完货,除了工钱,我会从冰柜拿一瓶可乐或雪碧给他。他从不说"谢谢",拿着瓶子扬一扬手,笑一笑,额上皱纹如群山耸动,坐上车,咔咔两声,手刹一松一紧,小曲儿已经飘出,弯腰如张弓,溜溜达达扬长而去。有一次我拿着一把烤串在路口碰到他,随手递给他几串。他嘿嘿一笑,老贼和老江湖的神容背后,本是一张四川下力人忠厚老实的脸。

　　他一家老小都在广州,过年很骄傲:"我都在广州过好几年春节了。"他好像安慰我一样说:"我才不得跟他们一样去抢车票呢!"

　　数年之后,越来越多的白发和越来越密集的皱纹逐渐攻陷了他的头颅。春夏秋冬,他还是把三轮车停在江湖边附近的门口,坐在坐垫上,两脚搁在车龙头,双手抱膝,东张西望阅历着南来北往的人。关于我们熟悉的街道,每个人都有自己心中熟悉的风景,他们和我们各自的经历和记忆息息相关。杨师傅就是我关于江南西的风景,即使他偶尔离开了驻扎的地方,他的身影也嵌在我肉眼的一角,像幻灯片一样,闪一闪就可以出来。

　　2018年开始,因为有了得力的助手,我有三年左右没自己去拿货了。我把杨师傅推荐给了我的助手,时不时问起关于杨师傅的消息,最后一次我问起时,助手说他回四川很久了,不打算再出来了。"退休了吧。"他说。

　　这个普通得像长江里的一滴水一样的普通人,他回到他的水里去了。

2021年6月17日于广州水岸

叁

秘密后院

当年人，向当年去；
此间客，借此间老。

一封长信

你们好啊！

今天是2020年9月24号，我在广州的家里给你们写信。

你们，就是此刻台下的你们。因为不同的机缘，我们相会于此。

谢谢你们的到场。

音乐对于后院的意义，大概就是安顿自己。不炫目于外，于内也无利巧之心。相信在座各位，有的朋友听过后院很多年，但也只是暗自喜欢暗自收藏绝不分享。之所以如此，大概因为我们都是安于寂寞甚至乐于寂寞的那种人。寂寞，不就是安顿自己的前提甚至必要前提吗？

像这样作歌弹琴的人是寂寞的，像这样听歌的人也是寂寞的。因为他们倾尽一生，守住的只是世间那抹命里微光。其光微末，但足以照彻空城。所以我们还是要走上城楼，用手里的一张琴，化一缕光，守住哪怕很小很小的一点地方。多数时候，那点地方其实就是我们彼此内心的方寸之间。

秋分之后，秋风也吹到广州了。就在这样的风里，总容易想起一些从前的事，从前的人。他们中的一些人，曾经那么的精彩，但耐不住时过境迁，终究，都成为后人记得或不记得的一桩往事。

今夜的主题是《伶人往事》。说起伶人,是从前表演唱戏作歌的人。但其实,我们每个人在世上这一遭,谁又不在表演呢?谁又不是这个伶人呢?只是这个舞台更大,因为这是整个人间。只是各有精彩,只是还有更多的人,他们浑然不觉地跑了一辈子的龙套。甚至很多人,他们竭力表演了一生,连观众也从未拥有过。但没有观众,会妨碍你的表演吗?

表演,貌似只是一种向外的抒发。但只有浸淫其中的人才明白,表演更是向内的成全。向外是成就,向内是成全。一个成熟的伶人,他的第一个观众其实是自己,所谓反观自察、回光返照的原意也在这里。

音乐,是最容易魅惑天下的伎俩。做乐队之不易,其实不在扬名立万功成名就,更在这番反观自察的缺失与否。台上台下,如何彼此成全如何相濡以沫?有人说舞台是一场修行,我更乐意说:台下是修行,台上是见证。

后院是作歌的伶人。对于后院而言,音乐的意义在于自我的安顿,无论听歌的大家还是作歌的我们。在当年那张《神游》序言里我曾写道:音乐只是渡人舟筏,终究心怀彼岸,自驾慈航远涉苍茫。

我有一个朋友,他在做一桩极大的商业决定之前,听到"一晌贪欢初醒,此身虽在堪惊",从此抽身,回归自己。这种人就是那种历遍世间烟尘,但终究可以把烟尘收卷,收拾起大地山河一担装的人。张三丰在《水石闲谈》中有这样的句子:"人要立刻能闲,乃为高手。若云且慢,待我屏挡数日,然后来缓缓寻究,此便是庸夫口角,愚人心肠。"祝愿喜欢后院的朋友们也能理解这番道理，因为终究只有你自己才是你的爱豆，后院只是那叶渡人筏，彼此到岸，大可一别两宽。这不是无情，是真正的深情。

从前老话说"戏子无义"，义是什么？义其实就是那份替人着想的担待。今晚所述，我想也可以用一个"义"字来形容，因为有着想，有担待。看演出，很容易只看了一场热闹，最多乘兴而来尽兴而去。但演出在现场，现场则是我们彼此亲近到足以相呴以湿的真切的相处。这封信，其实就是歌曲之外，后院想交付给大家的一点关照的心思。能付出自己的善意不难，难的是有一颗能感受并接纳善意的心。如此，他年有缘，故人相逢，才可能真的明白，生命原来真的好有意思啊。

浮生一世，每个人都会多少留下属于自己的印记，我们留下的这些印记，在未来是否也值得被歌唱呢？

2005年，我和邹广超决定一起玩一下音乐。那时候做的歌没有收进后来的专辑。然后贩贩加入，阿佘加入，晓晓加入，乌鸦加入。在此期间，还有好多好多短暂进入后院的伙伴们，如今各有天地，当年情怀，真的都成伶人往事了。

当诸位中的一些人问起那些从前的乐手时，我乐意相信你们俱心怀善意。因为我们自己并不太愿意继续那种漫长的没有快乐的回忆。人各有志其实是体面的说法。志趣不合，就不如各行其道。

月有阴晴圆缺，世事本来难全，又何来对于完整的执念？随遇而安不仅是生命的豁达，也是一种音乐的做法，所不同者，我们不同阶段呈现不同的音乐面相而已。就像中秋之月,朔望圆缺都是给肉眼看的,其实月亮每一刻都是完整圆满的。完整与残缺都是肉眼肉心的所知,好比"天之小人,人之君子;人之君子,天之小人"。对后院本身而言,此刻即是圆满。

若干年来,后院像一叶舟,行云流水,漂泊江湖,快乐地玩自己的游戏。

不开心的际遇,就一梦醒来;开心的,也就纵浪翩跹,终究还是还于大化。不留恋不纠结。因为一切的留恋纠结,大概都还是因为留恋纠结那点"有用",只有极少数人明白,"无用"处,才是后院落脚的所在。

真正的逍遥是怒而飞,哪怕寂寞万里,也要独对苍穹。后院想传达的就是这点精神吧?勇敢地寂寞着,也寂寞地勇敢着。有这番精神,才谈得上形而下的各种妆点。什么是妆点?比如前台上的酒、葫芦和折扇,最初的时候,它们就是作为道具的妆点,可以划分身份角色。但是有一天它们再次出现在舞台上的时候,又还是妆点吗?不一定了。

庐山烟雨浙江潮,未至千般恨不消。

到得还来别无事,庐山烟雨浙江潮。

"人生不如意才是天经地义啊!"这是上周刚收到的树木希林的书《一切随缘》封底的一句话,是不是很契合我们刚讲述的话题?其实不是人间之奇妙凑巧,而是你心有一念,则可能契入万事。

今年,我们启动了一个崭新的创作计划,就是《云游》:心怀一念,游历九州,做实时的当下创作。

我首先去了江西曹洞宗祖庭的洞山,在那里遇到一座宋代的石桥,即当年洞山良价悟道的逢渠桥。"渠"在古代有代指他的意思,比如"问渠哪得清如水",这个字现在的粤语还在用。我们都需要遇见自己,有时候是初遇,有时候是相逢。庄子《齐物论》开篇即说"吾丧我","吾""我"在现代汉语都是代指自己,那么丧的是谁? 逢的渠又是谁呢?

夏天的时候,去了洞山。洞山的住持古道师父把池塘边的茶室给我做工作室。凉亭孤僧,水鸭空舟,荷花夜雨,蚊虫山风,眼前所见,都一一落在了歌里。

我曾是个佛道之别异常偏激的人,今年之前,我无法想象我会跑到一个佛寺去住那么久,还写那么多歌。是什么时候开始变化的呢?也许是去年,到山里玩,走到深山深处,遇到一个只剩断壁残垣的道观,一位朋友叫了一嗓子:"匡叔! 快看贵教的遗址!"我被那个"贵教"逗得哈哈大笑,就是那声大笑里,突然有些东西就烟消云散了。

人啊,是应该给自己不断造化的空间和可能的。我喜欢现在的自己,也祝大家总能面对镜中那个自己说:"好家伙! 我越来越喜欢你哦!"

喜欢后院,大概有些什么理由呢? 只是喜欢听歌? 还是歌里传递的那些关于从前的向往? 甚至是因为后院像国风? 还是因为听后院可以妆点自己的生活？我在不同的阶段对演出这件事会有不同的思考,这也是今晚这封信想传递给大家的信息之一。我想让大家在今夜了解一个更完整的后院,唱歌是用心的表演,而这封信,连表演都没有,只有用心。

喜欢从旧诗词里开始创作,是因为它们不仅有传统之美,更有中国人从前的态度和精神。精神是一种慢慢被遗忘误解的东西。从前的伶人,唱戏的、说书的,乃至从前的香港乐坛,他们自有一种精神在。活在一种精神里,而不是陷落在一种活法里,生命会精彩很多,也接近每个人的本来面目更多。

诗词之美,是从前精神的光华,里面有从前的态度,时代的光辉,往昔的辉煌,爱恨的解脱。

说完伶人往事,就到了海上月明的篇章。

改革开放之后,川人出川,成了洒向天下的盐。我的长兄来了上海,祖母在我毕业出川那个夏天辞世,故人从此远隔天涯。我在二十年前的粤北山城写了接下来这首歌,由此窥见一线四川人在大时代下的零星命运。

我很少唱这首歌,它像年少时的那些作品,需要极大的情感喷薄。而现在的歌,更多的是需要心境。但是这首歌若干年来一直在我心里反复回响,它代表了曾经的自己,曾经的人们,曾经的四川。它更像是封印在从前,到今天才解封的一声呼唤呐喊,给从前,也给今天。

因为长兄来了上海工作,我得以在九十年代往来上海。上海给我的记忆，是上海滩，是和平饭店，是十里洋场，是周璇白光，是龙争虎斗的马永贞，是香消玉殒的阮玲玉。我喜欢从前的老歌，它们拥有更加深厚的生命力。也希望大家多听那些和自己投缘的老歌，生命应该开阔，此心理应宽容。八十年代末，我曾认为粤语歌曲只能代表商业社会，如今的我，却是如此爱煞那面风景。

中秋刚过，月明海阔。

每个人都有一些值得庆幸的事，比如庆幸拥有这样的家人，庆幸遇见那样的爱人。我的庆幸除了家人之外，还做了这么一支乐队。因为这支乐队，生命有了光彩，生命完整起来，并让我们每个人找到了那个独一无二无人可以替代的此生位置。

做乐队是相互成全，我们庆幸遇到彼此。像家人一样，我们相许要终此一生。

然而天意哪是总如人愿的呢？总有人突然就缺席了，所以在此刻，我们要深刻怀念我们的一位不在场的兄弟，我已经很久没有和他说过话了。看着他留下的琴、戴过的斗笠，我很想念他，也不知道，他在那边还好吗？我们的古琴手阿余，你在那边还好吗？何时才是我们的团圆佳节？

大概2013年，做《弟子归》那张专辑的时候，是我自己道德约束最严苛的时候。"身有伤，贻亲忧；德有伤，贻亲羞"，让自己的父母感到羞愧，这就是丢脸丢到家了。

但是现在我轻松了很多，因为太过严苛的道德约束既伤人也伤己，它不合庄子的"人间世"，也不合老子所言"国之利器不可示人"。越好的东西越不能大声地喊出来，越好的人也越要韬光养晦、和光同尘。冰清玉洁其实自己知道就行了，真让别人欢呼赞誉，那世间的伤害就会接踵而来。给大家分享一个我喜欢的成语"自知之明"，这个词在不同的人生阅历会呈现不同的秘密。很久以前，我给这个词做了自我的体悟之后，属于自己的生机才真正焕发起来。有人曾经问我，如何形容这个后院，我说："自知而不自见，自爱而不自贵。"做后院的我们，听后院的大家，愿我们都能离这种人更近一点。

南山的花又开了，人间又过了一年。昔日早已一去不返，昔月依旧映照眼前。踏雪而行的人，仍将一如既往共赴太虚。而那些落落寡欢的人啊，又向何处识破永恒？

亲爱的诸位，今年是艰难的一年，但艰难处正是造化机。这也是此区区后院的第十四年，一切充满了变数。如果天地都在变，那我们也就将身一跃，入那造化烘炉，应那莫测的造化神机吧。

谢谢大家！行笔至此，不再继续。因为我准备还是要留一些言语的空间，给不日后我们相逢的现场。

祝好

稽首

匡笑余
2020 年 9 月 24 日 于广州

这封信是为 2020 年 10 月 7 日上海瑜音阁演出所写。当时想改一改一贯的演出做法，就想不如用一封提前写好的信来贯穿始终吧，于是有了这封信。当天的演出分为四个段落：

1.伶人

2.往事

3.海上

4.月明

这封信分别叙述了四个段落的来历因由,并串起了相应曲目。

2021年3月6日写于广州

凡夫迷本来，歌者无初心

时值深秋，凉风习习。夜半无人，那些久已消失在人间的歌者从碟片里又魂兮归来，各自的声音和当年并无二致，只是当时的新歌，如今早成了旧调。到了千年又觉陈，只有这人间有情依旧。人已去，心还在，一代一代，歌里还是些深深浅浅的七情六欲，繁衍不息，动人心河。

音乐是天地自然化生在人间的莫大美妙。吹万不同，人情各异，快慢浓淡，总能如痴如醉。至今我仍能清晰地记得少年时，将自己关在黑暗的房里唱姜育恒的《想哭就哭》。也曾以为这只是"少年不识愁滋味"，强说离愁。但毕竟"少年情事老来悲"，几许经年后，回顾来时种种，默默中竟似有一条无形无影的线，牵扯至今。从最初捧着手抄歌本一页页地唱，到可以弹着吉他唱自己的歌，然后拥有自己的乐队，署着自己名字的专辑。时间在流转，喜好在变迁，渐渐的，就不再放任耳朵跟着别人的声音奔波忙碌，可以从众多恍若曲径分岔的芸芸众声里，发现自己真正需要的声音。凡夫迷本来，据说每个人都是天上一颗星星堕入凡尘，于是追来逐去的那么多星里，你能找到属于自己的那颗星吗？

音乐终究还是自己一个人的事。从最初不管不顾肆意呐喊，沉溺其中，音乐里只有自己的存在；到自省自知，耳清心明，同样音乐里只有自己一个人,其间最大的区别可能在于,前一种音乐世界其实是容不得别人的,而后一种就有虚以待物的意趣。音乐是抽象的艺术,无形无迹,就像天地间那股气。雁渡寒潭,风吹耳朵,自己究竟需要沉溺多久呢?自叹自惘,终落个如人饮水冷暖自知,总得有个破迷而出纵身一跃的清明时候吧。说到底,音乐不该是用来迷失自己本来面目的。庄子在描述"心斋"时说,若"就入和出",则"为颠为灭,为妖为孽"。说到音乐上来,就像那些追星追得晕头转向的人一样,谁又真的乐意自己成为这样忘乎所以的人呢?

丰子恺先生说到其师弘一法师出家因由时举了一个三层楼的比喻。他说人生有三层楼,第一层住着只求世间物质生活的人,第二层住着那些拥有精神世界的人,比如艺术家文学家,更有些人行有余力,渴望探求生命的根柢,于是攀援而上,直上三楼,那便是信仰。李叔同就是那种一层层认真走来,最后在第三层上立足的人。

世知弘一,而未必知李叔同;世知《送别》,而未必知《留别》。李叔同俗世身份众多,其中一个很重要的身份便是引介西方音乐入我国的早期音乐家。大凡中国人,可能都知道《送别》一曲,然而很少人知道李叔同先生还有更多同样优秀的学堂乐歌,更很少人听过这些歌了。或许有两种人是听过一些的,一者是从儿歌里学唱过那首《忆儿时》,一者是从梵音乐团听过弘一大师的作品重唱。

近两年来,我听的最多的有人声的音乐可能就是李叔同先生的学堂乐歌。之所以能听到,是因为我自己的听歌线索里隐伏着一条中国传统审美的轨迹。从小时候听的《知音》《绣红旗》,到后来的《红楼梦》电视插曲,这条线索一直时隐时现,潜伏在我的文艺追逐里。

说到中国传统审美，即使流行音乐里也可以列出不少。比如1983年邓丽君第一张亲自参与策划的专辑《淡淡幽情》，曲目无一例外，都由唐诗宋词重新谱曲，里面传诸世间口耳相传的就有《独上高楼》《但愿人长久》《几多愁·恰似一江春水向东流》等。即使姜育恒的《再回首》，创作风格上虽然听不出明显的传统技法来，但字里行间蕴含的岁月蹉跎之情，又何尝不是明显的中国人的心思？比如"今夜不会再有，难舍的旧梦，曾经与你有的梦，今后要向谁诉说"，简直就是"此去经年，应是良辰好景虚设。便纵有千种风情，更与何人说"的白话翻译；"曾经在幽幽暗暗反反复复中追问，才知道平平淡淡从从容容才是真"，又何尝不是老子"返朴归真"，又或"嚼得菜根，百事可做"的真义呢？

李叔同先生在他当年创作的乐歌里，更是将传统人文情怀在音乐领域里做了一次惊艳的绝唱。在风清日朗的下午听《早秋》，"十里明湖一叶舟，城南烟月水西楼，几许秋容娇欲流，隔着垂杨柳"，曲调平缓，如西湖之波澜不兴，想那作歌及歌里的人都已不再，心里心外这一片烟波浩渺间，便会升腾起沧桑，之后却又是风平浪静的人世感慨。又如《梦》，选美国歌曲的曲调重新填词，"哀游子茕茕其无依兮，在天之涯。惟长夜漫漫而独寐兮，时恍惚以魂驰"，配上这如屈子行吟的文字后，竟婉转得犹如一曲原汁原味的传统小调。

前不久，在弘一法师曾驻锡的惠安县城里演出，满座饕餮，只有自己犹如孤芳自赏的歌唱，彷徨间，心里自然涌出先生出家后所录

《晚晴集》里一段话，"自办道业，休论他人是非，粉身碎骨，唯心不动"，眼前就如旭日出海般升起一幅画像，那是李叔同先生出家后拍摄的相片，眼目慈悲，百年罕见。心就定静下来，所有的歌就只为李叔同先生而唱，就像当年，李叔同先生为我们留下这些词曲一样。

纵使歌者初心已昧，音乐还是有让心意重归宁静的力量。从唱不尽男欢女爱七情之苦的流行歌星们到李叔同先生的隔世乐歌，让自己经历了一回心路追溯的历程。丰子恺先生说第三层楼是信仰，那生命根柢皈依所在，便是第三层了。古有夸父追日，今有凡夫追星，追日追星，所求者何，恐怕自己在哪一层楼就会得出各自不同的答案。

2010 年秋

一城风月向来人：与弘一相关的泉州

一、心得

朋友老李从泉州来穗，送我一个储茶叶的陶罐。我指着罐子上"温陵书院"四字刚想说话，他就果断解释道："泉州古称温陵啊！"

其实我想起的是另一个地名——温陵养老院。这个地方不知道现在还有没有，但63年前必定有过的。因为弘一法师就圆寂在这里，并留下了著名的"悲欣交集"。

除了法师本人，谁也无法准确参透"悲欣交集"四字。

对于修行大德而言，临终的绝笔本就是一生境界的示现。后来学佛修道的众生，有几个能不自欺地以为自己已经到了法师当年的境界呢？真正到了如许境界的人，恐怕也不会妄自涉入他人风光。因为修行终究只是自己的"自知之明"，"虚室生白"本是实证的修为，但槛外所得，不过也和"悲欣交集"一样，只是四个看起来很动人心魄的汉字而已。

一如泉州。

对于生死于斯的泉州人而言，或许便如大道无形，日用不知。但对于我这样只去过泉州二三次的人，所见所得自然有另一番不同。

这番不同自然未必就是另一种可以耳目生辉的风光,但就像运动场上跑步的人,其间的坚定懦弱也只有自己心知肚明。

所谓人间,不就是参差高低的"心得"交汇么?

有会于心,是为"心得"。

二、两忘

2010年冬天,我们去泉州演《江湖边》。

冬雨。

陌生的街。

街上陌生的人。

把陌生丢在身后,便直奔那座著名的山。山上有我并不陌生的偶像——老子。

山名"清源",据说因老子一气化三清而得名。神仙家事,从来无法验明。倒是山中有一石岩,因其酷肖老子,故名"老君岩"。《泉州府志》载曰:"石像天成,有好事者为略施雕琢。"其像名符其实可谓"老子天下第一",高近5.1米,宽、厚均7米多。石像背屏青山,抚膝而坐,二目深邃,气韵寥阔。虽本天然,但两耳深垂,耳轮内涵,幽渺自然,让人联想起《神仙传》所载,言老子"耳有三漏"。因为"三漏"亦有"参漏"的记载,或许古代那"略施雕琢"者也没有准确地判断何为"三漏",索性真的就"略施雕琢",留了个大大的耳洞,供人随意猜想?既真真切切,又恍恍惚惚,倒正合了老君"道之为物,唯恍唯惚"的经义。

据传,古时曾有一高大道观护罩老君岩,惜乎"沧桑多风雨,人世本无情"，如今道观早已烟消云散，只剩这老君岩成全着最初的模样。面对石像，肃手静默，竟觉得若说那曾经的道观代表玄门设教，那么后来的烟消云散便是道门寂寞的影射。这经风历雨千载犹存的老君岩，似乎又影射了中华大地上亘古以来的道家，风骨依旧，护持着神州的子弟。

参完老君，日已近暮。由于当晚便要演出，一行人就要寻路下山。但又心怀不甘，偌大一山若只这般浅尝辄止，就像刚上餐桌就要放下筷子。于是商量出个没办法的办法，就是还是下山，但不循旧路。另走一条道下去，至少可以多见几眼没见过的景致。

五个没来过泉州的人，并不担心走错路，只选了向下的山势胡乱走去。雨后山气，暮色晚风。惊鸦鸣雀，草径人深。一路远观近探说说笑笑，突然从林间草隙隐约窥见前方似有建筑。紧走几步，撞入眼帘是一间石室，并不太大，但打眼就有渊停岳峙的非凡气势。抬头猛看，一声惊呼！

呀！竟是弘一法师舍利塔。

虽名为"塔"，实则类室，与在别处所见佛教舍利塔不尽相同。头顶是以花岗岩仿拱木结构镶叠而成。没有光亮，也不敢有光亮，只那静默的气息已让人心生敬畏。

其时我们正在做的新专辑正好是《神游：李叔同先生乐歌小唱集》。谁能想到，这般胡走一气，竟就走到法师藏骨之处呢？空山冥默，一心淡然。山花山鸟，草叶林木仿佛都隐没了笑容，看着这寥寥诸人命里的足迹。

塔里塔外刻满法师遗墨，其中一联"万古是非浑短梦，一句弥陀作大舟"乃法师敬佩的明代蕅益大师的留世偈语。法师对蕅益大师的景慕之情无以复加,据说随身总带着一块木制的"蕅益大师灵位",以便随时供奉。蕅益大师的偈语配着弘一法师的手笔,寥寥数语,仿佛写尽了弘一法师本人"半世公子,半世名僧"的一生。即使持戒守律,被后世誉为律宗十一世祖的后半生,也在"一句弥陀作大舟"中升腾起飘飘洒洒的宗门气魄来。

法师出家之后"百艺俱废,唯不废书",曾在与某先生信中自谓其书法:"朽人之字所示者,平淡、恬静、冲逸之致也。"回望走来的老君岩方向,道教的教祖与佛门律宗十一祖虽相隔两千余年,却同归清源比邻而居。后生乐意地以为,他们肯定早已相忘了彼此教门的不同,因为他们都一样把慈悲心放在了同一片土地。他们只静静地留在山上,注视着眼前日益繁华的城市。

再次启程的路上,我写下后来放在《神游》里的《两忘》:

但留弘一法,且去叔同名。

山照山相见,水摇水中影。

水上看山色,山间听水鸣。

物我两忘后,一世好风景。

吾我两忘后,一世好修行。

三、心印

弘一法师1918年在杭州虎跑定慧寺正式出家,1942年于泉州不二祠温陵养老院晚晴室圆寂。在法师出家的24年里，据说有14年是在泉州度过的。

我们没能去到法师在人间最后一次睡去的温陵养老院，据说那里如今的名称叫"三院"，却不是指从前的不二祠、小山丛竹书院和温陵养老院三个所在，而是"泉州市第三医院"的简称，这个医院主要研究的是心理、精神的问题。细一想来有点意思，佛法不过慈悲度人，弘一法师当年在承天寺也写过"念佛不忘救国，救国必须念佛"，中西医道虽有内外之别，但总不失治病救人的慈悲情怀。大医精诚，凡心俗念若真臻至"精诚"境地，恐怕和"佛心道情"也相差无几。于是从前以佛心度人的弘一法师的遗址深藏在如今用现代医疗手段救命的医院，中间也似乎总有条隐约的线索牵扯着过往因缘。

"晚晴"二字取自李商隐"天意怜幽草，人间重晚情"，最初缘于1929年经亨颐、夏丏尊、丰子恺等七人在浙江上虞白马湖畔为法师所建的居所，即名"晚晴山房"。温陵养老院的"晚晴室"自然缘故于此。

"幽草"者，或自哀之避世，或身藏之不争；"晚晴"者，或时光之恋叹，或庇世之良愿。如今人间依旧，晚晴依旧，只当年的晚晴老人离尘去世，留下这据说如今做着药品仓库的晚晴室，譬拟着这幻变无常的人间，却总深情如故的晚晴。如此看来，弘一法师自谓"晚晴老人"，发心恐在人，而不在己也。

在泉州，因为弘一法师的缘故，我们去的地方多是寺庙。在承天寺遇"弘一法师化身处"，在开元寺见法师手书朱熹撰联之"此地古称佛国，满街都是圣人"，在惠安净峰寺目睹那首支撑了《神游》所有意义的小诗。几乎每个寺庙，总能见到弘一法师清新朴拙的遗墨。不由得想到如今音乐行道有种叫"小清新"的，能将"清新"与"朴拙"合而一体，恐怕至少需要多看看弘一法师的笔墨；当然，如今的"小清新"有可能要的就是清新，本来就不需要"朴拙"的。

"朴拙"，是弘一法师那袭补丁缝补丁，但在每一幅留世相片里卓尔不群的旧袈裟；是法师面对夏丏尊炫耀似的边说"哪里！还好用的，和新的差不多"时，边展示的那面旧毛巾；是他托骨埋名那座与风雨同在，与世情无干的山；是在惠安那嘈杂的舞台上我眼中虚空里他翛然而来，笑容里的一脸慈悲。

对于"古来东方第一港"和"海上丝绸之路起点"的泉州，它的朴拙更多的并不藏在寺庙里。穿街走巷，一路周折，沿途触手可及就是很多古貌岸然的老屋旧厝。色彩斑驳，砖瓦支离，一草一木都像个手语，诉说着太多再也不可言说的岁月离情。

我们临走前在那间以"秉正堂石花膏"著名的老店，突然发现不远处有宫观飞檐，穿过市井，破空而出。于是忙慌慌急急寻去，竟是错有错着，走在了通往宫观后门的一条路。沿路建筑虽已变了古来样式，但格局仍在。即使小门小户，门头依然不遮不拦大大方方写着或"陇西李""开闽王""南阳叶""雁门佘"，或"下邳林""紫云黄""南阳邹""曲江张"等各种郡望堂号。你在这些地方走过的时候，就会觉得："哇，汉字这么好看！它怎么破了旧了，还更好看呢？"

破旧方见岁月深情，华丽只是过眼文章。

几个字，一个郡望堂号，一个家族绵延。家族如此，城市亦然。

弘一法师之于泉州，犹此心印一方。书香墨痕，至今犹存在城里乡间。犹如当年单衣芒鞋，慈悲着这浮生万物。

四、有情

和大多数人一样，最初与他的相逢都是因为那首《送别》。

"长亭外，古道边"，此词一出，世间似乎就再没有第二首《送别》了。

那时候他还叫李叔同。

他不知道，在未来他会有另一个名字叫作"弘一法师"。

后来"百艺俱废"的弘一法师，可能并不想再提起这个从前的名字。古代颇多诈死瞒名求此身苟存的传说，而弘一法师的改名换姓显然不在此列。当俗世红尘的风光都已见识之后，恐怕另一番领域的风光就已呼之欲出，召唤着他另一场生命行程。就像他的学生丰子恺曾用"三层楼"来譬喻他出家的缘由，当以艺术生活为主的第二层楼已经满足不了他对生命的好奇与希冀时，他自然会一身勇进，直接契入更高的境地，去领略一方宗门的风光。

丰子恺曾形容他的老师，说弘一法师是一个活得十分像人的"人"。

是人便有人情。很多人赞叹法师出家后的戒律行持，而我更羡叹的是即使出家后的法师，那难得流露的赤心人情。因为戒律可以修，而赤子情怀与生俱来，一旦失去，再难复得。

如1930年，夏丏尊45岁时，与经亨颐、弘一法师相会于白马湖。法师在《题经亨颐赠夏丏尊画记》写道："酒既酣，为述昔年三人同居钱塘时，良辰美景，赏心乐事，今已不可复得，余乃潸然泪下……"（当然酒酣的不是法师，而是经亨颐。）

又如1924年，老友杨白民辞世，法师在给其女回信时亦毫不躲闪，有"绕屋长吁，悲痛不已"之语。

更甚者如其弟子刘质平记述：

> 在上虞法界寺，病未愈，被甬僧安心头陀跪请去西安宣扬佛法，无异绑架。师被迫，允舍身，有遗嘱一纸付余。余以其不胜跋涉，在甬轮上设法救回，自轮船三楼负师下，两人抱头大哭。

我们看法师，总是威仪凛然、不动如山的法相佛风。殊不知出家人才真正一心满蓄人情滋味，唯其如此，才有一心修佛的决绝精诚。我们看见的是法相，就像港片《倩女幽魂2》中知秋的悲鸣——修道之人，心中有佛，明知是空，亦不可破。我们看法师，总是威仪凛然、不动如山的法相佛风。但我们往往都忘了的是，法师也是人，并且是个老人。所不同的是，这个老人比我们多了一颗慈悲心。

在泉州惠安净峰山的净峰寺，身前是当年弘一法师手植的菊园，就在这里他写下他出家后据说唯一的诗：

> 我到为植种，我行花未开。
> 岂无佳色在？留待后人来。

眼前是一望无际浪淘尽英雄无数的大海。

法师曾经涉水渡江的洛阳桥今夕犹在。

凭栏怀想，只需眼光虚漠，目空一切，单衣轻衫的老人便竹杖芒鞋，又踏浪而来。

如今五年过去，又已去过了泉州一次，化身处的石碑也已换了一块。某日在舞台上又唱起叔同先生填词、曾在母亲灵堂用钢琴弹唱的那首《梦》，忽然心生感触，又一阵黯然，因为我想到，也许做这张专辑最后的意义，可能就是让更多一点人知道，他曾经叫"李叔同"吧？

2015年7月16日

一弦一柱思华年：我的清明歌单

人间可能就是这点思念吧？

思念不是怀旧。怀旧是一种绝对的执着，而思念包裹了更多我们可能并未察觉的温情脉脉，甚至是世人最爱挂在口上的感恩之情。传统节日之意义，就在其中不仅有凡人祈福的喜乐，仙家赐福的期待，更有小至对过往英灵的缅怀，大至对古今亡灵的超度。"人物"其实在古代是两个词意，比如清明节之怀先人，先人自然是人；而清明节还有对"物"的敬仰，"物"即"天地"。所谓万物，天地亦属万物之一。

转眼清明又至，春节刚刚才归乡的大军又将有几停人马踏上返乡的行程，这一回为了更盛大更久远的团聚，因为他们将敬天法地，追怀先人。各地习俗不同，有的在清明当日扫坟设祭，有的则提前返乡拜山。我的故乡在四川，无论火车还是飞机，总是一个遥远的地方。有的地方很久没回去，它就成了一个向往的名字。上一回返乡上坟，还是2012年清明。那一年在做《一念》，正是爷爷冥诞一百周年。年轻人似乎总有很多不能抽身的事，而退休的父亲每年清明之前，就会提前赶回故乡，去做那些他认为这一天该做的事。

我没有别的事可做，除了清明当天去纯阳观上三炷香（虽离乡土，犹在宗门），或者就是眼下边听这些歌边写这些字吧？乐队弹拨乐手邹广超曾经开玩笑对人说:"你敢让小匡为你写歌?你看看他写过歌的那些人在哪里?"是的,我为人写的最多的歌就是悼亡之歌,被歌唱的他(她)们早都不在了。

一、《惘》

人 我又想你了

你 怎么不说话

祖母已经是记忆里的人了。我们的方言里,祖母被喊作"娘娘"。我的娘娘在我大学毕业那年过世,享年79岁。大约两年后娘娘祭日那天,在上海我哥的单身职工宿舍,我坐在被盛夏酷暑烤得飞烫的钢架床上,用两个和弦写了这首只有两句歌词的歌。有时候,思念累积太多,反而无话可说。年光越来越久远,人面越来越模糊。所有的思念最后都简约成了一两个最深的印象,反反覆覆,覆覆反反,像这首歌一样。

二、《夏》

夏天又到了

沉默的小何

我们该不该彼此怀念?

夏天又到了

过期的啤酒

我想念我们醉酒的八月

想念你在青岛啤酒里沉浮的面容

想念酒过三巡后你展示的刀口

夏天又到了

变质的回忆

回忆那女老板的风情

夏天要走了

全都要走了

屋檐下抽攀西的日子

想念我们沿街走着卖唱的岁月

想念我丢弃的那个廉价的烟头

　　年轻时会交各种朋友,有些伴你一生,有些半途而废,还有些中途故去,《夏》写的就是一个中途故去的朋友,他叫小何。他跟我一样,是一个中学教师的儿子。在那个年代里,我们一样喜欢摇滚,一样披散头发深更半夜手提酒瓶晃晃悠悠支离破碎一事无成一意孤行。在我离职失业的那些年,我在小何乡下的房子里住了很久。他经常开着他的摩托车大半夜醉醺醺地来找我喝酒听歌,他好酒、暴烈、偏激、任情,和我当时所有的性情似乎都一样。性情有时候是带领我们突破内外世界的那份精神,有时候也是钳制局限我们的痼疾枷锁。在成长的过程里,有些人能从自己的性情里活出来,有些人固执地守护自己，哪怕从此销声匿迹。小何就是从此销声匿迹的那个人——某年大年初二，我在他的房子里听到他自杀的消息。又过了几年，我写了这首《夏》。斯人殁后，只剩这片记忆生如夏花。

三、《逝水》

长长短短　命若琴弦

日复一日　日薄西山

欢喜悲伤　死生无常

一饮一啄　莫非前缘

飞短流长　荏苒时光

朝不保夕　风烛残年

如花美眷　断井颓垣

赏心乐事谁家院

都只是一江春水的流光

都只是一马飞跃的瞬间

都只是一页之间的翻转

都只是一箭洞穿的永远

来了就来了　去了就去了

生命的舞台　总是忙忙碌碌

《逝水》是为几只猫写的歌。

很长的时间里，我住在后来被称作"后院"的变电房改的居民楼底层，在这里不仅成立了这支后来叫"秘密后院"的乐队，还遇见了后来我叫它"格格五"的流浪猫。

每年春暖花开时节，格格五都会产下一窝小猫。南方的倒春寒，让大部分小猫不能躲过噩运。大多数小猫，它们只是到这人间匆匆看了一眼，就转头离去。每年春天，我都要捧着一两只僵硬的小猫不知所措。我曾经带着一把锅铲到处去寻找一个埋葬它们的地方，但在现代都市很难寻到安放它们身体的地方了。

目睹小猫们相继离开，常心怀悲戚。葬猫跟葬花一样，"侬今葬花人笑痴，他年葬侬知是谁？"一场相处，其实就是在见证彼此的生灭。人之交往亦如此，我常在酒桌上醉眼迷离对满桌朋友絮叨："像我们这样的朋友，可都是未来要为彼此送终祭扫的人啊！"

我曾为格格五写过一首歌，那首歌没有流传出来。流传出来的是这首《逝水》。但几乎所有人都不知道，这首歌其实写的是格格五的孩儿们。短促的相处里，它们让我看到了生死。

四、《龙门阵》

龙门阵还是要摆

不管是什么时代

碗里的茶水一开

话题就被摆上台

来呀

陌生的祖先

放风筝的少年

隔壁的仇人

小学校长的女儿

南下的姐妹

黄浦江畔的兄弟

七十九岁的祖母

你们都来呀

儿时我奔跑的脚步

颠簸在出川时代的梦里

儿时我承诺的未来

跌宕在高楼大厦的怀里

儿时我亮丽的衣裳

撕裂在剑门关外

来呀

回这被遗忘的小镇

品尝龙都香茗

龙门阵天天摆夜夜不息

继续未完的话题

上一回唱这首歌大约是去年《依旧年华似水声》现场，我想会越来越少唱它了。当把自己的心摆向另一种方向之后,曾经嘶喊的方式就离自己越来越远,即使曾经多么喜欢的歌也一样。我非常喜欢《龙门阵》,这里有我表达得最肆无忌惮的感情。年轻的心里,想一个人就是彻彻底底无遮无拦地想。思念此事,总在年轻时最是直接。年岁越长,大事化小小事化了。一个"化"字,年轻的意气风发都化作浅吟低唱。但人间之循环是,有遁入低吟浅唱的这些人,便又有意气风发的那些人。因为"龙门阵还是要摆,不管是什么年代",一代一代,还有人摆着这些龙门阵,故土尚在,乡音犹存,总还是好的。

五、《梦》

哀游子茕茕其无依兮在天之涯

惟长夜漫漫而独寐兮时恍惚以魂驰

梦偃卧摇篮以啼笑兮似婴儿时

母食我甘酪与粉饵兮父衣我以彩衣

月落乌啼梦影依稀 往事知不知

泪半生哀乐之长逝兮感亲之恩其永垂

哀游子怆怆而自怜兮吊形影悲

惟长夜漫漫而独寐兮时恍惚以魂驰

梦挥泪出门辞父母兮叹生别离

父语我眠食宜珍重兮母语我以早归

这是李叔同先生依美国歌曲填词的一首歌,最初听见是看濮存昕演弘一法师的《一轮明月》。李母新逝,年轻的李叔同先生搬了架钢琴入灵堂,夜半守灵,灯影摇曳,歌声低沉,未竟涕零。写歌的人的幸福是,当变乱来袭,写歌的人可以有属于自己的唯一表达,无需借助他人。音乐之"诚于己",首要在此。

六、《叶落》

朦胧胧的晚钟

灰蒙蒙的时空

依旧年华似水声

轻飘飘地相送

轰隆隆的一生

升沉不过又秋风

无边落叶萧萧下

峰回路转旧天涯

回旋莫再恋风尘

黄泉深处故人家

流行歌里明言"黄泉"者寥寥,正因如此,那些年总有好心人语重心长来劝我,让我开朗活泼正面积极一点。那些来劝我的人里,后来很多都患上了抑郁症。我从一开始就知道，《叶落》其实是首温暖的歌。只有细究过生死的人，才能体会生命因无可奈何而生发的温暖。这样的朋友我至少有两个，她们从《叶落》里听出了生命貌似灰败的底色后隐藏的脉脉温情。回避甚而畏惧死亡的人很多，向死而生视死如归的人太少。"黄泉"并非九幽地狱，实指身后。生死之间，白驹过隙。生不自主，死有恋眷。"死去何所道，托体同山阿"，心境到了，自然"黄泉深处故人家"。修仙也罢学佛也罢，不过修习这点最后的面对。

七、《清明》

清明故事长

人在青烟上

一脉心香悠悠转

都在方寸间

故人踪影茫

行人又断肠

一抔尘土风云散

故事谁讲完

谁抖落手中的线

让一世一世血脉相连

谁看见谁又看不见

这一张一张黄色的脸

谁划断绵延的线

任一寸一寸飞絮散乱

谁遗忘谁在尘世间

这一张一张黄色的脸

清明马上又到了。父亲已经回了四川,明天就要从曾祖父坟茔开始,逐一率众祭拜。所谓率众,因为父亲现在是本家长辈中辈分最高的。近年来,他力排众议,为当年因各种原因没能立碑,或立碑又被打碎的先人坟茔,重新立上了他们应该有的名字。父亲率领本家数十众人,在遥远的四川做着他必须要做的事。我和长兄,分布南北,不能归属于父亲的队伍,其意落寞。

有时候我会觉得出川是个错误,比如现在。

出川,我成就了两件事,一是自己,一是后院。后院安抚了很多听众的心,从这点而言,我也就还不负这"香火"二字。清明这首歌,其实就是写的"香火"。有受享香火与奉献香火的人,也有传递香火的人。

八、《蓼莪》

蓼蓼者莪 匪莪伊蒿

哀哀父母 生我劬劳

蓼蓼者莪 匪莪伊蔚

哀哀父母 生我劳瘁

瓶之罄矣 维罍之耻

鲜民之生 不如死之久矣

无父何怙 无母何恃

出则衔恤 入则靡至

父兮生我 母兮鞠我

拊我畜我 长我育我

顾我复我 出入腹我

欲报之德 昊天罔极

南山烈烈 飘风发发

民莫不谷 我独何害

南山律律 飘风弗弗

民莫不谷 我独不卒

　　这张专辑关于祭念的曲目特别多。没办法,生死是最大的缺口,没有这个缺口,世间哪需香火和祭念。

　　这是先秦的诗歌,中华民族的深情早就囊括山川日月星辰草木,所谓万物有灵,万物也有情。有情就有生死存亡,有关乎存亡的一念,才见得天地众生。中国人的情是天地间的大情,有集体性的延续,就会有集体性的失传,近年张口即来的"感恩"二字,未必不是"大道废有仁义"的果。

九、《夜航船》

穿过数十年的风

穿过数十年的浪

你看他艰难地摇啊摆啊

像谁的身体

穿过窈窕的淑女

穿过写意的少年

穿过八千里路云和月

穿过所有人的思念

是谁风雨回故乡

是谁远扬他方

是谁在横亘千载的渡口

频频眺望

是谁兜兜转转

是谁孤单地回航

是谁艰难地闭上眼睛

在夜航船上

这是写给当年卖壮丁远赴台湾的大外公的歌。我为《弟子归》里几首歌分别写了很长的背景文字,都在实体专辑里。

十、《解放街73号》

摇啊摇到外婆桥

外婆桥上睡觉觉

摇啊摇到沱江边

沱江边上夜航船

摇啊摇到解放街

解放街上旧门牌

摇啊摇上麻将台

麻将台上少张牌

解放街73号

有人哭有人在笑

昨天哭今朝又笑

你衰老他方年少

目睹罢年少衰老

一川人来了去了

一梦沉一梦醒了

想起一座外婆桥

想起一道沱江边

想起一副旧门牌

想起你的麻将台

在《夜航船》里，隔着漫长年光隔着沱江水泊，终于回到故土的
大外公，和等待了他数十年的我的外公外婆，都已相继谢世了。从此
以后，解放街73号久已无人探访。它像那个"绣口一吐，就是半个盛
唐"的"口"，呼着仅余的气息，无目的地逗留人间。

十一、《爷爷的名字》

谁被谁埋葬在老地方

守望故乡

谁用琴弦擦亮谁湮没的名

明净如霜

风吹送春水过谁的竹林

流逝前因

谁看见谁古早留下的房

半山残墙

谁一声吆喝在耳际回响

空空雁荡

谁依稀披一身苦难归来

脚踏夕阳

恩怨随某一种年代散场

随风飞扬

留此身清名在此世人间

匡祚塘

　　这是写给我未见过的爷爷的歌。他们那一代人，似乎一口气就把世间所有苦难都咽下了。

　　有些人，因为见过，所以深情。还有些人，即使未曾谋面，然血脉当身，岁岁年年，我写的歌都是代你而作。

2016 年 4 月 3 日

一点动静而已

一

有一天,我忽然发现左肩疼痛不已,仔细看后,又无外伤。闷闷地幽怨了好多天,觉得可能染上好多人躲不过的电脑病啥的。一直自诩身心健康,患了这种时代病,很不好意思对人说。后来实在疼不过了,厚着脸皮告诉了天真。天真骂了我一通后告知我真相——《人间世》首演完喝醉酒自己摔的!

没皮没脸的,觉得白摔了,因为自己竟然一点都不记得。

《人间世》可能就像这一跤,唱作的是自己,忘记的也将是自己。从此以后,听歌的人们组成人间一个崭新的"身体",《人间世》只是最初那口气息。

二

《无根树》有句歌词我很喜欢——歌里没有你要的解脱。这是以前写的词,也庆幸以前就明白了这个道理。

如今,差不多算实现了自己的梦想。做音乐二十年,走到眼前,音乐的所谓成就抛开不谈,因音乐而成就的自己,确实让自己满意。若时光倒流二十载,当年那个同名同姓的少年人肯定也会欣羡如今这个匡笑余。然而早在约十年前,我就对我爱的音乐产生过种种质疑,"游于艺",便止于艺吗?年光游游荡荡,我不再愿意做那个游荡的人。

写歌的人是这样,愿听歌的人们也这样。当做音乐已经成为越来越容易的事时,要心怀戒惕。因为我们该用音乐相互温暖,而非彼此欺骗。音乐,多容易魅惑苍生啊!

有人赞同"真诚"在音乐里的重要性,但"真诚"只是做音乐最起码的门槛,你见过站在门槛上就欢呼自己,已入得大殿拜过真师取得真经成就真人的吗?无论多好听的歌多迷人的词多炫目的光环,你要见的还是你自己的心,而不是别人的赞誉。

有相互的照顾才是完整的人间世。谢谢那些追随、喜爱着后院的朋友们,愿你们能遇见那些滋养生命,让生命更开阔的歌——是不是后院的歌并不重要。

三

这张专辑前前后后有四年之久,中间有段时间,我甚至等不得了,想出个吉他弹唱版,就叫《人间乐稿》。幸好我还是按住了性子,让它成为现在的样子,否则自己会失去很多和后院手足们快乐的排练时光。不独我自己,如果没有这张《人间世》,我们大家一起做《人间世》的那段时光会是什么样子呢?

人间不容安排,但可以回顾。比如做设计的无戒,病情最重时偏要完成《人间世》所有设计。我常在想,如果当时不做这些设计,对他的病情究竟是好是坏呢?我们喝完酒散了局,走在各自回家路上,还用手机交流某些字句的繁体字考证——如果没有这张专辑,那一时那一刻,又会如何度过呢?也不能肯定的是,即使没有那一晚《人间世》的首演,我就不会喝醉不会摔那一跤吗?

如今尘埃落定,所有的猜想都那么玄妙。而更玄妙的,不就是这脚下真真切切的人间世吗?

四

这两年我惊讶地发现,喜欢后院的听众越来越年轻,甚至年少,这让我喜忧参半。有更多年龄段的朋友来听歌,当然不会是件坏事。真正忧的是,这么年轻就听后院,真的好吗?

这些年所谓"国风"音乐正在流行,但我从不认为后院也在其列,因为自觉还没有那么浅薄。"可怜无定河边骨,犹是深闺梦里人",这里有慈悲;"西风残照,汉家陵阙",这里有时空的观照;"古今多少事,都付笑谈中",这里有白发苍髯欣然回首的旷达;"无根树,花正孤,无名姓,返太无",这里是实证后的点拨。

凭空堆积辞藻,极尽纤细柔美之态,加上电视剧插曲一样的劣质合成器编配,就像前两天远远看到一个穿汉服的小孩子,远看衣冠楚楚,近看形态举止,骤然衣冠零落,即刻看破。

少不读水浒,老不看三国。说这些,是不希望年轻的朋友们听了后院而过早生出一番沧桑老旧、出离落寞的心。听后院，应该是给自己另一些事关生命的可能，即所谓给自己的观照。

五

今天数字版全本《人间世》首发，明眼如你可知，所谓全本比实体专辑多了两支器乐曲。我喜欢哓哓最后的《黍离之悲》，它和《沧海》像一首歌。就像开篇乌鸦的《请行》一样，它和《凤兮》也像一首歌。

哓哓曾经反对用《黍离之悲》为题，因为他害怕这个题目把曲子限制了。其实这个名字是一种更空廓苍远的照见，那个"悲"字，是面对天地万物的。乌鸦的鼓曲《请行》来自庄子原版《人间世》开篇首句——颜回见仲尼，请行。"请行"是告辞的意思，作为后院《人间世》的开篇曲目，也是告诉大家，后院要跟某些人告辞请行了。很多年来，大家惯于用"禅意"来赞誉后院，但我想用和"禅意"对应的另一个词，这个词是后院真正根柢所在，就是"道情"，也是我们下一张专辑的名字。

好了，请行。

2015 年 11 月 21 日

《人间世》之一：黍离之悲

《黍离》原文取自《诗经·国风》。即使没读过原文的人，多半也听过"知我者谓我心忧，不知我者谓我何求"。每个人的所"忧"所"求"历来不太一样，但总能从这诗句中得到一二分安慰。诗歌是可以安慰一个民族的。梁启超先生说：中国古典诗词之伟大在于，无论你懂不懂它蕴含的意思，仅是那辞藻的排布组合，就能让观者不得不感叹其辞章之美。

很多时候我们都因"美"而感动。如果这种"美"超越自拍美颜，更托付生命之赞、时光之叹，甚至天地之情，那就岂止是感动而已。《黍离》就是这样一篇不仅让人感动的诗歌。

原诗无解，及至西汉，毛氏父子辑注《诗经》，始为《黍离》序曰："《黍离》，闵宗周也。周大夫行役至于宗周，过故宗庙宫室，尽为禾黍。闵周室之颠覆，彷徨不忍去，而作是诗也。"至于南宋，白石道人姜夔作《扬州慢·淮左名都》，自序云："淳熙丙申至日，予过维扬。夜雪初霁，荠麦弥望。入其城，则四顾萧条，寒水自碧，暮色渐起，戍角悲吟。予怀怆然，感慨今昔，因自度此曲。千岩老人以为有《黍离》之悲也。"

"悲"也是一种美。

能将"悲"成就为"美"，需要的不只是笔墨艺业，更是胸腔里激荡的所有。

需要小心警惕的,往往是手上足以炫人的艺业,当一门艺业修习到轻易可以魅惑众生的时候,可能就是离此心越来越远的时候。技艺之流,极易沦入"有用",而观天察地体悟苍生流年,更需要的是道心。道心在"无用"处。无用处的激荡,才是无声处的惊雷。作诗度曲的人都该是孤独的存在,他们与天地相约,惊雷只在天地间。

一心念着个"用"字,已落"有为"。庄子一生随性自在纵横捭阖,自愿"曳尾涂中之龟""相忘江湖之鱼",历《人间世》而至《大宗师》,岂有一处"用"心?周大夫过故宗庙,又哪见一点机心?不过心怀戚戚,念兹在兹。丰子恺先生解释其师弘一法师之出家,用三层楼做比喻。一层当然就是芸芸众生凡夫所在,二层乃艺术层面。艺术层面其实不过就是用"美"来探究与世间的关系。第三层的人,他们心中所存就已非简单一个"美"字——所存唯道。生命之大美与天地之大道本来就是一纸之隔,戳破了,见得本来的自己。戳不破,囿于外在的天地。唯澹然无极,众美从之。

感时伤怀的诗很多,选《黍离》来唱,更多是因为其中的沉郁深情。

诗可以学,情不可学,如"道可传,而不可受"。

此道情非世间人情,乃大道无情,运行日月。

诗人是一种神秘的存在,因为即使他们自己也不知道,曾经某一瞬间,他们比世间所有人都更接近生命的元始。

古龙不止一次说:"或许只有无可奈何,才是人类最大的悲哀。"

所有不能拥有、无法重来的都是无可奈何。

"执手相看泪眼"是无可奈何,"流水落花春去也"是无可奈何,"今夜扁舟来诀汝"是无可奈何,"莫等闲,白了少年头"是无可奈何,"此身行作稽山土"是无可奈何,"旧家乐事谁省"是无可奈何,"此情可待成追忆"是无可奈何,"独怆然而涕下"是无可奈何,"倩谁问红巾翠袖"是无可奈何,"何妨吟啸且徐行"也是无可奈何。

《黍离》当然也是无可奈何,却足以安千古之心。

《人间世》之二：桑田之述

《太平广记》卷六十《女仙五·麻姑》记载，女仙麻姑与另一仙家王方平相见，言其"已见东海三为桑田。向到蓬莱，水又浅于往者会时略半也。岂将复还为陵陆乎？"方平笑曰："圣人皆言海中复扬尘也。"这段对答，就是"沧海桑田"的由来。

后人又将"沧海桑田"直接简呼作了"沧桑"，形容历劫经变后的经历和心情。

我的《桑田》当然不是讲述仙家的所见，也不是徒呼"沧桑"。我只是讲述一种心境，一种向往。"心境"是内里见微的自我映照；"向往"则是一种比"想象"更实在的东西，喧嚣乱象中有一己真实的所求，才可以"方寸之间"，见自家"桑田"。

> 斗转斗转，岁岁华年。
>
> 方寸之间，沧海桑田。
>
> ——《桑田》

《南华经·人间世》第一回，写的是颜回见仲尼请行的故事。颜回抱着"乱国就之"的心愿，想去卫国匡正那个专横独断的卫君，为此他的老师孔子表示了十足的否定——"夫道不欲杂，杂则多，多则扰，扰则忧,忧而不救。"很多年前我也有过像颜回一样的心愿,想在音乐的世界里有比现在更多一点的动静。没错,现在看来,诸般名也罢利也罢,不过就是这么一个简单的词——动静。而说到动静,我现在更乐意在自己的身心里去体会体验体证自己的"动静"。

但这只是现在。

以前,那样的眼光向外目空一切,总想走出去走出去。其实也不知道为什么走出去,谁要走出去,走出去的是谁,最后还能否走回来,走回来的又是谁?见了山到了海你又如何?你还能像麻姑那样"见东海三为桑田"?又或如吕祖"三过岳阳人不识"?不过都是"斗转斗转,当天少年"被"青山遮住",问能否"毕竟东还"?

"一心一意"其实在《南华经·人间世》里有个更准确的说法——若一志!从前的心花怒放万般遐想志比天高漫天豪情,最后都化为了这"一志"。这"一志"就是种子,它就生发在桑田,却不是传说中以为的桑田,而是你身中自知自明的"桑田"。

两耳不闻,一心一弦。

青山遮住,毕竟东还。

斗转斗转,当天少年。

一心一意,自理桑田。

——《桑田》

不是每个人都有颜回那么好的运气,有那么好的一个老师。遇见什么事都可以有一个人请教解惑,其实是莫大的福分。但是幸好还有一种书叫"经","经"其实就是古代的路径,这条路径可以带你去到你该去的地方。

被道家尊为《南华经》的《庄子》,就是这样一本经。闲暇时我爱看的就是道书,看书的时候就觉得和老子庄子在一起了,这比跟眼前很多人在一起惬意满足得多。收敛不争,不是因怯懦而收敛,为软弱而不争。就像"无为"并非"无所能为",而是"无为而无不为"。"两耳不闻"也并非闭门造车坐井观天,"顺其自然"而并非"听其自然"。

于是,当"岁岁华年"都成了平平常常的过眼云烟,又有多少人护紧了自己的那"一心一弦"呢? 于喧嚷世间,明见自己,就是后院这张《人间世》。

我的家乡四川富顺,当年有一位老前辈——清末时期,由江西入川,在富顺设乐育堂传道讲学的黄裳黄元吉。他的《道德经讲义》总分上下二段,上段讲常义,下段则直指修道炼丹的非常义。《桑田》若按川人独有的谐怪,其实也有些可以瞎扯的非常义,但既然是瞎扯,就留到酒桌上,与三二密友私语去吧!

唐沈彬有《麻姑山》一诗曰:

> 绀殿松萝太古山,仙人曾此话桑田。
> 闲倾云液十分日,已过浮生一万年。
> 花洞路中逢鹤信,水帘岩底见龙眠。
> 我来游礼酬心愿,欲共怡神契自然。

这篇文字是自己关于《桑田》的部分自叙,其实也是"我来游礼酬心愿"。玄玄道道说这半天,说到底也只"欲共怡神契自然"罢了。

《人间世》之三：太上之情

太上，下知有之。

其次，亲而誉之。

其次，畏之。

其次，侮之。

信不足焉，有不信焉。

犹兮其贵言。

功成事遂，百姓皆谓我自然。

——《道德经》第十七章

一

每一首歌都是一种渴望。

二

我的立身之本是一个叫"江湖边"的小酒馆。我最爱的时光是子夜时分，人客散尽，残局已定，慵懒地给自己倒上一口酒，坐在大门正对的沙发上，看夜色，听风雨，喝酒，赏心。

《太上》就是某个这样的夜晚写成的。

那时候百虑澄静，刚刚还纷杂的人语像一阵风般席卷而出，消散在眼前静谧的天地。有人早已习惯呼朋唤友，有人却依旧珍惜着自己难得的孤独。

唯孤独时乃见天地。

三

歌词应是一首诗。

《道德经》也是一首诗。

只是后来的诗人们分割了天地与自己，执着地抓紧了那份后来才生出的欲望痴念。

神鬼的诗词都一样漂亮，只是指引着不同的方向。

而"知者不言"。

当"这世间的灯齐齐地灭了"，究竟高处，是谁"静默的眼，看落英缤纷，尘缘无声"？

所谓人间世，只是一场或风尘仆仆或安之若素的行程。我们应愿而来，盼如愿而去。然造化欺人，既是这阴阳幻变的人间，又有几个能遂心"如愿"？似曾相识其实并非"似曾"相识，而是风尘夺目，惊了心动了魄，唤醒了你某一瞬间久远的记忆。

"大道无名"，每个人都是"千年前人来，千年后人去"的人。有幸的玄思，都缘于"化身千万，前情不息"。

只因不息的前情，而成全这妙想。

四

然而"星月目前，谁的前身"却是在妙想之外的。

澹然无极，乃发玄思。玄之又玄，遂生妙想。

玄思妙想或许已是凡人创作发明的极致，然而"思想"之外的"玄妙"又如何书写？

五

人间之玄妙，恐怕终归落到这一"情"字。

仙圣凡愚，因情而来；才子佳人，抱情而去。

"情"里有真有假有喜有悲，有万般之自然有一世之不得已；有风云之巧合，有聚散之必然；有朗朗之天地，也有碧血之黄昏。有缥缈之所思有切实之所为，有与生之俱来有偶然之同归；有苟且宵小有凛然大义，有退避三舍有万木同摧。

太上啊，忘情于时间之外，留存这怜惜哀悯，诠释着纷乱的慈悲。

附《太上》歌词：

这世间的灯

齐齐地灭了

只有你在高处

静默的眼

千年前人来

千年后人去

不过化身千万

前情不息

看落英缤纷

尘缘无声

星月目前

谁的前身

《人间世》之四：空城之计

一

月光之下，俱太阴所辖。

二

他住的城池叫作空城。据说，很久以前这里住满了修仙学道之人。有一天他们都飞升去了另外的地方，整座城池就成了空城。

现在的空城不空。人口又已经数以兆计，他就是这数兆人中的一个。

和所有人一样，他相信空城之外是更广阔美妙的世界，但是人们也仅仅只是相信，自当年举城飞升之后，数千万年来的时光中，能够飞升出城的早已屈指可数。

三

很多年来，空城中的人们已忘记了空城名字的由来，他们守着这片城池土地,生,然后死。

四

故老相传,离开空城除了正统传承的得道飞升,还有一种方便法门。这种方便法门方便到让人不愿信任,就是每到月圆中秋,对着月亮笑一笑。于是千万年来的中秋之夜,空城所有的居民就会仰着头,对着大大的圆月亮笑啊笑啊。为了肯定自己笑得正确,他们实验了各种笑法,但让人失望的是,无论怎么笑啊笑啊,他们也没有见到哪个人因为笑对了,而离开空城。

于是他们绝望了。

他们把故老相传当作了神话——神话,是多么让人不可信啊!

人们转头开始在城中做各种名叫"科学"的试验,他们希望通过科技器械,圆成他们离开空城的梦想。飞天,就造飞机。遁地,就向地心钻探。

当大多数人们忙于各种身外求索的时候,空城里还有极少极少人,他们依然信赖着祖宗们言简意赅却又语焉不详的教诲,做着自己的尝试。

五

他就是其中普通的一个。对他而言,修仙学道并没有很确实的目的和企图。和很多人不一样的是,他并不把修仙学道当作可以离开空城的技巧——不是不信,而是随着年岁的增长,他越来越懒得动那番心机。他只是单纯地做着他以为"自然"的事,而自然呢? 花开结果,叶落归根,云开月明,返璞归真。

每年的中秋,他也会拜月,供奉太阴。但和别人不一样的是,他从不对着月亮做各种笑的尝试。他只是恭恭敬敬备好瓜果,恭恭敬敬拈香祈拜。他觉得月亮就像一面发着光辉的镜子,神秘纯净,通透人间,看破人心。

六

今夜又是月圆之夜。皓月当空,如明镜高悬。

他拜完月后,在自己那张小小的其实并不讲究的供桌前静静站立,回忆着自己记得的犯下的向来过错。月光无色无形,像天地间一只神目,照透看破了他。

神目如电,暗室不亏!

每年中秋月圆,他都会在这圆月下沉思己过。他知道这城里(包括他自己)没有人真正的干净,他也再不会强以仁义绳墨之言,术暴人之前。甚至,正因为他自己深知那些只有他自己才知道的自己的过错,他会以为只有自己才是那个最污浊的人。

欺天欺地,谁能欺心?

他过不了自己那一关,所以每年月圆之时,他不笑其实是不敢笑。

七

他心知他从来没有坦坦荡荡站在月光下过。

他只是认真。

认真的人未必坦荡。认真往往是想求得谅解的做作。

但他要做的不是认真。

他要做的是如那月光坦荡般,通透世间;而他将以同样的坦荡接纳月光的滋润抚照,交相辉映,不亏不欠,不迎不负。

八

就像这样吗?

如在深海沉睡千年,他骤然睁眼醒来。

就是现在,内心转换出一种从没有过的干净踏实,自信自知。身外碌碌大千,身内了无尘滓——呀!他觉得自己可以大大方方地看着月亮,大大方方地一笑了。

他就真的笑了。

目光温暖,微微一笑。

然后天地就变了。

九

曾经天上三千劫，又在人间五百年。

腰下剑锋横紫电，炉中丹焰起苍烟。

才骑白鹤过沧海，复驾青牛入洞天。

小技等闲聊戏尔，无人知我是真仙。

——吕祖纯阳

附《空城计》歌词：

月是当年

高悬人间

有时繁华有时凌乱

照城中流年

别时依依

聚时惜惜

一时人来一时人去

一城悲欢遍地

谁在城上唱一出空城的计

谁在城外笑看这岁月的戏

风起云涌

悲欢情动

喜怒哀乐忧思惊恐

空空一城如梦

流水今日

明月前身

刹那风波风沙都无声

流浪生死凡尘

年华几许

人间继续

一树落花流水的记忆

谁把人生如戏

谁在城上唱一出空城的计

谁在城外笑看这岁月的戏

戏中谁在唱这出空城的计

风流云散

一别如雨

风雨情浓

人间情重

一缕残魂飘摇入怀中

演这空城一梦

高排的年光

2006年某个冬天晚上,高排从人群里钻出来出现在我和天真面前,那时候她正在疑惑,自己是怎么坐进刚才那张完全不相识的酒桌上去的呢?如今,很多年过去了,高排给我的印象一如当初——永远疑惑,永远忙忙碌碌。

高排在我心中的印象就是这样,翘着嘴唇眨着一双懵懂求真的眼睛,弓腰驼背,犹如一架奔驰千里随时都会倾倒的马车,嘴里不停地喷气,不停地唠叨,不停地跑啊跑。很奇怪的是,她不会真正地倒下,总是不停奔跑在她乐意和不乐意的大街小巷人群桌面。配合这副形态的是,她那头似乎永远没有梳理过的乱发。那头乱发蓬松卷曲让你想到吉卜赛甚至会想到哲人思想家。在高排的年光里,她就披着这样一头乱发一不留神就出现在我们面前,然后憨憨地笑啊,憨憨地笑。

高排离开广州前的去年某天,喜滋滋地到我们家做客,喜滋滋地喝酒,喜滋滋地醉倒。第二天高排嚷嚷说她要回家啦,四处扒拉属于她的物件,装进她似乎永远随身但永远不会清洗的背包。她冲进洗手间抓出我的梳子很认真地对我和天真说:"这是我的。"

我很不好意思地提醒兴奋的高排:"这好像是我的哦。"

高排晃了晃她那头满是思想的头发,很严肃地告诉我这肯定是她的梳子后,恢复了来时的表情,喜滋滋地转身,喜滋滋绝尘而去。面对认真严肃的高排,似乎所有的解释和真相都毫无用处,这让我对因人成事这句话有了更日常化的理解。这件事的结局是,高排回家当天就打来电话说:"我错了,我的梳子为什么在家里呢?"天呐,面对这句话的时候我真希望高排永远把我的梳子当她的梳子算了,因为我无法面对第二个更严重的问题——我怎么能回答她的梳子为什么在家呢? 再见高排的时候,我的梳子已经莫名其妙出去旅游了一周,整整一周我严格履行着道家的导引法则,每天叉开十指摩顶浴头。

高排在广州的年光里,像一个自告奋勇的外援出现在后院的几乎每一次演出。从最初的观众席,到后来台前幕后的宣传组织。这样的结果并没为高排带来我意图给予她的丝毫回报,可能唯一的回报是,她从此成了后院哥们儿一样的朋友。古龙曾说,这一辈子要交一个可以不用说"谢谢"的朋友是多么艰难啊。我觉得高排就是这样的朋友。

2008年,我开始做那张《神游:李叔同先生乐歌小唱集》专辑,圈定曲目之后有两首找不到歌词,因为高排是一个网络达人,所以我拜托给她。她在四方寻觅未果后,竟在百度知道上去征求答案。现在那个提问估计还在,寻求李叔同《留别》与《伤春》的歌词。有一天,高排去北京玩,我突然收到她的短信,说她在北京某图书馆里找到了《留别》的歌词,因为没法抄录发送,于是用短信发过来。我当时用的小灵通太破,收到的全是乱码。我看着那一堆乱码想,即便自己,为一首未知的歌词去图书馆上下求索怕也是很难的事。即使找到了,我又会按上几分钟短信一个字一个字打给别人吗?

高排身上有很宝贵的品质,这点也许她自己并不知道——认真,热心,会为了她认为值得的事情不计得失一丝不苟地付出。因为如此,在她貌似懵懂的眼神后掩藏的其实是一种少见的认真的态度。像高排这样不顾利益奋不顾身忘我付出的朋友并不多见,或许也因为此,高排在广州的生活一直颠沛流离,一如她以前的网名"流离失所"。不过高排心中肯定隐匿着对自己的期望,所以她把"流离"改为"琉璃"。琉璃会失所吗?即使失所,琉璃也还是琉璃,晶莹剔透。高排像一块琉璃,滚动在看似毫无方向的路上。她喜滋滋忙碌碌地在广州做着各式和她相干不相干的演出,我不知道热爱做演出的高排有没有在做演出里找到她的乐趣。当年那些演出,如果没有高排肯定会少很多乐趣啊。

高排临别广州的前夕来我们家喝酒话别,天真对她说,后院的每一场演出,如果发现高排不在的话,心里都会有莫大失望、莫名空荡。我拎着酒瓶对高排说,你啊,就是一个以最近的距离见证了后院从籍籍无名到如今的默默无闻的人。

与高排结缘是因为天真,她们念的大学都在西安。2006年广州的冬天,高排用一系列讲述西安的博客吸引了同样对西安念念不忘的天真的明追暗访。以至于开篇所说的那个晚上,高排终于出现在后院酒桌上的时候,她和天真一见如故,像从西安飞出的两只离群孤鸟,叽叽喳喳在遥远的岭南天空下。听她俩讲从前的乐图,讲烤肉,讲八个半的张哥,讲淘碟的时候"那个可能就是你的背影"。那时候欢快地说起往事的人们如今也成了往事本身,消散在苦瓜啤酒里的美好,如今都成了想起时紧锁的眉头中那新添的一道沟壑。

忘了从什么时候开始,高排把网名从"琉璃失所"改成了"super-fei"。改成"superfei"之后,高排开始了孜孜不倦于塔罗牌的追求。看着天天揣着一沓塔罗牌神神秘秘给人指点迷津的高排,我和天真决定给她一个崭新的名字——神婆菲。昔日高排一朝化身神婆菲之后,我和天真都惊诧于她可以长达数小时滔滔不绝犹如一个人的百家讲坛。但是神婆菲和高排又还是有共同之处的:其一是她俩都还是不知道自己命途的走向;其二是每次我和天真由衷敬佩她越来越汪洋恣肆的口齿时,她会露出和昔日高排一样憨憨的笑容,扒拉着乱发一副挺不好意思的表情说:"啊是吗? 我不知道哦。"

看高排笑是件让人开心的事情,因为能看到一个人不染的内心。高排是我见过的少有的内心纯净的人,也因为此,高排会遭遇很多伤害,同时也会给人很多伤害。伤害是不好的,纯净是好的。所以我会想,能不能少点儿伤害,但依然纯净呢?

我已经极少这样想起并深情地唠叨一个朋友了,不知道是记忆越来越老还是朋友越来越老了呢? 念想不再披肝沥胆,在高排纯净的笑容里跳动飞舞起来。倒一杯高排告别当夜提来的酒,想起那个昏暗但活泼的夜晚。那晚黎叔没能来,阿钢也没能来。但是黎叔送了"高排"这个新名字给今日的神婆菲。阿钢则打来电话,让我帮他"咩"一下高排。所谓"咩"并不是像羊一样冲人叫唤,这是粤语表示"掐"或者"捏"的意思,是阿钢独创的在后院的感情交流方式——装模作样伸出手来捻拢作势,先搞出被"咩"者一身鸡皮,然后轻轻在肩头五指轻拢,做掐提状。这个动作相当有戏剧性,我们都很喜欢,但我怎么能"咩"高排呢? 我只能阴悄悄地笑着假装帮阿钢完成了任务。阿超来的时候两手捧着大肚子,将一盒大大的巧克力掏出来甩在高排面前。梵枫则直接将当日从乐器展上搜刮来的小口琴拿出来说:"喏,这个送给你的。"

我对高排一直有种歉疚之情,这种歉疚之情直到高排几番不舍终于离开广州后凸显出来。无论对于我个人还是后院,高排给予了我们太多的友情帮助。这些帮助有为一场演出的前后奔波,有因为我个人失陷于一口井而把高排也拖拉下来的荒唐,有我突然心血来潮想做一件事情而花费高排太多的时间,而事情最终又因为我的懒散不了了之的可恼,也有当我面对口舌是非保持沉默时唯独高排会挺身出来为我辩护支持……太多了。如果有人为了你而无私付出不求一些回报,无论如何那也是个该记住的人。我甚至想起当时要在后院做第一回《传唱》时,急迫间找不到人设计海报,从没经过任何美术训练只会打字的高排竟自己披挂上阵,熬夜用鼠标一挥一挥地挥出一幅图画来,这就是第一次《传唱》的海报。和很多人的合作都会基于某些相互利好的关系,哪怕只是精神上的相互分享。但和高排之间则连这一丝一毫的利好都不会有,她是一个实实在在地让人可以放心托付的朋友。

高排一直想用她的塔罗牌给我算上一回,但我对高排的热望一直假装视而不见。直到她临走前夕,我想就当让高排开心吧,于是让她给批算一回。高排坐在电脑前看着我的星盘开始大呼小叫,然后很认真地盯着屏幕钻研良久,冒出一句:"咦!看你的星盘,你该长得很帅才对,不该是现在这样子啊!"

高排带给我们太多美好的记忆,而我因为懒散给了高排很多的遗憾。作为行动主义者的高排，一直想把我们推荐给这推荐给那，又想安排我们巡演又想让我们去台湾、香港演出。但是我们真的太不积极了，让高排对我们的热望根本找不到可以落脚生发的地方。高排心爱的广州终于成了一个让她有志难伸、没有用武之地的所在，数次欲走还留之后，高排终于回了她的故乡。我们曾经的梦想从此浸在那些看起来一模一样的酒瓶里，晃啊晃啊，再没有浮出来的时候。

高排离开前的数日，我开始写一首歌，但一直没找到这首歌关键的那个词。一天黄昏，我去银行取钱买菜，无意间听见身边有广府老人家用粤语说出"年光"二字，骤然心里生起莫大的感触，我想，如果要说"年光"这个词的话，最恰当就莫过于用这样苍老的腔调和声音了吧。我觉得这是首可以送给高排的歌，后来放在《人间世》这张专辑里。不知道高排知不知道，这个人间，她是拥有一支歌的。

年　光

一阵风吹过

一阵烟淹没

一个人赤条条

来过又去过

一转身离开

又转身回来

一世人一世路

迢迢又反复

松下看斜阳

沿途问苍茫

荷锄在风云上

数历历年光

2010年3月24日

向天一笑

一

因为写粤语老歌的文字，我把小樱送我的他写粤语歌的书翻出来看，在书里，我除了看到一个乐评人邹小樱，更多地想起那个叫小樱的老伙计来。小樱曾是后院一员，在我的推算里，他应该是2007年前后加入的后院。推算的逻辑是，之前的《静》还没有他，之后2008年的《诸子列传》他就已经在了。2008年我们还发过一张现场专辑，给专辑起名字的时候我和他闲聊，说："取什么名字好呢？"他甩了甩他硕大的头颅，拍一下脑门儿说："不如就叫《去年夏天》吧！"

如今，那个夏天的伙伴们都相望于各自江湖久矣。那张专辑我也再没见过，它有一个黑底白字的封面。记忆早已模糊成了一片灰色，色彩层次的消失，暗喻着记忆里事件的隐退——于是只有当年人物了。

> 谁在七月江南
>
> 遥望去夏的朋友
>
> 谁又别来重逢

深锁后院的三秋

——《去年夏天》封面题诗

二

小樱第一次见我的时候穿着一件宽大的校服，白色的，衬着他大大的头，坐在烧烤摊上，像个逃学的中学生。这是记忆里小樱出场的样子，所谓记忆里，就是我们已经很多年没见面了。自从他出院之后我们很少见了，上一回见面大约就是他送我这本书，那是2014年，我们《弟子归》首演。

我记得那个场景。

首演前，他带着一个朋友来休息室探班，他送了我书，我送了他专辑。那时候我还轴得很，对后院没有血汗之力的一概不送门票、不送专辑——他带来的朋友我就没送专辑，虽然他很有名。

小樱是个非常风趣的人，总能让后院大伙儿都开开心心，连他的坐姿都是风趣的。那时候，我们在没有空调的逼仄的后院排练，大家光着膀子，连凳子都没有，一概席地盘腿。小樱有一身白白细细像"浪里白条"一样的肉，晃晃荡荡非常耀眼。因为胖，所以他盘不了腿，两只腿松松垮垮地瘫在地上，像一个卖假药的。当他认真严肃地打理着他给自己购进的一堆打击乐器，偶尔还闭上眼睛露出非常享受的神情的时候，就更像个卖假药的了。

说起那堆他自己购进的打击乐器，又是一桩笑谈。他加入后院当晚，我们先做了场演出，演出结束后，所有的打击乐器统统不翼而飞。坐在庆功的烧烤摊上我笑他:"你就像好不容易可以进厂当工人了(八十年代能进厂当工人可是不小的荣誉),结果上班才发现属于自己的车床被偷了。"他就说:"是啊是啊我就是这么背啊,你们好厚道啊。"

但他不是一个会轻易气馁的人,没两天他居然跑去粤剧街买了一个粤剧专用的打击乐架子回来。那东西没人知道怎么用,尤其上面还有一个好像肥皂盒一样的存在,我们都觉得可以当烟灰缸,但他拒绝了我们的建议。

他在上面挂啊挂啊,居然慢慢被他挂满了,后来他就跟我们跑出去演出。演出回来的火车上,没有人理他,他跑出来站在过道上跟大家诉苦:"完了完了,这回回去要交好久空缺的公粮了。"一脸苦逼但又没防备自己尾巴已经翘上天的样子。

我还记得,那是从厦门回广州的火车上。那时候还是绿皮火车,大约十四五个小时的路程。

三

厦门演出完,后院经费比小樱的脸还穷苦。我们坐在大排档都谈不上的小板凳上,撑扶着摇摇欲坠的折叠桌,轮流诉说着各自心中的后院。小樱说着说着就哭了,倒不是因为他的"车床"被偷了,而是对后院的一往情深。

天真用她的 Iriver MP3 录了音,前几年的某一天我无意中听到,但已经不敢听了。岁月如画风光不再,再美好的往事都已尘封在昔日，生命中所有的相遇都化作如今这点对彼此的善意了。

我还记得我们在梦旅人演出完，大伙儿呼呼啦啦地跑下山，坐在当时还不喧嚣的曾厝垵吃那家在那个年代就有外卖电话的烧烤摊，聊起《江湖边》中小樱被所谓业内人士诟病的小打，大家义愤填膺一致声讨的场景。现在想来，就像马兆骏《会有那么一天》的歌词：

> 五彩辉煌的夜晚，
> 屋内的灯光有些昏黄，
> 我们燃烧着无尽的温暖，
> 虽然空气中有些凄凉。

那是一段青春的志向与可以触手的光芒相互生辉的日子，过了那段日子，后院越发沉潜，而小樱也成了樱总。我们的风趣后来变成了风骨，除当年知交，再也无人得见旧时锋芒。

但我记忆中的后院老伙伴们，依旧唯"可爱"二字可以形容。直到去年，江南西A出口的地铁口，依然还是我每次排练经过的地方。每次经过，我还会想起小樱有一次缩在KFC门口打手游的样子。（给他看这篇稿子的时候，他说："这不是手游，说手游是对我的矮化。"）据他自己回忆，"我应该是在玩PSP上一个叫《空之轨迹》的游戏。"他那时总挎着一个大大的斜肩背布口袋，头发软塌塌的，一撇一撇像三毛一样贴在他那个像西瓜一样硕大的头颅上，很多时候我从地铁口出来，就会想起他这个奇怪的样子。

四

小樱刚入后院时已然是个新晋乐评人，我在后院门口那个停车场对小樱约法三章，加入后院第一就是不许写后院。那时候我们是多么骄傲啊，当然现在也是。小樱果然没有写过后院，他像孙悟空一样，绝口不提他的前身。但是他肯定希望后院为更多人所知，就在前几天，他还跟我说，如果明年还有乐夏，不妨就去一去咯，哪怕走一轮也是好的。我不确定走一轮是否是好的，但我确信老伙伴的这番心是好的，这其实就已经够了。

好多年过去，我再没见过小樱，心知肚明，相"望"江湖。

我最后一次和他联系是我实在按捺不住《梦生》被不告而取盗用成了《赵州禅》，我在江湖边门口醉醺醺打电话给他，说："组织终于有任务交给你了。"然后他就连律师都咨询好了，准备随时为后院一战。他的原话是，"反正网络喊话的事情就交给我了。"但是此事终究因为我的懒散未成，我还是相信传统江湖的刀兵相见。

我经常在光天化日下想起一个从前的老兄弟，但我不对人说，只是在匆忙的人海地铁街头巷尾，向天一笑。那一笑，就是惦记。

原稿写于2019年某日

2020年11月18日定稿

始信江湖别有情

——洞山系列收官后记

洞山是座山，在江西境内。山上有个寺，名洞山普利禅寺。因为这个寺，洞山而成为禅宗曹洞宗开山祖庭。

洞山寺的现任住持是古道师父。我去洞山的次日，古道师父离寺，开始他筹谋已久的一场行脚。临行，古道师父特意嘱咐了三位弟子（延融、延习、延弘）照顾我在洞山的衣食住行。那些日子里，我主要就和三位小师父在一起。延弘师法相奇异，一眼看去很像古本里良价祖师的形容。我们在的那些天，正好是延习师司职晨鼓，所以专辑里收录的《洞山晨鼓》，就是去年6月28日凌晨四点半延习师击鼓的录音；这套鼓分奏天下太平、风雨雷电，整套打完有十多分钟，限于专辑篇幅，我们摘取了其中一段作为这张专辑的序篇。而在《洞山联句》这首歌的前奏采样里，吟唱禅偈的则是延融师。那个傍晚，我们临湖而坐，说起洞山良价祖师作的偈子，延融师就唱了这首。我赶紧用手机录下来，即时就地的创作，能融入当时当下的采样，时间既被留住，也被延展了。

作为老庄门下，在一座禅寺度过一段毫无距离感的时光，体验当然独特。做《道情》的时候，是为道情正名。洞山系列，则是道情禅意的自然交融。一切需要分别对待的观点态度，渐渐离我远去。

寺里众人鲜有分别心，他们连自己是光头都忘了，这点我特别理解，因为我除了梳头之时，也忘了自己有一头长发很久了。

一个人牵挂自己的念头多寡，多少能见证这个人实在的修行。

他们只在一桩具体的事里，一场确实的修行里，他们才不过问你是谁你有什么想法呢。有趣的是，古道师父也随众叫我匡叔，他的弟子们也叫我匡叔，我打趣说你们这样辈分很乱哦，大家就哈哈一笑，反正各自交往各自的，师徒都自在得很。

七月初回到广州，排练和录音都是顺利快捷的。乐队也在其中体察到我在创作中的一些变化。你在书斋写歌和身临其境写歌是不同的，吹万不同，真正拂动的不是手上的琴弦，是心弦。

关于这批创作，我愿意因此梳理一下自己的创作历程：

之前不提，至《一念》，是自我心地无碍的抒发；中间做了一张《弟子归》，相比后院，这是张稍显特别的专辑，因为抒发的是乡情和亲情，而非具体的道情，它是另一种叙述方式，疏离于熟知后院的耳朵之外，但于我有特别的意义；《人间世》其实已经属于道情语境，大家熟悉的那些歌大部分是这个时期的创作；洞山系列缘自一次出行，见自己太久了，可以出去见见天地苍生了。

所以我是喜欢这些歌的，它们写的是很远的地方的那些具体的时空场景，因为自己实在经历过，所以历历在目返景入琴，写成歌了，就有不一样的照见。

"始信江湖别有情"，是我在洞山写的最后一句诗。江湖，可以是庄子的江湖，也可以是禅者的江湖。在禅门的修行中，学成的弟子有下山游历的一天，因为禅家宗林多分布在江西、湖南，所以下山游历便也称作"下江湖"。"江湖"也是古道师父曾经的网络名字,老庄禅家,真意就在"别有情"中。

四首歌,写我的一段身心经历。愿听见的诸位能身临其境,体会那片"别有情"。

洞山系列,就此收官。

谢谢古道师父为专辑题写"逢渠桥上遇故人",谢谢黄菊为专辑作的序。

谢谢但鹏老弟及旗下设计师萧公子,自2013年《弟子归》专辑后,再次为后院做了这张专辑的完整设计。

洞山所遇的所有师父、居士、天空、山木、水瀑、蛙声蝉鸣,甚至蚊虫,谢谢。

最后,特别感谢神奇的缘分,林林总总的机缘人缘情缘,让很多不可思议的事情就那么自然而然地发生。

特别有情。

初稿于2021年1月25日广州江湖边

校于2021年12月2日水岸家宅

访谈：每个人都有破绽，我的破绽是酒

行李 采访 匡笑余

采访/整理：黄菊

"一晌贪欢初醒，此身虽在堪惊"，这是那位曾经追求骄奢淫逸的生活，而今转求生命本质的亿万富翁第一次听到的匡笑余的歌，心头重重一击。我们三个月前在路上偶遇，三个月后再见，他已习得禅定功夫，并在两次闭关之间的缝隙里，溜去广州，在匡笑余的酒馆"江湖边"痛饮到天明。他喜欢他的歌，又见他生活清贫，便说，想赞助他某张专辑，如果让他在某首歌里参与一段和声。匡笑余拒绝了。两天后我问起他，他说加入和声没问题，"但不能以赞助为前提，人要活得骄傲一点"。

"江湖边"酒馆九年前在繁华的江南西路开了第一家，一个月前，在荔湾湖公园临水处开了第二家分号"小廊桥"。我们的聊天从小廊桥的下午开始，但匡笑余直到暮色笼罩，楼下湖岸蛙声四起，相继温了三壶酒下肚后，才抬起头说："你可以提问了。"那时距离我落座小廊桥已过去六小时，出于礼貌，我正准备起身告辞。

就着刚刚好的酒意，就着荔湾湖刚刚凉的夏夜，还有酒馆里一直循环播放的他的音乐，那晚一直聊到后半夜，聊到"小廊桥"像夜航船一样,渐行渐远渐无涯。

"一晌贪欢初醒,此身虽在堪惊",亿万富翁是在饭桌的席间和我说起这句歌词的,那时我正伸手出去夹菜,听到这句,筷子都快抖落了。回家,用两天时间,没日没夜地听他的"秘密后院"乐队,从2006年的第一张专辑《后院的秘密》,听到2009年的专辑《江湖边》,一直听到2017年的最新专辑《道情》。他们既不袒露青春期的迷惘,也不对这个时代愤怒地呐喊,或者怅惘故土的一去不复返,就像我们熟悉的绝大多数乐队那样。他们尽是这样的歌名:无言即是怀仙处、白云中、竹叶舟、风兮、桑田、黍离、一念深处即洞天、化、寂、荒、遁……而歌词和唱法,更像古典时期,在白云山间自弹自说的说书人,不哀不伤,不进不退,着布衣,戴斗笠,在山中小道上一边说,一边在云雾里渐行渐远,像《红楼梦》里,那位唱《好了歌》的跛足道人。要去广州问个明白。

我们下楼,穿过参天的大榕树、凤凰树、棕榈树,白天的湿热空气已然褪去,此刻空气清冽,大风四起,今年的第一场台风要来了。第二天下午,他带我去纯阳观走动,是他自己常去的地方,不烧香,不拜佛,不攀缘道长,只是去走走,心里就会很踏实。在山腰一段回廊休息时,迎上一场快意的大雨,台风正式来了。我们站立,迎着风雨,在台风里接着聊天。他是四川人,幼时习武,不惑之年时,才亲近起道家法门来,但不皈依,不入教,只在音乐里,表达对道家文化和处世之道的亲近,从《江湖边》到《道情》,全是他交的作业。

他住在荔湾湖公园旁的大坦沙岛上,被珠江的东西两条航道夹峙,我的酒店在东侧航道的江边,隔着夏天里浑浊、涌动着的江水,可以眺望到大坦沙。他拒绝圈子，拒绝人脉，拒绝各种节目邀请，甚至拒绝音乐节，只是劳动，在劳动里创作。他的一天从中午开始，起床后先练功，然后下楼，到江边的菜市场买菜，回家做饭，把自己安放在厨房里。傍晚前回到酒馆，再把自己安放在掌柜的身份里，拿货，扛重物，卖酒。只在演出时，回到方寸间的舞台上，才变成那个说书的山中隐士。

一

行李：我是穿过荔湾湖公园来的，走过几段回廊、几座轩舫，过桥，临水走一段，上楼，就到了。到了二楼，临窗还能隔水远眺，酒馆开在这样的位置真是太酷了，名字也好听：江湖边·小廊桥。

匡笑余：你走的这一段，是"广州十三行"时期，一位潘姓富商建造的一座园林，叫海山仙馆，范围很大。小廊桥所在处，原来是海山仙馆的龙船楼，经常有龙船从前面划过去。我一直喜欢武侠小说，从二楼推窗望去，经常想起一些武侠小说里的场景，设想江湖上的朋友飞舟而来。来小廊桥后，我对岭南文化有了兴趣，现在写演出文案时都会专门写一写这边的背景，大家来不来看演出没关系，至少知道这个地方曾经如何。

行李：作为一个生活在长江中游的人，一到这里就被扑面而来的岭南风物罩住，参天的榕树，随处可见的木棉花、凤凰花、棕榈树、椰子树，粤语歌，台风来临前湿热的天气……每次来都会有身体反应，全身毛孔都会竖起来，觉得新鲜、激动。

匡笑余：比起来，江南西路的老酒馆太过繁华，到了小廊桥，岭南的风物在四季里显现，看到花开花谢，听到喧天蝉鸣，明显感觉到在天地之间。我最近都在做和节气相关的音乐，也很期待在小廊桥写出我对节气的感受，从小廊桥的物候去感受整个天地宇宙和自然物候。

行李：两家酒馆，一家热闹，一家清净，在两边的心情也会不一样吧？

匡笑余：江南西路的酒馆开了九年了，每次回去都会觉得我对这方寸间的60平方米的小酒馆照顾不够。这九年，因为这个小酒馆，"后院"才能够安安稳稳地活过来，虽然它不说话，但我能看到它的表情，对它充满感恩之情。但同时，在那里会有异乡人的心情，因为旁边都是左邻右舍的街坊，有很强烈的广州的居家感，在这居家感里，异乡人的身份特别突出，会自我提醒。但在小廊桥不会，公园本来就是公共的地方。

行李：异乡人的感觉也挺好的，你在那里，看着他们，却并不属于他们，也不要求加入他们。

匡笑余：异乡人就是"江湖边"的感觉，站在江湖边上，看着他们的江湖。以异乡人的身份面对异乡，和以异乡人的身份面对故乡，都是江湖边的感觉。《江湖边》这张专辑里有一首《灰飞》，是我在重庆下火车，再转大巴回家乡的路上，雨雪霏霏中写的，是关于归乡的歌。我说，也许我们真正要回的故乡不是乡土的故乡，而是文化上的故乡。如果在文化的故乡里有所安顿，可能在哪个地方都可以，不能说都一样，但都可以。

行李：九年足够养成一代人了。这两天在两家酒馆都有看到同样的客人，一个暨南大学的研究生带他从上海过来的朋友玩，听说在广州三天，三刷"江湖边"。

匡笑余：是，光阴流失了九年，九年前听我唱歌的人，很多都结婚生子了，有时他们会带自己的小孩过来看演出。

行李：最初做酒馆是为了有个生计吗？

匡笑余：酒馆是安身的，音乐是立命的，合起来才是我的安身立命。很多人没想到我们能做九年，能够坚持下来，略有盈利，真的有几年好运。因为有这酒馆，外出巡演时，我们在路上很踏实，知道回来后还有可以喝酒、演出的地方。"后院"能有今天的局面，其实就是中国传统文化里的一句话：自求多福、自种福田。

行李：经营酒馆也挺耗心力的，还要同时做创作。

匡笑余：你想象不到，歌里如此仙风道骨的匡叔，其实过去连续九年，像民工一样走来走去，要装修，要拿货，有时会很狼狈。小廊桥刚装修好，现在所有你能看到的重物，冰柜、空调，都是我一起扛上来的，厉害得很！从小练武，长大修道，形神俱妙，到了几十岁还能做这些事。虽然身体上做着这些事，但心境还没有坏掉，劳动和修行之间，缺的只有一个东西——心法。如果把心法带到劳动里，你就是在修行。有时拿货，突然瓢泼大雨，浑身湿透，但既然下雨，享受一下雨的滋润也挺好的，乐天知命。我有很多安静的、超然物外的歌，都是在这种状态里写出来的。

行李：你们自己有酒馆，自己做乐队，所以酒馆的演出上有什么特别处吗？

匡笑余：日常的演出，我们有且只有两种形式，"江湖边传唱"，由我唱；"声声不觉"，是乐队其他成员的即兴演出。一个乐队，成员非常重要，音乐是你的命，成员就是你可以把这条命托付给他的人。而一个主唱的幸福，就是他有一个很好的伙伴在台上托着他，如同左膀右臂，我很庆幸有这帮手足。酒馆刚开时，想着不可能总是我在这里唱，吉他手邹广超就和其他队员一起创作了这么一个节目，其实也是一个音乐计划，一直延续到现在，连续九年，每个周五都来帮我做这场演出。

关于我们的日常演出，我以前写过一段文字：

在酒馆的日常演出里，乐队把自己一拆为二：主唱（即馆主）做"江湖边传唱"，其余成员则做一款叫"声声不觉"的节目。和乐队作品不同的是，"声声不觉"专一做器乐的即兴演出，并不加入人声部分。所谓即兴，即不掺任何已有的曲调和乐谱，他们在现场因应当下所感，一边创作一边演出。演出即创作，创作即演出。目中所见，耳边所闻，心上所思，响应于手上的乐器，乐器与当下触感又相互感应，遂印于心，又应于声。

主创邹广超，以一把七弦吉他，负责动机的点提，并整个乐段的起承转合。箫者晓晓，用自己各式各样的箫管（甚至酒杯），附着于动机走向，吹嘘呼应，做旋律的拈点提拿。古琴佘立宇，时与箫管做低音的补充，时与吉他做动机的铺展繁衍，音如游丝，瞻之在前，呼之在后，动静之道，尤在其中。馆子开了多久，"声声不觉"就演了多久。

九年以来，即使因乐队外出演出，停了馆子每周五的现场，乐队也会在外地的舞台上，专门有一段属于"声声不觉"的时间。那是和馆子现场不一样的舞台，虽然少了几分烟火气。而烟火气，虽然是馆子现场的特色，然而有时也会气涨焰嚣，弥漫成一种汩没风尘的现场。有时台下忒不懂事，吵吵得过分，我会扼腕心疼，想让他们收琴不演了。但他们并没有自高自慢的时候，依旧不紧不慢我行我素地演完，最多结束时对那些吵吵的客人赠上一句说话。

　　对那些喜欢"声声不觉"的观众，这是偌大广州、唯一的传统器乐即兴现场，难得且宝贵。对那些充耳不闻的人而言，"声声不觉"仅是一场拍照发朋友圈以资标榜的看不懂听不明的演出。对我而言则是：九年前，邹广超扛着一把琴开始他的"声声不觉"之旅时，与其说是开始了一场演出，莫若说是开始了一番于我而言的义气的守望。演出的意义一者是馆子的节目构成，二者是观众的观感。于我个人，"声声不觉"就更像是当年一呼百应的拳拳之心。

二

　　行李：一些做乐队的人，生活都很放纵，有时作品的力量也与放纵的程度相呼应，但看你的身体状况，感觉生活上很自律。

　　匡笑余：蛮自律的，除了喝酒外。每个人都有自己的破绽，我的破绽就是酒。

行李：什么时候开始喝酒的？

匡笑余：初中，有次跟同学外出聚会，忽然发现自己能喝。我们有一个家族传统，自己开酒厂，酒不卖，就是供家族自己喝。我们家长辈有句话，你如果不喝酒就不配姓匡，包括女性也喝，像我姐姐她们，至少半斤白酒的酒量，所以我爸从小不管我喝酒的事。但我虽然喝酒，却从来没喝过应酬酒，就是喜欢，而且特别喜欢一个人喝酒，看着书，或者写东西的时候，喝酒特别舒服。这几年有了进步，写东西的时候可以不用酒，演出也可以不用酒，酒对我没有控制，就是觉得喝酒挺舒服的，我喝酒也并不讲究，不一定要喝多好的酒，只要不是假酒，不是洋酒，都可以。我们以前在舞台上喝酒很多，后来给大家立下"后院"的院规，舞台上每个人只能喝半斤。

行李：只喝白酒吗？

匡笑余：因为我是主唱，从开场到结束都不会下台的，如果喝啤酒的话，上厕所很麻烦，所以就喝白酒。以前吃过啤酒的亏，在台上一瓶一瓶喝得好开心，结果要上厕所，在台上好难受，它会打乱一首歌的律动，本来是不紧不慢、悠悠长长那种感觉，如果憋尿的话，恨不得赶紧唱完，整个律动都会完全变掉。所以我现在专门安排一个段落不唱歌，其他乐手即兴演出，其实就是为了主唱上厕所。

行李：自己开酒厂，酿酒，喝酒，还有这么古老的家族传统，你家来自哪里？

匡笑余：四川自贡富顺县。富顺县出过一些厉害的人，现在最有名的，一个是谭维维，一个是郭敬明。我们家在富顺县的一个小镇上，小名叫"流水沟"，大名叫"永年"。小时候总觉得自己家的名字都很土气，长大后，觉得"永年"这两个字太牛了。乡下的地名被乡下话念了几代人之后，就有一种挥之不去的泥土味，当它们行诸文字付诸页面时，就显露出它们本来的风范。就像永年，德康寿永，在世长年，其间有多少先人们对后世子孙殷殷切切、绵绵密密的期盼祝福啊。

流水沟旁边有一个更小的山镇，叫洗马凼，以前也觉得很土，传说张飞在那里洗过马，后来觉得这名字好有武侠小说的感觉，以后写武侠小说的话，一定会把这些地名写进去。旁边还有一个地方叫邓关，可能是一个关隘，应该是邓姓的豪强聚集地所在，我也会把它写进小说里。

行李：这些名字像密码一样，把过去的历史钩出来。

匡笑余：是。我父母都是中学老师，我是在小镇的中学里长大的，但父母退休后就搬到县城去了，当我再回去时，基本不会再回到叫"流水沟"的永年小镇。去年回去时，有一天跟我爸喝了酒，跟他深情投诉，我说我真正的故乡，是那个叫流水沟的小镇，和富顺县城没关系，我真的很想回那个小镇去看一看。然后我六弟开着车，把我送到那个小镇，回到那个中学里去。正值暑假，空无一人，没有学生，也没有老师。大热天，刚喝过酒，我去操场上跑步，像小时候一样，感受土地带给身体的振荡，一切好像慢慢地苏醒，一个离乡很久很久的少年，当年是那样跑出去的，现在他又四肢俱全、健健康康的，甚至是更有进步地跑回来了，觉得好感动。

行李：流水沟是青瓦房的小镇还是哪里？

匡笑余：七八十年代确实是青瓦房，地面都是青石板大街。但我们学校不在镇上，在一个小山上，是一个比较独立的场景。我们去买菜,去看连环画,去书摊,都要穿过很长的山坡下去。旁边有一座最高的山,是当年土匪曾经盘踞的山寨。

行李:小镇没什么变化吗? 现在基本上所有小镇和县城都面目全非了。

匡笑余:面目全非,完全找不到路。小镇依然那么闭塞,依然充满物欲的渴望,学校越来越追求升学率。但小时候的影子还在,当我很自然地打开窗,看到田野里的油菜花时,觉得真是回来了,我1995年离开家乡,22年后才重新回到长大的地方,眼泪很自然地夺眶而出。我可能留给自己的最后一张专辑就是关于流水沟的,可能会写那个小镇,那些小山,那些土匪曾经盘踞的寨子,过世的祖母。可能做这张专辑时,父母也不在了,但我的一生就在这张专辑里。流水沟对我,是最初的影响,也是缠缠绵绵一生的影响,你从小在山地林间奔跑过,看过那些油菜花,吹过山里的风,听过鸟叫,那可能才是真正的文化基因。

行李:你自幼习武是怎么回事? 好像四川有习武的传统。

匡笑余:七十年代出生的孩子,可能都深深受过电影《少林寺》的影响,那时候的孩子们有两样东西很着迷,一个是醉拳,一个是鹰爪,都是《少林寺》带来的影响。八十年代有很多民间高手的传说,也会出现很多莫名其妙的拳谱,比如有一套拳叫"武松脱铐拳",这套拳特别有意思,前面11式,手都是铐起来的,后来才慢慢有手上的动作。那时我会看很多武林杂志,也看武术健身的书,自己开始慢慢练。每天是疯狂自学,早晨不到六点就起来开始各种运动,假装自己在练一套剑术,打一套拳。那时老师也好玩,我们的班主任是语文老师,为了调动学生的积极性,也号称自己练过,每天组织大家很早起来练。后来真正开始练,是遇到一个专门的武术老师,办一个武术队,在家勤学苦练后,被选拔上了,就这样正式跟着他学。

行李:也看武侠小说?

匡笑余:看,武侠是一代人的梦。那时不知道看过多少乱七八糟的武侠小说,还有以顾嘉辉、黄霑为首的音乐人写的武侠音乐,它们的意境已经超出小说本身。我相信一开始,写小说、写音乐的人并没有太多文化自觉,只是那一代人的素质在那个地方,做出来的东西就具有文化性,慢慢的,经过时间长河的洗礼,自然形成武侠文化。

行李:这算是对你童年影响最深的东西吗?

匡笑余:还有连环画,一放学就去书摊看,看得流连忘返。还有评书,每到中午十二点半开始播,每天讲半小时,邻居把收音机放在窗台上,这样大家都可以听到,我一到点儿就端着饭碗跑到邻居家门口听,菜不够了,跑回家夹两筷子又赶紧跑回去。我们最新的专辑《道情·丙申卷》里有一首歌叫《不惑》,是第一首把评书和流行音乐结合起来的例子。2016年去北京演出时我们还专门请了一位说书人做开场,评书演员很讲究,先到后台和大家结识一下,打过招呼,他的助理会说,"差不多可以扮上了",长袍、长衫、扇子拿出来,走到前面去,一拍,"滚滚长江东逝水,浪花淘尽英雄……"念《三国演义》的开场词,我们才开始上去唱歌。

行李:我看到江南西路酒馆的墙上,还挂着《水浒传》里各路英雄的排名。

匡笑余:我是在评书里听到袁阔成讲《水浒传》,后来看的第一本小说也是《水浒传》，对我一生都有影响。那本书告诉我，什么叫"义气"，我一直憧憬有一帮书里那样的兄弟手足闯荡江湖，"快意恩仇"是最好的生命呈现方式。后来看的第一本武侠小说是金庸的《书剑恩仇录》，又是讲一帮兄弟在一起快意江湖。我对人好，是倾囊的，一口吸尽西江水。后来做"后院"这个乐队，就是和一帮手足在一起，但"后院"看起来风平浪静，这些年人员变化其实特别多，也是一部《水浒传》。

行李：习武对你最大的影响是什么？

匡笑余：身体好，身体打下了很好的基础，现在再去练一些道家的法门就非常方便。

行李：我们这些人，完全变得四体不勤，也会用"身体不过臭皮囊"这样的理论来掩护自己，但最终会发现，所有问题，都得在身心上下功夫。但等到真正意识到身体的重要、身体对心性的重要时，不知道要破除多少思想上的偏见和障碍。

匡笑余：还有身体本身的障碍，如果十来岁的时候还没有把身上的筋拉开，基本以后很难再拉开了，所谓"筋长一分，寿长十载"，姑且不论传统武术的实战性，单说它对一个人身体的调教，太厉害了，其实就是把身体唤醒。

行李：身体上没有必须要吃的苦的坎儿么？

匡笑余：肯定有，夏练三伏，冬练三九，会很辛苦，但有这个过程后，会一辈子受用不尽。同样的，小时候读经或者古诗词，也会一辈子受用。昨晚我在舞台上唱一首老歌《梦江南》，给大家介绍为什么江南会叫"梦江南"，脱口而出古代描写江南的诗句，那是接近身体记忆的东西,完全是小时候的童子功,一辈子受用不尽。

行李:你的生活习惯和音乐作品都很传统,甚至古典,当八十年代遇到一波又一波的西方思潮时,没有和它们发生冲突吗?

匡笑余:当然会,大学时受西方美学、文学、哲学思潮冲击,我以为自己会往这个方向走,但当有一天坐下来写歌,开始创作时,内心真正的指引就出来了。刚开始做乐队时,设想过做欧美的低调音乐,非常缓慢、情绪内敛,但做着做着,小时候受过的影响就出来了,音乐就像一个钓鱼钩,把心里很深层的东西钩了出来,如果不创作,可能永远无法知道这些东西。到做第三张专辑《江湖边》时,慢慢有一些传统文化的影子出来,一些诗词的写作方式开始出来,一下子觉得得心应手,那是自我的唤醒。从那之后基本就不看西方的东西了,包括早些年盛极一时的灵修、身心灵那套东西,根本影响不了我了,这是一个人的幸运。

我给自己列过一个题目:这辈子感到庆幸的事。第一就是从小练过武,给身体带来极大的帮助。后来又从文,音乐也是"文"的一种,所以算半个文武双全,就不会偏,可以形神俱妙,你的所知、所见、所行是一体的,否则全是空谈。有一句话说,"任你清静无为,也得还丹",大意是说任你枯坐千载,终需还丹,很多人只是读经,但不知道怎么把这些跟日常生活结合起来。还有一个庆幸,父母从小给我准备了一个书柜,书柜里什么书都有,有拳谱、各种小说、科学小实验,当一个小孩的兴趣点开始出现的时候,他可以在书柜里寻找想看的东西。可能就是因为小时候书柜里有一本《道德经》,日后才庆幸地"幸逢大道",这是这一辈子最值得庆幸的事,很自然地回到道家这一脉上来,没有受过歪门邪道的影响,更没有跟潮流在一起裹挟过。

三

行李:"后院"的音乐是怎么变成今天这种风格的?

匡笑余:我生命里有过几个很重要的阶段:学武的阶段;画画的阶段;做音乐的阶段。如果还有一点与生俱来的天赋才情的话,不在美术上,在音乐上。我大学学的是美术,毕业后去了粤北的韶关教书,那时和很多人的想法一样,只想把韶关当作一个跳板,可以跳到广州来。也想凭本事多挣点钱,我还跟大学里最好的朋友说,你结婚时要送你一套银制餐具。到韶关教了一年半的美术,我却不辞而别,流亡江湖,然后开始做音乐。

行李:你的音乐梦想从何而来?怎么突然间从一个想要送人一套银制餐具作为结婚礼物,想要挣钱的人,拿到正式编制后却突然把工作辞了来做音乐?

匡笑余:我小时候就特别爱唱歌,我妈做过一段时间的音乐老师,家里有很高一沓油印的歌谱,那时父母经常不在家,我的童年娱乐就是把一张一张油印歌谱拿过来,对着干唱。也一直爱听歌,我们的音乐老师是谭维维的老师。我童年时有两个梦想,一个是做骑白马拿战刀的将军,从士兵一步一步杀起来,成就自己成为一个将军;一个是成为摇滚歌手,在台上尽情抒发自己,台下万人鼓舞。

行李:最开始在韶关做音乐?

匡笑余：对，离开学校后，在韶关和几个朋友一起做了第一个乐队"风吹耳朵"，那时会寻找机会去酒吧驻唱，但在酒吧驻唱非常不爽，面对那些只想听流行歌的客人，我在舞台上有一点和台下对抗的感觉，像两个阵营。而且那个阶段做的音乐跟后来的音乐完全不一样，我喜欢的歌，乐队并不喜欢，比如《夏》，比如《龙门阵》。在韶关待了九年，后来因为一桩感情的纠葛，突然发现自己貌似在一种理想的状态里，其实非常飘忽，上不沾天下不着地，生活经不起任何小小的打击，稍微捅一下，就呱叽一声掉到地上摔个半死，就直接从韶关下来广州，我记得是2004年，背了一个随身的包，到广州后我想踏实一点，去找一份工作。

行李：在广州做什么工作？

匡笑余：那时就想做广告，因为做不了别的事。在和一个有诗人气质的老板就文学、诗歌的话题吵了一架后，他把我纳入营下，做了第一份广告工作。那是广告界的黄金时期，广告生涯也挺顺利的，但有一天，中午休息的时候，我站在公司的阳台上抽烟，外面阳光如此明媚，而我在这个地方不知道干什么，然后我就走了，从此再也没碰过广告。

行李：又退回来重新做音乐？

匡笑余：重新开始做乐队的时候，我还觉得可以利用广告思维让自己迅速成名，后来突然发现这种思维很要命，以销售为目的，目的性特别强，花了一年时间，把广告带给我的影响全部抹掉。2006年，开始了"秘密后院"的时期。

行李：于是有了第一张专辑《后院的秘密》。

匡笑余：《后院的秘密》其实是在韶关时的一些老歌，既然重新开始，需要对以前做一个收拾、了断，所以那张专辑就把以前的作品简单处理了一下。第二张专辑也像一个小样，《静》，是关于如何安放自我的，"城市如此的喧嚣，可以到哪里去安静地怀一下旧呢？"也是那时提出来，我不再愿意与时俱进，我要与时俱退。做《静》的巡演过程里，脑子里突然想写两首歌，一首《晨钟》，一首《暮鼓》，先命题，然后在绿皮火车上就开始写，于是有了第三张专辑，也是"后院"第一张真正的专辑，《江湖边》。

行李：《江湖边》那张专辑的歌名很像章回体小说：序曲·来—晨钟—暮鼓—叶落—归根—灰飞—烟灭—醉死—梦生—尾声·去。

匡笑余：那时还在一些音乐圈子里，也有一些是非，忽然想到道家的处事方法：既然如此，不如不争。叫《江湖边》，其实就是远避群嚣江湖边，也是独乐江湖边。既然不愿意去参与更多的是非恩怨，不如找一个地方安放自己。刀光剑影，人生若梦，不如提一壶浊酒，相忘江湖边。专辑里每首歌的名字也是写歌之前就想好了的命题作文，从序曲小心翼翼的《来》，到尾声轻松写意的《去》，来去之间，经历了"晨钟暮鼓"的意声相和，"叶落归根"的安身立命，"灰飞烟灭"的成住坏空，"醉死梦生"的洒然抖落。后来我在《江湖边》的专辑页底写了一行小诗："你把酒壶解下，置于湖边素桌，肃然一揖，有人自湖上踏浪而至，投来最后一柄飞刀。你从刀光里看见所有的昨天，祭起酒壶，万般恩怨，从此下落不明。"

行李：我听你的第一首歌就是《晨钟》，把你推荐给我的朋友，他最初被你惊到，也是因为《晨钟》里那句"一响贪欢初醒，此身虽在堪惊"。

匡笑余:《晨钟》和《暮鼓》互相呼应,一种归去来兮,《晨钟》是出发,《暮鼓》是归来,既有时间上的晨昏,也有行走轨迹上的来去,而晨钟、暮鼓也有中国人的古老意象在。我还写过一个短篇小说,写一个少年从家里出发,要去闯荡江湖,轻鞍快马折刀,多么的快乐啊!"江湖,我来了。"

"江湖"这个词已和最初的意义背道而驰,就像"朝三暮四"一样,被后世混同于"朝秦暮楚"。"江湖"和"朝三暮四"一样出自《庄子》:"泉涸,鱼相与处于陆,相呴以湿,相濡以沫,不如相忘于江湖。"江湖"最初是道家说法,说的是一种生命更自由的皈依,虽然这种皈依不免孤独,但孤独正是全身保命的最后落足。

当"江湖"从道家向帮派武林全面过渡之后,更多就和是非恩怨争斗杀伐密不可分;在帮派武林早已没落消亡的现代,"争斗杀伐"或许渐渐退去,"是非恩怨"依旧诠释着世人对"江湖"的最大理解。

"江湖"是入世。有些人甘于入世,去要去求去夺去争,有些人不然,一番入世历练后,会很自省地观照自己命途的落足之处,对这些人而言,出世的机缘恐怕尚有缺损,入世又非所愿,于是就有了"江湖边"。"江湖边"是一道世间的门槛,你可以站在这道门槛歇息,重新反观自己,然后可定进退。

2008年,我们创作《江湖边》这张专辑时就是这么想的。2009年专辑发行,2010年觅地开馆,自然就把这个名字延伸落地成了自己酒馆的名字。在音乐里安顿的是心,在酒馆安顿的则是身。无论音乐与酒馆,最初的安顿都是指向自己。而对于外间,则以茶酒为名,以待天下同好。

四

行李:《江湖边》之后紧接着做了《神游:李叔同先生乐歌小唱集》,昨晚听在酒馆里的几个客人聊天,很多人都是因为这张专辑而知道"后院"的。

匡笑余:那张专辑是一种自我学习和锻炼,还有一个原因是,当时很多民谣歌手开始划地盘,你是哪个地方的人就唱哪个地方的歌,我心里很冒火。我说如果大家都要划地盘的话,我不划现实的空间地盘,我划一个时间里的地盘,直接往上走,回到过去,去看看中国古典诗词的风流,那些绝代的才子们,那些接续着中华传统气脉的前辈先贤们是怎样写的,所以把李叔同先生当年写的一批学堂乐歌整理了出来,做了这张专辑。

做《神游》时,我们排练的地方只有一部破风扇,没空调,现在听起来那么清凉的歌,其实是几个爷们儿光着膀子汗流浃背排出来的,像《梦》这样的歌,"哀游子茕茕其无依兮,在天之涯。惟长夜漫漫而独寐兮,时恍惚以魂驰……"听起来很简单,乐器也简单,但我们自己知道,它耗的不是力气,耗的是心力,要把极大的精气神投入到里面才能有这样一种呈现。

做的过程里,要去了解出家前的李叔同先生,了解出家后的弘一法师,看了好多关于他的书,也要了解他所在的那个时代,他的朋友们、他的生活、他的感情、他的一生,从他身上学到很多东西。虽然他已经不在了,但依然能感觉到他的慈悲、哀悯,对后生晚辈隔着时空的眷顾。有次去泉州旁边的小城惠安演出,是一个酒吧的开业演出,场面很混乱,台下人山人海,一片喧嚣,我又有了以前在酒吧唱歌时和台下对抗的情绪,会问自己为什么要在这个地方,就贪那点演出费吗? 但突然一下,因为我们唱歌时有投影,有一张弘一法师非常著名的照片投影到前面的玻璃和窗户上,他慈悲地微笑着,突然让我有一种心神的交流,好像在无声告诉你:小伙子,着什么急? 不要那么大火气。写歌的人已安息,唱歌的人在继续,先生悲悯的眼依旧守望这纷乱的人间,那一瞬间就收回了心神。

行李:为什么不叫弘一法师,而是李叔同先生?

匡笑余:我偏爱他出家前写的东西,而且当时的立足点是中国传统诗词格律在那一代人身上的闪光,虽然后来还有人写,但再也见不到那种水乳交融,再也见不到当年的神韵。虽然专辑出来后,很多学佛的人会很喜欢,但我清楚自己是在道家这边的。

其实我内心真正的抖落,是《神游》之后的专辑《一念》,我直接让"黄庭经"出现在歌词里,还有一些歌词,"迎着众生而去,不见众生而来,世间万般无奈,不过如此情怀,空门为谁而洞开?"我的第一身份一定是道门子弟,是这条命在此世间的唯一说法,音乐只是表现出来的东西,只是我在学一门功课时交的作业。我不邀功,也不请赏,也不皈依,不入教门。

《一念》之后做《弟子归》,又回到人情。那一年我40岁,都没钱坐火车回四川，但想一想我哥，想一想我身边的叔伯兄弟，想到对父母的愧疚，一无回报，心里就会想，何为弟子？唯一能做的就是在音乐里讲一讲乡土、亲情，让喜欢"后院"的朋友们，心里有知恩图报的感念。我不能直接回报在自己父母身上，但可以通过音乐的影响，让更多的父母受惠。之后的专辑《人间世》，也是和《弟子归》一脉相承下来的，于喧嚷世间，明见自己。

行李：《弟子归》也是很重要的节点性的作品。

匡笑余：藏了很多东西，道家就是永远藏了很多东西，它不会一下子就把所有东西抖落出来，可能一开始只给你一个最低的东西，甚至最低的东西都不想给你看。

很多年后，我有了自己的专辑。第一次把自己的专辑送给父兄的情景是这样子的：在上海，临行前夕，候到他们都睡下了，我把父亲给我准备的海派黄酒喝了个饱，也壮够了胆，才把专辑拿出来，谨慎地放在我以为他们会经常打开的电视柜放 VCD 的抽屉上层。我不敢当面给他们，这里面有亲情的腼腆，也有中国传统家庭的因长幼之序带来的即使至亲之间也会有的距离感。

直到去年巡演到上海，我才真正邀请他们一起来看我的演出。在音乐里，我是另一种存在，一种和他们的印象完全不一样的存在，这种存在是我后来独自的成全。虽然我爱这个独自成全的自己，但这个自己很明显和父母的儿子、哥哥的弟弟完全不一样；我爱他们的方式就是，尽量让他们感觉，我和从前一样，没有更好，但一定也没有更坏。

后院这样的乐队，休说名利双收，便是一个奖项我也懒得站台。

处下不争、自知自爱，只这两袖的清风，拂得身心内外，一生如此，便是喜人。我清醒地活着自己的样子，瞪眼看着家人的焦虑关切，我只能把自己活得更像个人样——不是有钱人的样，是真人样。我相信他们也会开心的。

五

行李：你几次说到在舞台上的状态，现在和台下还有对抗情绪么？

匡笑余：早就没有了。我在舞台上经历过几个状态，以前是说教者，现在是说书人。刚做《江湖边》时，觉得传统诗词文化如此的重要，如此的美，滋润过我们一代又一代人，怎么突然一下没落了！那时在台上唱完一首歌，可能说的话有十分钟长，义愤填膺地跟大家传播关于传统文化的好，强制性地推销。《神游》刚出来时，连演两天，说好多话，说教感特别强烈，很想把自己知道的好东西一股脑在台上讲出来。现在不了，变成了说书人。而且如果做正式演出，很希望一直都在舞台上，和不同层面彼此了知的人聚在一起，多么快乐的事！

前不久在小廊桥重唱《江湖边》，我有一个非常强烈的感受：我离开这个舞台，离开真正演出的状态太久了，那天觉得久违了，久别重逢的自己，正在向着自己回来。日常生活是行持所在，十二时辰不离左右，但那天我发现，生活和生命是完全不一样的境界。生活即日常，一个人，尤其是四川男人，如果不能把自己的日常处理好的话很失败，该炒菜炒菜，该买菜买菜，而且做得好吃，还要给自己下酒，那是很快乐的事。但生命是另外一个东西。日常生活也极有可能是一个漩涡，把你扯下去，但你不自知。那时我想起王朔写的一篇小说《浮出海面》，那天上舞台就是浮出海面，我回来了，带着我的所有性情、所有托付，带着此世的所有期望，鼓着满满的风帆回来了。演出那么美好，在台上时，那不叫快乐，那叫快意。

行李：为什么这么一个小小的舞台，会把人唤醒，而且那些原本很害羞的人，一到舞台上，就好像换了一个人，这是怎么发生的？

匡笑余：我不知道别人，对我自己，舞台、音乐，给了我第二种生命的面相。第一种面相可能是我四川亲人们记忆中的、我的同学们记忆中的那个人，憨厚老实，仗义，耿直。但音乐给了我第二面相，把我的性情飞扬洒脱出来，把我整个的生命拓宽，成了我真正想活成的样子。一个人活着，总得有一个位置，舞台就是我的位置，在舞台里、在书房里，推而广之，在日常生活的每时每刻里，它都是自己的位置。我一直对舞台抱有很大的敬畏感，甚至会刻意保持面对舞台的那种忐忑，上舞台前那一瞬间，还会害怕、恐惧。

行李：在自己的酒馆也会吗？这么熟悉，舞台这么小，台阶这么低。

匡笑余：都会有，只是别人看不出来而已，我自己知道。我会通过插科打诨的一些话，让自己迅速进入到一种状态，放松下来。至少三首歌之后才会进入很好的叙事状态，这就是为什么我不太去音乐节的原因，我还没进入状态，然后时间到了，对人对己都不过瘾。我也一直很警惕成为演出上的江湖老手，甚至老油条，永远都对舞台有新鲜感，有新鲜感就会有上舞台前的那一点恐惧感。

行李：在这种小场子里，观众和你们互相滋养，所有反应都能看得见，这是大舞台没有的现场感。

匡笑余：我能感受到大家的反应，有时演出兴头来了，会主动加时。有次在厦门，一口气唱了四个小时，就是livehouse，没有座位，同志们在下面站着，后来直接坐到水泥地上。你觉得特别快乐，一切都是很自然的发生，你和一帮对的人在一起，真的有济济一堂相濡以沫的感觉。

2012年暑假，我们巡演到义乌时，在一个前身是玉皇观的酒吧演出。我在那种地方看到舞台就会想，这原来是玉皇老爷的地方，我现在要坐到那里去，心里惴惴不安。但唱到最后，突然一下，灯灭了，现场点起蜡烛，大家唱起生日歌，那天是我生日，真的好感动，父母兄弟不在身边，至亲不在身边，但是台上有音乐上的手足，台下有这些相濡以沫的现场观众，太快乐了。

行李：有在台上唱哭的时候吗？

匡笑余：有。像《弟子归》里的《解放街73号》，关于我外婆。还有《人间世》里的《太上》，讲的是大道无情，但生育万物，唱的时候经常有想哭的感觉。但我不会用眼泪去煽情，连煽自己都不会，那些自我的感动，其他人帮不了你，只能自己去完成。换一个说法，可能是心花怒放，一朵花开起来了，绽放了，但只有你一个人知道，那朵花是你的花。寂寞深处情最浓，煽情的东西都不可信，只有当事者自己才知道。人活到现在，寂寞得可以承受天下所有的委屈了，但孤独、寂寞是生命的常态、底色，或者说是本质，所以它并不凄惨。

行李：酒馆里一直在循环播放你翻唱的《红楼梦》《三国演义》里的歌，这是什么新专辑吗？

匡笑余：就是一个传唱系列，起名叫《不惑》，做了三回，第一回是"少年听雨歌楼上"，第二回"壮年听雨客舟中"，第三回"而今听雨僧庐下"。是我独立于"后院"的自我创作计划，以前有一些很好听的华语歌曲，局限于太过久远，或者当年的编曲不太好听，慢慢地被湮没，而现在这个时代充斥着太多没有质量的作品，都不叫作品，一些音乐商品，所以我从2008年起，开始把以前的一些华语歌曲，用简单的吉他弹唱，再唱给大家听，也会配合作者的背景介绍和当年的文化故事，做一些流行音乐的文化延续。

行李：都唱过哪些？

匡笑余：太多太多了。还有一些歌，我觉得原来的词不好，就会重新填词，会专门形成一些主题，比如侯德健主题，比如李子恒主题，会在某一天，配合投影，以主题形式推荐给大家。

行李：就像一个个讲座系列。

匡笑余：至少不是简单的演出，有文化意味在里面。我本身作为音乐人，对这些歌的理解会不太一样。

行李："秘密后院"这个名字是怎么来的？

匡笑余：我特别喜欢几个意象，一个是后院，一个是屋檐。后院有很多成年的杂味和记忆，有不想对别人说，也不想被人看的东西，对这个世间来讲，太多人喜欢在前庭走马观花看热闹，但内行的门道可能就在后院里，后院是我们自我位置的安放。后来想取一个乐队名字，想了想，就叫"秘密后院"。

六

行李：有很多听众会觉得"后院"的最高成就是《江湖边》，你觉得呢？

匡笑余：如果这样的话，"后院"就太失败了，基本上可以这样说，最新的专辑《道情》成就最高。

行李：我来的路上还在听第二张《道情》专辑里的单曲《大游仙》，有28分钟，像史诗。

匡笑余：《大游仙》是以前的小说《儿女英雄传》的片断，写一个人上街的时候看到一个道士在唱《道情》。小说里完整记录了他的唱词，我做《道情》时，很想把这个词完整地写出来，后来谱曲时，借鉴了很多传统戏曲里的东西，中间有变调。对一个作者来讲，生命的乐趣就在于我用个体的生命，去接触《儿女英雄传》的作者文康的生命，他肯定不会想到后世会有一个小子把这个文本真的唱出来了，生命之可爱与妙不可言就在这个地方，我感动也在这个地方，你可以感受到时空，感受到生命之生生不息。生命到底是怎样存在的？是通过一代一代的传唱存在的？还是通过一代一代的修行修持存在的呢？所以我觉得"自知之明"不是一个简单的成语，而是一个口诀。

行李：目前已经有两张专辑叫《道情》，像一个系列，你做《道情》的初衷是什么？

匡笑余："后院"的音乐多年来被评价为有"禅意"，虽然我也尊重禅，但的确不是禅意，"此身虽在堪惊"，这个此身是什么身？不是印度人的身,我有自己的姓氏。做《道情》,就是有一股不平之气,我想为道家正一下名,为"后院"正一下名,让大家知道,"禅意"外,还有一个绝配的词叫"道情"。

道情是道家所唱的道家情事,最初源于唐代道观内所唱的经韵,宋代后吸收词牌、曲牌,衍变为在民间布道时演唱的新经韵,又称道歌,用渔鼓、简板伴奏,之后,道情流传于全国。但流传下来的作品不多见,几乎后继无人。而我的本性所在,一定是在道门里(你要注意,我没有提"道教"),我希望通过音乐的方式,能传承一些老祖宗的文化和处世之道,如何对自己的身体,如何对自己的心,如何待人处世,如何和世间更好地相处,这就是《弟子归》里"弟子"二字的意思,和宗教没关系,只是通过音乐作品,让它自然地流淌出来,就像禅宗说的"掬水月在手",所以有了《道情》这个音乐计划。

行李:会一直做下去吗? 怎么做?

匡笑余:会一直延续下去。《道情》就是把以前的道人或者先贤的文字、诗词,重新谱曲,再流传于世,诗接千古,真的可以做到。比如将一首丘处机的诗文谱成曲,那么一个祖师爷,现在为他谱曲,以后还要在不同场合把它唱出来,这是一种非常玄妙的感觉。

行李:会觉得跟那个人连在一起了吗?

匡笑余:千秋一寸心。他当年修道肯定也是因为这份心,我现在做这件事也是因为这么一份心。天地间还有一个大天地,前朝人丘处机,后朝人匡笑余,这两个点也是天地之间一股气的轮换,轮换来轮换去,落到这首歌里,就是太极的这个点。

行李:你应该带领歌迷们一起练练身体。

匡笑余：我如果站出来搞一个体修班，相信会有人来学。但身体，终究还是每个人自己的事。大道无情，没有那种放空话的慈悲，即使在我最喜欢的上古时代，三皇立世的时候，也没有说全体国民都来跟我一起练导引术吧，这是好东西。但唯其因为是好东西，只有当你自己需要的时候，才下得了苦功。真正的慈悲之心就是，你如果不在这里，就最好不要在这里。得自己先有向往，谁学功夫是很容易的？非要搞一个简易的操作出来，然后速成，不可能的。

行李：你不算其中一员吗？

匡笑余：不敢说，我也还在红尘里打滚。我们只是一个乐队，"后院"本质上是一个自娱自乐、自给自足的群体。不想去争斗，也不关心江湖上的事。

行李：你怎么看待身体？

匡笑余：身体就是，当一个人说想走的时候，他能够起得了身（此时旁边一人站起来离开）。父精母血，这是身体。什么叫父母恩？先把自己的身体养好。修行人是什么？一定在身体面貌上有所呈现，如果你呈现出来一脸病容，别跟我谈修行，即使学心法，但你没有日常操守，悟了又如何？终需还丹。我以前很喜欢摇滚乐，喜欢西方哲学，后来幡然醒悟，太不养生了。即使是六十年代的嬉皮士，他们羡慕东方哲学，但他们也只学到表面的东西。

行李：也有人只修身不修心。

匡笑余：是，现在我为什么不练武？练武是和别人争输赢，生死之间，我要成为生的人。现在我是在身体里和自己争输赢，修道，就是一切输赢都在你的身体里。我大学的时候还喜欢打打杀杀的，

2010年开"江湖边"酒馆，那时身边太多绿林草莽的朋友，他们让我这口绿林草莽的气依然旺盛。2014年，有一次拿货，我拿货都是骑一辆自行车，就在江南西路地铁口等红绿灯时，突然一下，毫无来由，想到练武就是与人争胜，修道是与己争胜，突然想明白这个道理，好开心，骑车过红绿灯，快快乐乐地去拿货了。

行李：说到身体，你的音色发生过变化吗？

匡笑余：声音跟一个人的身体一样，都有一个打开的过程，从小没有经过任何训练的人，身体是张不开的，声音也是，我一直到1998年声音才打开，那会儿已经做了三年音乐，之前只是小声地唱歌，一旦需要更大声地唱出来，要么音色变了，要么音准变了。真正打开声音是1998年，去卖唱，没有喇叭，没有音响，就是人声，要跟车水马龙对抗，要让大家听到你的声音，就那样把声音唱出来了，从那以后音色基本没有变化了——如果写小说，我已经想好了，小说里第一个出场的人就是唱着《道情》出来的道士。

行李：可能有人到死都没有把身体和声音打开。

匡笑余：肯定的。

七

行李：你一直在做的节气音乐是怎么回事？

匡笑余：和节气相关的，是应朋友芄澜之邀，在公号"腔调中医"上开的专栏"一年"，写我这一年，每个节气一篇，并拣选相应节气诗词一首谱曲弹唱。古圣先贤因循天地的转换，把一年划分为二十四个节点，就是节气。在我的所知里，传统文化是一种修身的文化。琴棋书画文武医相，都需要更好地调动我们的身心，而在这种调动里，也是对身心更好的照护。如果节气是对身外气候农耕起居饮食的指引，那节气更是对我们身心之内天地的点拨。当我们以相应的生活方式度过每一个节气后，会很喜悦地发现，最后我们也以相应的方式度过了一年。

搬到廊桥后，觉得可以有一个更新的，不一样的玩法，甚至是更讲究的玩法，每场节气，我请不同的节气讲述人来讲述相关的专业知识，以及他们个体的生命记忆和体验。上一个节气里，我请了华南师大研究中国哲学的老师来和我一起讲"夏至"，他讲，我唱。

行李：二十四节气其实是很地域性的气候，因为环境的不同，每个地方会相应的有自己的节气。

匡笑余：对我来讲，风物不与九州同，但天地还是一样的，我们的身体是一样的。节气的外在是延续到农事的，向内，是对身体的自我把控。节气反过来就是气节，而气节对应的又是我们身体里的二十四根脊梁骨。来小廊桥后，才真正唤起我对这片土地的热爱之情。我来广东已经二十多年，受这片土地二十来年的关照，所以我在最开始就说，期待在小廊桥写出我对节气的感受。

行李：说起物候，那你怎么看待一个地方对人的滋养？

匡笑余：当事者要有知恩图报的心，如果没有这番心，就只存在文化苦旅一般的描述。你流过什么样的汗水，发生过什么样的故事，表面看起来都是人的事情，其实是人和土地的事情。真正的知恩图报就是，你面对一个不能说话，也不能听你说话，五官完全闭塞的生命体,你去和它相处,如果在这里还能够感觉到恩情,那江湖才有义气可言。对一个地方,必有所见,必有所知,但其实也没什么太多说的,人活着,在大地上行走,一城一地、一山一水,不过就是一城一地、一山一水。

行李:你也有一些和季节相关的歌,记得有一首叫《半夏》,对这名字印象很深。

匡笑余:那是好多年前写的,那时候实在受不了广东的夏天,发了一些牢骚,就写了一首回忆我们四川老夏天的歌。我记忆中的老夏天,是我少年时代的夏天,不觉得热,还可以穿一件白衬衣,命名《半夏》,是因为觉得现在的夏天不是完整的夏天,已经丧失了很多关于夏天的真意,可能只有以前的一半。

行李:你形容四川的夏天是"老夏天",这个词很有意思。

匡笑余:对,老夏天、老四川。到夏天的时候,我总会想起从前八十年代四川的乡下,那时候没有任何的污染,还不是很热,孩子们背着父母,在午休时间出来玩游戏。夏天会有很多童年的游戏,比如捉蜻蜓,我们那时在四川是怎么捉蜻蜓的?用一根长竹竿,竹竿上用一根篾条绕成一圈,就像羽毛球拍一样。那个网是怎么来的呢?就是到处去罩蜘蛛网,用蜘蛛网把中间铺满,然后去捉蜻蜓。我们真正见到的未必只是蜻蜓,但蜻蜓是一个使者,带领我们去奔跑。因为去捉过蜻蜓,我们见到了什么叫土地、什么叫乡间、什么叫汗流浃背。游戏的地方不用太远,家和"游乐场",真的能听得见家里人喊你回去吃饭。那时候住在平房,会看见炊烟,炊烟升起的时候,小孩子唯一的经验可能就是:该回去吃饭了。现在再也没有人喊我回去吃饭,都叫外卖了。

行李：多么叫人向往的老夏天呀！接下来会出什么新专辑吗？

匡笑余：接下来要做三张EP，每首曲子延展出一个小EP。其中一首是陆游的《沈园二首》，陆游悼念亡妻的，我重新谱了曲。"伤心桥下春波绿，曾是惊鸿照影来。"我一看到这个诗就马上拿琴弹了出来，就好像那个旋律本来就存在一样，我只是把它记录下来，五分钟不到，全部写完。世间爱情终不得圆满，陆游写这首诗时大概八十多岁，一个老人家，重新写一段少年时代的感情。我们做了一首吉他曲，一首箫曲，一首古琴曲，形成一个主题式的创作，让它有不同时空下的画面感。

还有台湾诗人郑愁予老先生的一首诗，《赋别》，是去国还乡那种情怀，"念此际你已回到滨河的家居，想你在梳理长发或者整理湿了的外衣，而我风雨的归程还正长……"我最初看到这段诗的时候觉得太好了，我要把它唱出来。我摘录这首诗的其中一段写成一首歌，又把全诗以念白的形式念出来。

第三首是《三清巷》，厦门曾经的一个巷子就叫三清巷，后来可能是破四旧，把名字改了，现在已经没有三清巷。里面有一段歌词是这样的，"古早的记忆刻在旧门牌上，历史不正是那些坍塌的背影。三清在九天逍遥望着你笑，谁曾许你使我之名又随意抹去？"

行李："谁曾许你使我之名又随意抹去？"这句词日后既可以成为情歌，也可以成为这个时代的写照。

匡笑余：整个中土大地，这半个世纪以来的变化太大了，一个名字可以轻易擦去，我们传统的东西失落了很多。

行李："少年听雨歌楼上,壮年听雨客舟中,而今听雨僧庐下",此刻夜深人静,这二楼的小廊桥也真像一艘客舟呀。最后一个问题,匡叔这两日一直带着扇子,有时是折扇,有时是蒲扇,是怕热还是留存一种风土之味呢?不知道你喜欢什么样的天气?

匡笑余:我不喜欢太热的天气,不喜欢下雨的时候我没带伞的天气。

行李:那就淋雨呗,多畅快。

匡笑余:因为我经常穿布鞋,身体淋雨没关系,关键是鞋子会泡烂的(笑)。我最喜欢的天气,小雪、微雨,或者像八十年代的阳光,明媚、灿烂,但是不酷热,有晚风习习。

行李:那你不应该生活在广州,广州哪有小雪。而晚风习习,只有乡间田野才有了。

匡笑余:对,所以我靠童年的乡下记忆支撑着我的心理。那时候放学之后走乡间小路,走那种田埂,田埂上遍植桑树,到了季节,就摘桑葚,各种游玩,捉蜜蜂。

行李:现在的小镇已非从前的小镇了,小镇都高楼林立,乡村也变成新村。

匡笑余:回不去了,但这也是我们这一代人的幸运,既经历了足够多的社会事件、文化事件,也能在真正的天地里从小锻炼自己,留下极度美好的记忆。回不回得去是天下大势所趋,不是一乡、一地、一土。真正的"江湖边"不在一张专辑里,也不在这两间小酒馆里,它是内心的自然养成。你在心里为自己养成一个江湖边,其实听不听歌、喝不喝酒都没关系。

我祖母的家就在宜宾翠屏山下,小时候我和她在一起的时间最多,记忆中,总是些夏天。八十年代的阳光透明而爽朗,校园清静,绿荫和风。王孙公子把扇摇,不是王孙公子也把扇摇。那时候我们都住平房。平房外有花砖埋地,围就各家花圃,多半并不种花,一两棵树荫蔽地,多种着香葱芫荽,鱼香海椒等川菜佐料。没有午睡的习惯,多数午后,我就和祖母一人一只小凳子一人一把大扇子,坐在花圃树下摆龙门阵。有几年火毒厉害,背腹爱生疮。祖母就一边说话,一边给我搽一种粗粗粝粝自己调制的硫黄软膏。这种软膏效果很明显,但因为主药是硫黄,猛得厉害,后果就是会伤皮肤,留下疤痕。如今祖母谢世廿载有余,自己也早过了虚饰外表的年纪,而肩背依旧的疤痕,倒像是祖母留在我身上的痕迹了。我们的皮肉组织早已不是当年的那副躯壳,但疤痕依旧,就像一种烙印,仍旧清晰,以待相认。

　　小时候最爱听评书,祖母听得少,我就爱跟她讲我听的评书故事(我觉得我最初的表演欲就是这时候开始生长的吧)。我跟她讲岳飞枪挑小梁王,讲杨七郎力杀四门。她听得很认真,间或会摇着扇子问一些问题,比如我喜欢哪一段不喜欢哪一段,为什么喜欢又为什么不喜欢,等等。每次我都会认真地回答,我们就像一对忘年交,我坐在她的暮年,她坐在我的童年。

2019 年 7 月 12 日

对酒当歌

一生就像一首歌，歌里没有你要的解脱。

肆

江湖

听了游人缓缓归

序

写《扬州慢》的白石道人中年之后留下一阕《鹧鸪天》,后半阕写道:

花满市,月侵衣。少年情事老来悲。

沙河塘上春寒浅,看了游人缓缓归。

"看了游人缓缓归",中年心事,惑与不惑,都无从顾及,唯一剩下的心情只怕就是这个"看"字。

倚闾懒看,当年情事,眼前风景,都成了被隔岸观望的火,泼剌剌地,热闹人间,只是都再与自己无关。也无失落也无憾,也无风雨也无晴,只是做个热肠挂住冷眼看穿的看客。

听歌又何尝不是呢?

世俗人烟的"看"淡,歌舞楼台的"听"厌,两相映照,是个寂寞冷淡的人间。

众生喧哗之外,总有种"听了游人缓缓归"的疏懒心情。

好音乐是照亮归途的灯。听歌的人沿途捡拾老歌旧曲,绝不瞻前顾后,只是懒懒洋洋,飘飘洒洒,缓缓归去。

第一首　张楚《走吧》

这是年轻的张楚。那时候他的歌和后来的作品还很不一样。这首歌的副歌旋律异常流畅舒展,在他后来的作品里很难有同样流畅的旋律。

年轻的心有股昂扬的气,干净爽朗的少年心气,布满整篇词曲。

这盒磁带叫《一颗不肯媚俗的心》,收录了张楚最早的作品。其中的《太阳车》,后来又收录进了张楚的第二张专辑《造飞机的工厂》,但改名叫《结婚》。诗人的逻辑凡人永远搞不懂。搞不懂的还有,迄今不明白为什么张楚自己仅唱了四首,其余歌都给了不同的人,虽然那些人都有比当年张楚更有名的名字。

这盒磁带十六年前借给一个热爱摇滚的律师朋友,他自杀之后这盒磁带也就消失了。

这首歌里我最喜欢的词是"二十岁时候路旁你见我独自一人坐在门口"。大学时,和最好的哥们儿把这句改成了"二十岁时候路旁你见我被打昏后扔在门口",然后哼哼唧唧流里流气地横行在西师著名的园子里,跟以前心比天高的少年们曾经的行走一样。

第二首　凡人二重唱《离家五百里》

流浪是不是所有少年都做过的梦？

尤其做音乐的人，似乎没有流浪过就很不接地气、很不民间一样。

我知道有这样一个音乐人，面对电视台采访的时候，专门安排了这么一场戏：去到街边，和正在卖唱的歌手商量一下，然后自己上场拿上别人的吉他在镜头前开始唱歌，假装卖唱的是自己，完全不顾忌"鱼目混珠"这个成语。

流浪是什么？身无长物，衣食无着；来去无依，随性漂泊。

曾经有另外一个朋友，凭一管箫卖艺行走。走到拉萨时病倒，连把箫吹出声音来的力气都没有的时候，只能和一只沿途结识的流浪狗坐在街边，写张纸道：我病了。

流浪其实是很需要韧劲和体力的事，绝不是现在很多文字描写的那么浪漫清新，好像一走上街头就可以变成艺术家一样。

行走总是有不同的目的和意义。

通过张楚的行走，我发现了一个生命更加丰富的广袤的北方和少有人提及的历史。而这首歌，会让我想起另外两首歌，郑智化的《远离这个城市》和朴树的《她在睡梦中》；甚至也会想到伍思凯的《寂寞公路》。都市里的人，他们的心总是不够野，总是需要有一个女子的牵绊，才会有流浪的决绝。

凡人二重唱由莫凡和袁惟仁组成，大约成军在台湾校园民歌运动的尾巴上。作为男性的和声组合，前有李宗盛的木吉他合唱团，后则有优客李林和无印良品。

华人的和声组合渐趋寥寥，尤其原创组合，不知是不是说明华人对和声实在不太感兴趣。

这首歌里其实隐藏了一首经典的乡村民谣——*500 Miles*。这首歌很多民歌组合翻唱过，据说其翻唱度仅次于披头士的*Yesterday*。

第三首　逯学军《不回头》

1994年，中国摇滚乐的战车轰隆过境，随之而来的就是后来我们熟悉的校园民谣。《校园民谣1》里有"逯学军"这个名字，他出现在《寂寞是因为思念谁》的作曲一栏。

"校园民谣"这个称呼其实是唱片公司为了区别台湾校园民歌运动，无奈之下的一个策划概念。勿论定义准确与否，就审美而言却是很漂亮的。汉字的"谣"与"歌"有不一样的意义："有章句曰歌，无章曲曰谣。""谣"有更自然原始、简单朴素的意味。一旦成"歌"，不免多了几番修饰。

逯学军这首《不回头》，可以用"原始"来形容。说是唱，倒不如说更像根据情绪高低转换汉语发音方式，因此成了一首歌。你甚至能清晰听见他荒腔走板的地方。但也正是这些荒腔走板，让这首歌保有了最初最原始的歌者初心——原来的梦想。他不一定能感动你久已被打磨得光滑精致的耳朵，但一定能提醒你，让你想起属于自己的那个"不回头"的梦。

第四首　金得哲《于是你在我梦中哭泣》

有不一样的人,就有不一样的音乐。

如果逯学军的《不回头》像少年哪吒闯荡人间的梦,那这首歌就像这个梦的另一面:安详,静谧,神秘,悠长,如一个气功大师深深绵绵的一口吐纳。

编曲精致,人声讲究,波澜不惊,一团锦绣。这是首精工细作的录音棚作品,与《不回头》的粗糙走在音乐的两个方向。

总有种人,他们只默默地留下自己的作品在这喧嚣人间,完全不理会你是否在意。这样的人和这样的作品才是世间最值得寻觅珍惜的风景。

把心辐射得更远更深,就会发现世间哪有"歌神",哪有诸多音乐的高低。

不过一首歌,你遇没遇见入没入心而已。

宛如你曾经的恋人曾经的岁月。

你就不许我不着一字默默记忆?

第五首　潘越云《夜会情人》

最初以为是小虫的作品,因为小虫也擅长这种如今叫中国风的创作。

所谓中国风,并不是很多人以为的诗词歌赋排场堆砌。

中国风的根本是,你首先要是一个中国人。

这其实是一首仓央嘉措的情诗。

据说潘越云至少有三首歌都是用的仓央嘉措的情诗谱曲:《夜会情人》《黑字誓言》《不见最好》。我们更熟悉的电影《青蛇》插曲《流光飞舞》里,副歌部分也是仓央嘉措的情诗。

越来越多人喜欢把修行当作皈依。即使不皈依也要标榜。即使不标榜也要会唠叨仓央嘉措。其实每一门宗教的领袖首先是和修行相关。一个修行人的喜怒哀乐并不能用红尘凡世的理解去概括,修行人的"遇见"只有修行人自己知道。他和他的文字可能并不是你以为的样子。你以为看见的,其实不过是你看得见的那部分。

歌就是歌,它可以和写歌的人以后再没有半分关系,就像一夜情缘。

歌名已道尽一切。

不可言说的隐秘的喜悦充斥飘扬在多年以前某一夜的风雪天地间。

只有赶路的人自己知道,外表仓皇的行进里,其实包裹着多么狂热的期待。

大多数短歌虽然都保有相同的默默无闻的命运,但同时它们又都拥有更为隽永更耐人寻味的长情。短,故而字字如金。雕琢推敲之处,其实远胜于那些正常的歌。

张洪量的《纽约》,侯德健的《再梦一遍》。一句话,甚而几个字,反复吟唱,胜过太多靠堆砌而成的歌。这样的歌,它的进行和安排也大不一样,尤其适合那些真正拥有属于自己的审美和情愫的人。

第六首　曹葳《情歌唱晚》

有一些人,他们其实根本不会唱歌,但那些歌被他们唱过后,你会发现,再难有人比他们唱得更好。"好听"和"好"其实是两个层面的不同存在。

比如曹葳。

很多人羡慕"无招胜有招",觉得那是种至高境界。其实"无招胜有招"不是练出来的,那是大道至简、本来如此的自然流露。

装出来的东西会露出马脚。

像这样自然的发声,你基本只有两个选择——喜欢,或者不喜欢。

1994年的时候,有家唱片公司叫"汉唐文化",他们举起一杆大旗,名曰"新民谣"。曹葳就是这家公司的老板。在为别的民谣歌手出片(比如黄群黄众的《江湖行》)的同时,曹葳自己出了一张,也是唯一一张专辑,就是这张《情歌唱晚》。当时正当令的众多民谣音乐人贡献了他们的作品,同名主打歌就是黄群的创作。乐手阵容也是同样的强大。

看见万家灯火下面平凡的秘密

……

你说我的脸上竟已有了皱纹

像这样细致的词里有着最纤细的岁月之情,它们经风历雨,让后来终于也长大的你有了了然于心的怦然一动。

《情歌唱晚》当然脱胎于《渔歌唱晚》。和渔歌相关的情歌有两个故事:

初恋的时候我还是个中学生,有一晚两人在一个鱼塘边叙话(隔得老远),这时候旁边乡村谁家的收音机传来《一剪梅》,影影绰绰藏在寒冬夜风里丝丝缕缕。那是听过的最好的《一剪梅》。

又一次在粤北山城,和朋友们在江边喝啤酒,江上孤舟,渔灯独照。船上的半导体收音机里传来《梅花三弄》,配合那天那水那时节,又成了这首歌最好的光景。

情歌动听,其实不是歌动听,而是正当情动时听见了它。

值得推荐的还有这张专辑里另一首张广天写的《可可的等待》,因为他写的其实是忠犬八公的故事。

第七首 阿淘《头摆个你》

有些歌你一听见,就会很想去学会那一种语言。

听不懂客家话,更不会唱客家歌,却曾经把这首歌单曲循环整夜整夜,那娓娓道来不轻不重的调子,早已穿越了歌词实际的传达。只有音乐,和音乐包裹下的那个人真真切切的心。心与心真切相处,就足够了。

听多了之后,好像熟能生巧一般,文字的本义无需翻译即呈现出它本来的意义。慢慢会听懂，原来他一直唱啊唱啊的是"还记得，还记得你"。不清楚这个"你"是谁，但听啊听啊，似乎也不用那么清楚了。每个人都知道自己有个需要"还记得"的那个人，就够了。

音乐其实更像一个人口，你被带领进去之后就需要为自己找一个可以安置自己的地方。你不能总习惯让别人来安置你，音乐的意义不是控制你，它只是一条带你上路的拐杖。所以，你其实可以用你的耳朵，你的心，你的故事，让那些歌都变成你自己的歌。

方言是一方土地的人民立身传世之本。可以用方言说话，就可以用方言歌唱。我喜欢那些用自己的方言开腔发声的人，他们让我感受到方言在日常里平淡朴素的美感，而不会让我疑惑，难道这个地方的人说话都像吵架一样吗？

第八首　陈明章《红目达仔》

和阿淘一样，这又是一个1956年出生的前辈。不同的是，陈明章是用闽南语作歌。

大约2007年听见这首歌，因为那句"是不是懵懂少年无烦恼的心"，让我又有想学唱闽南歌的冲动。我听的第一张闽南歌专辑是齐秦的《纯情花》，停顿了很久之后，才听到了陈明章。陈明章应该是我最喜爱的闽南语音乐人。

听陈明章，恐怕没法绕过那张最著名的专辑——《恋恋风尘电影原声》。他是一个可以用通透明白来形容他的吉他音色的人，仅是那些音色，就让你有站在清朗阳光下的舒爽。

据说陈明章最初也是被数落为不会唱歌不会弹琴的人,可见世间音乐标准与音乐究竟的关系。再温情的音乐背后,都有一颗音乐人坚定的、不疑的心。听歌的人也一样,三六九等高低上下从来不由权威论定,而视乎自己清晰自知的站位。

《红目达仔》讲述了台湾更老一辈的走唱艺人陈达,他的故事是部坎坷的传奇,犹如《月琴》一歌所唱——走不尽的坎坷路,独不见恒春的传奇。陈达生于恒春,殁于恒春。

第九首　黄舒骏《窗》

这是黄舒骏决定放弃从政的梦想、打算改行做明星的时候,和他的父亲之间曾经的故事。总有些决定需要自己去做。做决定其实不是最难,最难的是那些关心你的人,他们将要面对你的决定。总会遇见很多人,他们一脸钦佩地看着你,说些佩服你如此坚持音乐的话。真正的音乐人自己会知道,哪有那么多坚持?所有的年月,不过都是因为一点兴趣有幸延续至今。

你打开那一扇窗,就会看见那样的风景。

你只是个开窗的人,为自己。

1996年,当我决定放弃教书的工作出来做音乐,写了一封长长的信给家乡的父母,就跟这首歌里的故事一样,然后焦灼地等待回音,想象即将到来的否定,想象自己将如何辩解说服他们。

我的父亲告诉我说,像你这样的想法,旧社会就叫"跑滩匠",滩就是码头,一个码头一个码头地卖艺。现在想来,所谓巡演还真的就是跑滩匠的意思。时间已过去了几近二十年，没有出人头地也遑论功成名就，只是做了一个认真写歌，在音乐里安度生命的人，但坚定地相信，自己的父母并不会为当年的决定后悔。因为他们看见了一个做着自己的事走着自己的路，无论成败，绝无怨怼的儿子。一生一世，能做到无怨无悔坦然度日，够了。

你爱上那一个人，就会有这样那样的命运。

一生就是这样，选择爱恨的时候，也就选择了同样的命运。种瓜得瓜种豆得豆，自己是自己唯一的耕耘者。

第十首　黄金刚《再见》

有一天看到一个专题，大约叫"说唱中国风"，手贱点开听，然后觉得自己真是手贱得很。汉语的节律在汉字本身的音调里，非要用西方音乐的节奏来套，未免有点出卖自家宝贝的意思。黄舒骏的《窗》和这一首《再见》，我更乐意把他们理解为中国式的说唱。

你什么时候回来，我们再清清白白地成家？

总有些人留下些叩问，在久远的年代久远的梦里。当事者自己都变得模糊的时候，叩问依旧清晰，它像一例天条高悬中天，敲打着所有心存期待的良善的人们。

又是毕业季,又有崭新的少年们唱着崭新的骊歌,日新月异的年代,还有人像《再见》一样决绝而又深情吗?

第十一首 《英雄》电影原声之《棋馆古琴》

雨打芭蕉,落子无声。飞挑快拨,杀机入琴。

每个人似乎少年时都有一个侠客梦。仗剑,只身,过小桥,渡大江,远赴天涯。不以杀戮为目的,只为寻到彼岸最美的姑娘。古龙说:骑最快的马,提最快的刀,走最远的路,喝最烈的酒,杀最狠的人。谁说文人不丈夫?君不见黄河之水天上来,君不见满眼风光北固楼?谁说好汉不多情?尔不闻沧浪之水独饮一瓢,尔不闻千山万水悲歌阵阵?

戏曲讲究"文戏武唱,武戏文唱",所以最纤瘦的身躯往往深藏最壮烈的情怀,最盈盈的一水便是一个满满的江湖。

很多年后,电影早已忘记,剩下这段原声追忆述远,成就真正的传奇。

动机就是主旋律,也是唯一的旋律。短短的乐句不断反复,或与小提琴,或与古琴,或与鼓,或换作男声女声各自无词的吟唱。天地之间,总有一天盖世的英雄不世的好汉都将重归无极,不留一点痕迹。茫茫宇内,似乎孤独得就只剩下这小小的一段旋律,高飞低伏,串起人间所有记忆。

与古琴对话的据说是西方最浪漫的小提琴大师帕尔曼,他的琴是谭盾将二胡丝弦配在小提琴上,还原古老乐器秦弦子的音色。鼓声来自日本"鼓童",有杀伐不存的铿铿烈烈。

中国人的心里应该是这样的音乐,因为它里面包裹的是昂昂扬扬千秋不散的神州气节!

不由想起关汉卿所作《单刀会》唱词:"水涌山叠,年少周郎何处也?不觉的灰飞烟灭! 可怜黄盖转伤嗟。破曹的樯橹一时绝,鏖兵的江水犹然热,好教俺心惨切。这也不是江水,二十年流不尽的英雄血!"

第十二首　《大话西游》电影原声之《西天取经路遥迢》

爱唱《一生所爱》。从最初击打琴弦的铿锵激烈,到无可奈何的平静淡漠,歌还是同一首歌,但心情不会总是一种心情。万般无奈,最终淡漠,似乎是世间多情兄共同的宿命。弦声悠扬啊,勾连的都是当年天上地下最深情的往事。历历人物,漠漠情事,都随金箍一道,勒得越紧,情动越深。

一朝情动,天翻地覆。从至尊宝到孙悟空,从白晶晶到紫霞仙子,从五百年前到五百年后,天上地下,真的唯情而已!

最深情的音乐容不得太多文字,就像某夜我端着酒突然对身边某人说:"我知道《大话西游》讲的什么了。别的电影都努力在'讲什么',《大话西游》努力的是'不讲什么'。"

第十三首　Mark Knopfler: *A Night In Summer Long Ago*

这是我最爱的外国音乐人,没有之一。

这是个可以用"绝伦"来赞美的吉他大师,是天才的词曲作者,是音乐诗人。我叫他老马克。

听他的时候我已大学毕业,去了粤北山城做老师。那时候他还没有开始他的个人音乐生涯,依旧在那个著名的摇滚乐队做主唱。那个乐队就是"恐怖海峡"(Dire Straits)。

很久以前那些夏天的夜晚,我和那个三线城市仅余的音乐青年们围坐着听老马克的翻版CD,看他的演出录像,讨论着这个用手指弹奏电吉他的中年男人。看过无数优秀的吉他手,始终觉得老马克弹琴的姿势最帅。他几乎以一种吊儿郎当的姿势凭空斜倚在舞台中央,重心总是放在一只脚上,双膝微曲,歪歪扭扭地戳着。那弹琴的样子漫不经心,不像别的吉他手随时准备燃烧起来的表情。嘟嘟曛曛嘟嘟曛曛,好像所有的歌都是同一首歌,只是从他嘴里按他的方式说出来而已。

他成名的时代是一个盛产吉他大师的时代,每个吉他大师都把自己的印记清清楚楚标记在他们的吉他上,用各自不同的技巧和音色。老马克的吉他音色从来悠悠扬扬,像一个从远处飘来的梦,你很难分清你究竟更爱他的琴声还是歌声。

1996年,老马克发表了专辑 *Golden Heart*,开始了个人演唱生涯。这张专辑里满满地飘扬着苏格兰风笛的声音,一度让我想托国外的朋友捎一个回来,后来发现这是个带风箱的大家伙才放弃。这张CD我现在保有着它的盒子,因为碟片很多年前不知被谁顺走了。这首歌就是这张专辑里的,有很长一段时间,只要看到键盘,我就会在上面弹这段风笛演奏的旋律,简单,但动听得要命。

1949年出生的老马克已经是个老人，依旧弹着吉他发着新专辑做着演出。当年挤在台灯下听他的歌的音乐青年们，又有几个还紧握着自己的吉他和梦想呢？很久以前的那些夏夜啊，不要忘了，飘荡的是我们都爱过的老马克的琴声。

第十四首　侯德健《龙的传人续篇》

这是我最爱的华语音乐人。

平生追星只有侯德健。多年前有一回他在广州一个酒吧做一个小型见面会，我二话不说就跑去了。很巧的是，刚拉开酒吧的门，一个中年人正好从里面推门出来，抬眼一看，脱口而出"侯老师！"原来他老人家出来找厕所。

后来我把这次相见定义为，我终于见到了上过春晚的人。

喜欢他，是因为他身上从来都是干干净净的中国传统文人的气息。即使用西方音乐的方式创作，他的旋律走向和声进行也迥异于同时代的音乐人，有着明显的传统印记。他经历复杂，再出现在公众面前时，已经成了一个易经风水的讲授者。

他最新的一首歌是《转眼一瞬间》，他的老伙伴李建复把这首歌收进了他的新专辑。这首歌还有一个侯德健自己的Demo版本，那才真正好听。

这首《龙的传人续篇》是首被埋没了的歌，我曾戏说，在舞台上翻唱过这首歌的人也许只有我。希望不止是，好歌越多人传唱越好。很多歌，当唱歌的人已经远离舞台，当各种媒体不再传播，歌曲再好，也只能躲在极少数人才有的磁带或CD里,品味着生不逢时的宿命。

　　大约九十年代初,我在新华书店处理的一堆磁带里翻到他的《三十以后才明白》,原版,处理价三元。被处理的其实不只是磁带,更是磁带里面那个人。人不怕被人处理,真正可怕的是自己把自己处理了。喜欢侯德健另一个重要原因是,他一直走在一条追根溯源的路上。从最初的作品如《那一盆火》《归去来兮》,到如今身入易经,他都固执地寻找着自己的前世今生,成全着自己的此生此世。

　　附注:《听了游人缓缓归》系列写于2014年。当时,朋友梁一梦邀我为他的"灵魂厨房"公众号写一写歌曲介绍,每期两首。我陆续写了七期共十四首。我写的是一些因风格鲜明而让我记忆深刻的曲目,其中包括闽南语歌曲和电影原声歌曲。

对酒当歌

我爱喝酒，喝酒最爱的下酒物是粤语老歌。老歌于我有更为辽阔的时空，它让我在喝酒时能碰触到更深微的自己。

歌和酒一样，都是一种向内的开启。即使作为一个音乐人，音乐的最初也应是向内的开启。"古之学者为己，今之学者为人。"以酒应酬和将歌邀宠的人，他们有另外的考虑，与我无关。除了向内的开启，歌和酒于我又有些微妙的不同：酒是自我的周全，因为有酒，所以能让另一个自己显形归来，能觉察到自己更完整的存在；歌则是自我的周济，它们可以托付我的心声百绪，于是你不再孤独。

有一年春节，我独自过年。除夕夜里既不邀朋聚友，也不愿看电视，就给自己烫二三斤酒，把谭咏麟的《梦仍是一样》反复地听，听他唱"但这些光景轻轻远去了，这岁月夜是更长，现况可好吗？我是以往一样，这个梦独个欣赏"，就端着酒碗对着窗外万家灯火的夜空由衷地笑了。"敬这团团圆圆的世间人烟一盏。"我对自己说，然后快乐地一饮而尽。你独处时如何面对这世界，才是你对世界的真实态度，兼且酒后的你怎么会欺骗自己呢？那时候我也会想起一些从前的人事，多年以后的这个春节，我不知道他们下落何方，是否安好？那时节我能真切了解的其实只有我自己，"只是你已远去流浪，不知方向"，但凡是夜，就总有归不了的人。我敬他们，也在敬曾经的自己。

那个除夕夜,因为一首当年的流行歌,我过得惬意安然。

说起这首歌,顺便说说香港粤语歌曲创作的一个特异的传统,即"填词"一说。填词大约来自宋词,因为同一个词牌可以有不同的人填不同的词,抒发各异,情绪殊途。很多粤语老歌其实是选取日本歌曲的曲调,重新填词。比如《千千阙歌》就有好几个版本,除了最著名的陈慧娴版本,还有梅艳芳的《夕阳之歌》,香港老牌乐队蓝战士的《无聊时候》,李翊君的国语版《风中的承诺》,甚至还有闽南语版的《天知地知》。所以香港音乐行当有个特殊的类别,叫"填词人"。从前翻磁带内页,就会奇怪为什么只有香港磁带是填词人,而台湾出品就都是作词。为了考虑不同的市场,粤语歌曲不只是从日本歌曲套曲填词,还会在粤语版之外另填一首国语版。谭咏麟这首《梦仍是一样》也有国语版,叫《夜未央》。我佩服的是填词人的用心,因为粤语版传唱已广,即使不会粤语的听众也早已对旋律和韵脚朗朗上口,改了韵脚就会大大降低歌曲的接受度。为了配合韵脚,最后收尾的词填的是:"为你等在夜未央,不知风寒。""不知风寒"四字正好和粤语发音的"不知方向"很是接近,并且情真意切,我甚至猜填词人的动机恐怕也是从这四字逆向推演而生发全篇的。

我喜欢粤语老歌,但没有固执地只听某某歌手的习惯。从前的歌手,他们总有至少一两首歌在你需要的时候出现,从此再难忘记。歌曲是时间的记忆,有时候连当时的人事都忘记了,但音乐响起,总会有种莫名的情绪泛起,这种情绪是时间留给人最后的记忆,它不再具体,像一条无形的钓竿,如果有幸,你会想起一些从前往事。

我也没有固定喜欢的歌曲,但有固定喜欢的类型,就是当年香港的武侠影视歌曲了。后来有了"中国风"这个词，我坚信香港当年的武侠影视歌曲才是现代流行音乐里真正的中国风。因为中国风应该首先是一种"中国"的活法，形诸音乐，才有"风"之一说。中国风不应当仅仅是一些辞藻元素的堆砌，见人才是中国风的精髓。这也正是当年香港那些歌曲里真正打动人心的所在。如果武侠歌曲里只有空荡荡的剑气箫声，不知所谓的鼓声雷动，装腔作势的诗词华章，那就既惊不了心，也动不了魄。当年的那些歌里有一些即使写得侠骨柔情，也依然有天辽地阔、气贯日月的作品，比如黄霑为《天龙八部》所作的《两忘烟水里》。据说有记者采访他，问他的作品里他的偏爱，黄霑回应，阳刚的是《沧海一声笑》，阴柔的是《旧梦不须记》。结果他的老搭档，"辉黄组合"的顾嘉辉听到就笑骂他，说：你太笨了，你一首《两忘烟水里》就刚柔兼备了。黄霑听了，即刻改口。

　　不同的歌总能带给人不同的生命感受，这和酒又是一样。酒也分刚柔，刚性的酒自然度数偏高，比如高粱酒烧刀子，非纵横高亢不能释怀；柔派的比如花果酒，绵绵软软，销魂入骨，最宜低吟浅唱。2018年金庸先生辞世后的数日，我和朋友们听着关于他的那些影视旧歌，听到《铁血丹心》时击节换盏，为世间腌臜不平；听到《桃花开》便一起笑逐颜开，想彼此不同的桃花时节；听到《沧海一声笑》当心托明月，照彻此身；听到《两忘烟水里》则低叹振眉，吁一口气，睥睨有憾人间。从前的人，为什么能够创作出来那样优秀的作品呢？因为那时候的人和故事，本身就足以优秀、足堪传颂啊！创作一事不只需要真情，还需要热情——为你爱的人写作，和为你不爱的人的需要写作，前者出来的是作品，后者只能叫商品。

香港于我永远是个传说中的城市。如果缺少打开它的钥匙，就永远不会知道它最精彩的生命，就跟那些和光同尘的高人一样。我很庆幸在最需要音乐滋养的年纪适逢粤语歌曲的黄金时代，因它们而有如今的我。如今当它们已化入流金岁月，我一拱手，彼此相送，唯余清影落江湖。

那些年我们喜欢的香港唱作歌手

四月是从张国荣开始的。这是他离开的时间，也是他召唤大家的时间。每年4月1日，我都会在我的小舞台唱一些他的歌，而这些歌里，我尤其喜欢分享的，就是他自己作曲的部分。

第一次震惊于张国荣的作曲能力是那首经典的《沉默是金》，张国荣作曲，许冠杰作词。这首歌还有个国语版本，是我更爱唱的，叫《明月夜》。填词的谢明训并不是出手很多的人，但这首词让我想到苏东坡著名的《江城子·乙卯正月二十日夜记梦》："纵使相逢应不识，尘满面，鬓如霜。夜来幽梦忽还乡，小轩窗，正梳妆。"这首重新填的国语词，让《沉默是金》过于直白的说教荡然无存，转而化作了世间命途的一念不息，生命于此也有了另一种气象和深度。无论许冠杰原版还是谢明训国语版，都不约而同选择了传统意向的词风，这自然来自张国荣作曲的风格。这大概是张国荣唯一一首借鉴传统五声音阶写的歌，前奏编曲的一段古筝特别编出了古筝名曲《渔舟唱晚》的韵味。说起编曲，香港当年的编曲水平极其高超，那时候我们弹吉他，最爱买的并非内地老师编的吉他教材，而是寻觅于粤地天桥下地摊上的旧书，其中常有港版歌曲集，每一首歌居然都标注了细致的和弦，并且和弦使用绝不落于常规俗套，非常讲究。比如喜多郎作曲、张国荣后来也翻唱过的《似水流年》，和弦走向就非常简单，创作动机也非常清晰，就是17654325卡农根音下行。和弦套路明白了，其实并不复杂。

张国荣的创作大概可以分成两个阶段，退出歌坛之前，和复出之后。我更喜欢的是他复出之后的作品，尤其他为自己主演的电影所做的歌曲，更鲜明地出现了与他本人形神合一的风貌。比如为《白发魔女传》作的《红颜白发》，简单的三个大和弦写就，让我想起当年我做《神游：李叔同先生乐歌小唱集》时扒民国当年旧谱的感叹，确实很多就是三个大和弦的简单构成，朴素实用，全没有后来的流行歌曲创作中各种特殊和弦的运用。

坊间流传，说张国荣写歌是靠"哼"，哼出来自己想要的旋律，然后找人记谱配和弦填词，我对这种说法表示怀疑。因为我也经常用"哼"来寻找动机，但这只是其中一种作曲习惯，如果所有歌都因此而来，对自己的创作容易变成一种束缚，因为会雷同。有经验的耳朵能清晰地听出一首歌的创作来源，甚至能听出作者用什么乐器生发的动机。比如张国荣，我猜测他多数是用钢琴写歌。有人说张国荣不会任何乐器，但我相信他至少会钢琴，只是他的钢琴不是为了评委考级，而是为了自我的抒发。

我特别喜欢歌手自己的作品（作曲作词）部分，也同样更喜欢有自己创作的歌手，包括那些为别的歌手创作的歌，我也一直寻觅并盼望作者自己的版本。我最初听粤语原创是从许冠杰、林子祥开始。许冠杰是公认的粤语流行歌曲创作的先驱，他以市井俚语入歌，谐谑不羁，写尽港人百态，至今还鼓舞着港人精神，比如现在广州卖彩票的地方就经常播放他的"命里有时终须有，命里无时莫强求"。林子祥的创作则在风格上变化万千,古典、民谣、摇滚、说唱、拉丁,不一而足,而且此公艺术生命极其绵长深厚,像他傲视群雄的嗓子一样,似乎永不衰竭(关于他的嗓子俨然已是一个传奇,1985年的劲歌颁奖上唱《10分12寸》,现场包括罗文都表达了足够的谦逊,没有伸手接麦,唯独年轻的张国荣、谭咏麟接过来跟着林子祥吊了两句嗓)。

许林二公动静皆宜,动歌激赏,慢歌悠扬,尤其在慢歌中注入了许多传统粤曲的小调旋律,如许冠杰的《双星情歌》、林子祥的《在水中央》。旋律的中国化之外,传统诗词的痕迹也比比皆是。不夸张地说,这类作品给后来也做音乐的我带来了难以泯灭的影响,至今心怀感激与庆幸,庆幸自己成长在那样一个还有很多人认真写歌的时代。同样的作品还有另一位并不太为内地所知的老牌歌手蔡国权,现今歌厅里大家还会点唱他的《顺流逆流》《不装饰你的梦》,都是中国曲风创作粤语流行的经典代表。他还有一首歌,歌名创意我总觉得来自疯了之后的西毒欧阳锋,因为歌名叫《用手走路》。欧阳锋疯了之后经脉逆行,阴阳颠倒,就是用手走路的,我已偷笑了几十年。

昔年香江港岛,唱作俱佳的歌手其实很多,比如陈百强、谭咏麟,他们的很多经典作品其实都出自他们自己的手笔。更远还有泰迪罗宾、辉黄二圣,之后还有黄凯芹、卢冠廷,更勿论组乐队风潮中风起云涌应运而生的Beyond等等。

清明刚过,有的生命已落幕成了一场纪念,而作品里的生命依然茁壮深远,长流不息。流行音乐本就是一件自我抒发的事,"作曲创作都是专业人士的事"这种观点,延误了我们对自我的发现和拓展。听着他们自己写的歌,就不只是简单地看一场秀,因为作品里除了有他们自己的生活和态度，还有更为贴心与准确的表达。更重要的是，听歌的人可以由此想及艺术与技术、表达与表演，见己或见人，种种思考，或有所得，可能就是听作品而不是简单听歌的区别吧。

2019 年 4 月 11 日

初次相逢,已人歌俱老

谁在黄金海岸

谁在烽烟彼岸

你我在回望那一刹

彼此慰问境况

——陈慧娴《人生何处不相逢》

2019年4月27日晚上,54岁的陈慧娴站在广州海心沙亚运公园的舞台上,对台下两万余名观众说:"大家好吗?"这时候距离我初次听到她的歌,已经过去三十年。"再没法重拾当天的女子",于是这声问候像一声召唤,仿佛某个时代随之再度重启,台上依然还是那个有着青春的忧郁,且一直含苞待放的女子。

1989年,当24岁的陈慧娴唱着"谁在黄金海岸,谁在烽烟彼岸"远赴异国、留洋海外的时候,她肯定无法想象三十年后再唱起这首歌时会是什么心情。歌衫记少年,歌从衫上早已剥离出来,独舞人间。演出过半,当她终于唱起这首《人生何处不相逢》时,闪烁的聚光灯下,舞台上细细粒的她遥远得眉目难辨。她纤细的歌声柔美如当年,被上万人的声浪包裹簇拥,如一朵经年历月不染红尘的花,携带年华,径自而来。能拥有这般自发的大合唱,台上的她可谓幸福。我也终于听到她唱起那首歌了,然初次相逢,已人歌俱老。

老的不是陈慧娴,而是台下我们这些听歌的人们,岁月的痕迹在碌碌众生上显现得更为明显。聚光灯下的她,倒像多年来其实一直孤守着那个舞台。在她身边广州的花城广场上空,辉煌的灯光彰示着持续的风云变幻,这夜空风景,不知是否能让她想起当年的香港与自己呢?我身边年约五十的中年汉子,一直用高八度的腔调像个摇滚歌手一样和着她的每一首歌,因为男女定调的不同,每一首其实他都和得很辛苦,但情绪不会骗人,他真的好快乐。他跟着嘶喊《红茶馆》——

红茶杯来分你一半,感激这夜为我伴,跟你一起我不管,热吻杯中满,要杯中情赠你一半。

曲终全场就只听见他对着陈慧娴继续在喊——再来D劲D喋啦喂(再来些劲爆的吧)!无论歌者听者,辛苦都是用来跨越岁月的,而快乐,是眼前这一朝相逢。

《人生何处不相逢》来自陈慧娴1988年专辑《秋色》,罗大佑作曲。这首歌隔年还有个国语版是周华健的《最真的梦》。罗大佑在八九十年代有很多年居住在香港,创办了"音乐工厂"这个品牌。那时候的罗大佑做过很多一曲多词的尝试;所谓一曲多词,即同一首曲子填上不同语种的歌词,比如他著名的《童年》就有蔡国权的粤语版,《是否》有粤语版《假如》,《恋曲1990》的粤语版则是许冠杰的《阿郎的故事》;他写给梅艳芳的《似是故人来》,则有闽南语版《牵成阮的爱》;那首

《赤子》，也还有娃娃的国语版本，粤语版中"谁伴你看长夜变蓝"是我从前熬夜时最爱的一句，因为里面有满怀的希望与失望。从《对天歌》直到写给电影《黄金时代》的《只得一生》，罗大佑依然对他歌唱过的这颗东方之珠奉献着旋律。在当年潮流时兴改编欧日歌曲重新填词的香港乐坛，罗大佑的一曲多词做法既为香港乐坛注入了原创的生机，也为当时原创力量匮乏的华语乐坛平添了几许活力，并非被质疑的"一鱼多吃"又或"创作力空乏"那么表面简单。2015年我做《人间世》这张专辑，其中的《桑田》就刻意做了一曲多词的尝试，另外填词了一首《春去秋来》。一曲多词对应一词多曲，比如岳武穆的《满江红》，就有各种风格的各种版本，而我独爱的是1983年《射雕英雄传》中顾嘉辉先生谱曲、罗文演唱的那一版，从中可以清晰地听到粤语与传统诗词的同声共息。

旋律是连作者可能都无法清晰破译的密码，优秀的填词需要莫大的共情与个性，才能触摸到最后的相濡以沫。《人生何处不相逢》的前奏多年来总让我联想起罗大佑另一首歌《海上花》，五声音阶的钢琴前奏，浅浪层叠自在波动，而《海上花》的词与《人生何处不相逢》的词也有意向的共情之处，海天一色，有大美而不言，只一番潮汐动静，连有谁共鸣都不用问不必问。至于《人生何处不相逢》与《最真的梦》的先后问题，网上各持己见，我也没认真咨询过，但基于听歌的经验，我估计应该是和《海上花》同一时期的曲，而填词发行，那是落子先后的问题了，与罗大佑某一时期的创作喜好已了无干系。

"人生何处不相逢"，歌名似问又答，蕴藏了太多迫不得已的期望与洒脱。少年不识愁滋味，为赋新词强说愁，所以从前少年的我们如此喜爱这首歌，及至中年听雨，有了生命历程的聚散所见，才化作明知不可为而为之的内心孤守。其中最熟知的"谁在黄金海岸，谁在烽烟彼岸"，我一度以为黄金海岸是指陈慧娴留洋后的异国彼岸，后来去到香港，才知道人家香港原来有自己的黄金海岸。我的夫人告诉我，小时候她和香港的童子军联欢夏令营，其中结识的好朋友，就家住黄金海岸附近。这个地名真令人羡慕，因为我的家乡叫流水沟。

当年的偶像们，终于出现在我力所能及可以目睹的眼前，我最大的感触竟是罗大佑居然还可以跳起来空中飞吻，陈慧娴还可以连唱带跳气息如此悠长。这些我们以为的老人家们，他们之所以数十年来能守护着自己的舞台，依凭的是他们数十年来首先守护住了自己。如此，他们的舞台就更像是超越了周遭变迁的独立存在，只要他们上场，就足以还你一个时代。

此刻我的窗下停着几叶小舟，白天黑夜寂静不动，沉默久矣。舱中积水蔓延，篷上任人妆点，但我知道，它们依然有行舟的本事，只要主人归来，风里浪里，还可以轻舟如箭。那些老去的人啊，就好像这些被迫泊岸的舟艇。所谓人生何处不相逢，多年以后的解读更可以是"人生何时不相逢"。如果当年的《人生何处不相逢》是一种多少刻意的怀念，多年后的"人生何时不相逢"则是一种身体力行的昭示：休言老健春秋，当我再翻身上船，小舟从此，江海俱情。

2019年6月13日

却是当时梦醒时

2019年12月1日，香港著名音乐前辈黎小田先生辞世。在此之前的2004年，我在广州遇见我二十年未见，从前四川乡下的幼儿园老师，照面的时候我想起的不是当年幼儿园景事，而是一部叫《大侠霍元甲》的老港剧。

这部老港剧的主题歌就是那首覆盖了当年整个华人地区的《万里长城永不倒》，"昏睡百年，国人渐已醒"，当国人渐已醒的时候，这支歌的曲作者却合上了双眼。

作者是黎小田。

《大侠霍元甲》是我看的第一部港剧，之所以会和幼儿园老师产生记忆的联系，是因为改革开放承包到户，农村先富了起来。幼儿园老师是附近乡村的代课老师，家里率先买了黑白电视机，一到晚上，附近熟口熟面的大人小孩就都往她们家集合。大概11寸的黑白电视机就摆在堂屋刚收拾完的饭桌上。我有时挤在人堆中，有时翘足在门槛上，看完了20集的《大侠霍元甲》。

除了硬桥硬马南派武功的影像冲击，最大的影响还是剧中歌曲。蕴积百年沧桑的主题歌《万里长城永不倒》自不待言，其中同样由黎小田作曲的插曲《谁知我心》则让少年的我领略了何谓侠骨柔情，并从此养成了关注插曲而非只留意主题歌的习惯。因为主题歌往往真的就非常主题，多少缺了作为"人"的情愫；而插曲，往往能真正见到剧中人浓墨浅写的儿女情长，无论大侠枭雄胜败强弱，能见到真正作为"人"的部分。

印象更深的是之后梁小龙主演的《陈真》的插曲，为爱追寻的东瀛武士柳生静云，长街负手，柳岸奏箫，留下一曲《爱的寻觅》。擅长作曲的黎小田奉献了这首歌的填词，作曲部分并没有因为柳生东瀛武士的身份而刻意引用日本曲风，反而依循了当时粤语歌曲的传统，从粤曲小调中汲取营养，一唱三折，正应了二十年后周星驰导演的《功夫》中一句台词：一曲肝肠断，天涯何处觅知音。柳生的出现滋长出我对箫最初的兴趣，乡下既没有箫也没有吹箫的人，迫不及待的兴趣激发出最大的创造力，我们居然发明了自己做箫的技术。当然并非严格的箫：将粗细合适的竹子截下一管，千万别开孔，用刀子细细地揭下一层竹皮，非得十分小心才行，因为要留下皮下薄薄的那层竹膜，竹膜是白色的，像一层丝绵。后来证实，即使用正式的笛膜也达不到竹膜的效果。这种箫吹奏起来特别简单，因为完全不用指法，只要你会唱那首歌，只需假模假式地捧着竹管呜呜地吹出旋律就行，声音低沉，自觉还是有几分箫的音色。这是当时的玩具，直到后来我做了乐队，也还想给自己做一支，但是离乡太远，找不到可以用的竹子了。

现在想来，音乐上影响我后来做自己创作的大概是两方面：一是内地流传的老歌，比如《红梅赞》《映山红》等；另一方面便是香港当年的影视歌曲了。我在第一种里耳濡目染了五声调式的滋养，在后一种里体味到流行音乐里的传统气息，这种气息是人文的。中国传统讲究的文武之道在当年影视歌曲里或是如此:主题歌大气磅礴,代表了"武"的一面;插曲则柔情似水,文秀雅致。

那是港台文化流行的八十年代,《大侠霍元甲》之后,迎来了一部更加动人心魄的港剧,自然就是1983年版的《射雕英雄传》,这版留下了数十首流传至今的经典曲目。从第一部《铁血丹心》的苍远豪迈,到第二部《东邪西毒》的轻快,再到第三部《华山论剑》的激越,三首主题歌分别呈现出三种迥然不同但一衣带水的武侠想象。大漠射雕的纵身一跃,桃花岛上的百转千回,华山绝壁的终归云海,歌曲带着情节,给还厕身在天下之外的乡下少年创下了一个大大的内心世界。这个世界辽阔无涯,充满聚散无常,又满蕴悲欢离聚无奈,还是一身纵横可逍遥可自在的。这是剧中武侠的世界,也是剧外轮回的命途,当我们一厢情愿地在剧中看见自己的时候,就可以寄情其中,觉得所有好听的歌里都有自己的影子了。这是一种不期然但自觉的鼓励,让我们有了豪情和眼界,心胸与天地。

我偏爱那些年代里留下的歌,它们才是撑起影视天地的那一口绵绵若存用之不尽的丹田之气,后来的影像无论如何高端华丽,缺了这口气,就再难动人心魄,最多乱花迷人眼了。所谓武侠,是昂藏之躯的昂扬之气,有养有锤炼,才有入了作品后勃发的呈现,否则最多算是词曲有中国风味的一首歌吧。

我的贵阳朋友说,天下只有两种酒,一种是茅台酒,一种不是茅台酒。我个人听歌的经历和体验,香港的流行歌曲其实也可以分成两类,一类是影视歌曲(尤其是武侠配乐),一类不是影视歌曲(其中以歌星大碟歌曲为主)。二者的差别如此之大,而之所以如此,应该是创作之始各自对应不同。后者对应的是市场买卖，市场需要各种情歌服务各种场景情绪，于是歌词年复一年空虚孤独、跟你走、爱不完；而前者对应的主要是影视本身，歌曲作者是为故事说话，为剧中人物代言，比如电影《木棉袈裟》插曲《何必当初相识》，作者自然就是将自己带入到剧中惠能与林樱斩不断理还乱的无奈感情，才有歌里这欲说还休的世间不得已。

表面看来，影视歌曲创作有很多限制，比如时空比如基调，当然还有故事和人物，但其实正是这些所谓的限制才给了作者更大的创作空间——因为它们让作者放下了自己，成为连接另一时空的人物。囿于自我的创作结果也终将囿于自我，除了内力，作者还需要外力和助力，所以才有采风。而剧中所见将心入镜，不也是一种采风才对吗？所谓"游于艺志于道"，有这个"志"在，天地乃分。

因为影视先于歌曲创作的设定，才有了"射雕引弓塞外奔驰"的郭靖、"混做滔滔一片潮流"的许文强、"两忘烟水里"的乔峰、"情关始终闯不破"的李寻欢。除了场景人物设定的不同，旧时武侠歌曲中还有后来流行曲里没有的丰富的诗词意向、生命意境。也因于此，当年香港著名填词人，曾与黎小田合作了包括《万里长城永不倒》在内的太多金曲的卢国沾先生所倡导的"非情歌运动"才有了一席容身之地。

影视的拍摄，需要足够多的资源来支撑，限于拍摄条件的老套，当年的影视，看的人越来越少了。但歌曲的创作却是一至二人就可以独立担当完成的事，所以即使时过经年，那些老歌也完整地呈现着作者当时的用心和信息。在许鞍华1995年执导的《女人四十》中，罗家英饰演的一帮中年人在卡拉OK里唱的,正是1978年TVB剧集《小李飞刀》的同名主题歌,因为太老,引致邻桌年轻人一阵嘘声:"收皮啦,返屋企唱啦(闭嘴啦,回家唱啦)。"以新老来定喜恶,正是流行文化的特色与弊病。剧集演绎的是不同时代人群的故事,音乐抒发的是人类共同的有情,故事会因人而异,有情则众生如一,所以那些真正有记录担当的歌,又怎么应该有"渐老也下台"的命运呢?老一辈作者相继谢世,小聪明盛行世间,当年作品宛如谶语,映照当下:"何日再欢颜相见,复得斯人说旧情?"而于我自己,当年这些影视歌曲犹如当时唤醒大梦的晨钟暮鼓,从此一梦醒来,见过万古逍遥客世间磨笔人,踢踏红尘,足可"披散头发独自行"了。

2020年1月9日

哥哥带给我的歌单

1989年，我哥上了大学，开始给我带磁带回来。

我哥带回来的第一盒磁带是崔健的《新长征路上的摇滚》，一个月后是罗大佑的《之乎者也》。这是两张隔着海峡各自发声但似乎所谋者一的专辑。

我就像个在乡下等着我哥从大学里给我觅食回来的雏鸟。多年以后，我不只是会感激我哥，还会感念他的同学们，有些磁带来自他们，所以后来我见到他的每一个同学都会非常亲切，好像他们就是那个唱歌的人一样。当然这不可能，因为我哥开始带粤语磁带回来了。

一、《我已欠你太多》

我在偏僻的蜀中乡下，听到的第一盒粤语磁带是张拼盘，就是后来成为经典收藏的那盒《华纳白金经典十三首》。封面上有无数的小照片（他们代表了每一位唱歌的人），那时候的他们真好看。

其中有首《我已欠你太多》，唱歌的人叫郑浩南，那时候我还没看过他演的录像带，并不知道他其实是个演员。这首歌里有我第一次听到的男人的椎心自问，让乡下的少年大开眼界，原来还有那么多人事的经历,而所谓情绪,还可以有更多未知的显现。从此我爱上了这个名字,即使后来在录像厅看他演的角色再坏,我也恨不起来。我甚至觉得,这是个最适合扮演李寻欢的人。

因为李寻欢就像《我已欠你太多》这首歌名一样,终此一生,都是个背负情枷的人。

磁带里还有首《半真半假》,歌手叫仇云峰,和郑浩南一起,成为这盒磁带里我念念不忘的两个名字(后来才知道,仇云峰还是个踢球的)。

虽然跻身《华纳白金经典十三首》,郑浩南和仇云峰却并没有那么多光环笼罩,他们还不像明星。因为他们的两首歌和当时的港乐相比,显出一种更属于作者自己的安静,由此我开始关注那些名声不大的人,这成了让我骄傲的一桩成长心路,从那时我知道,作者和明星其实是两个不同的身份。

仇云峰在歌里唱到"半生",这又是一个崭新的概念,它和"一生"分担了我少年的心事:半生是眼前的了断,一生是未知的唏嘘。我开始涉入了我的时间之河,或者说,我有时间的概念了。

二、《一生何求》

我哥带磁带回来之前大概不会有太多选择,但是冥冥中他的带货貌似很有章法:先是代表两岸创作高度的崔健和罗大佑;然后来了一盒拼盘,让我从里面能与各种歌手、各种风格有个门槛上的了解;

接着他才开始给我进行单科专修,这回带来陈百强了。

记得那是一盒翻录带,索尼磁带封面用钢笔写着歌名。第一首是《孤雁》,第二首是《不》,第三是《今宵多珍重》。我在之前的《华纳白金经典十三首》里听过陈百强的《一生何求》,这次见到他的专辑就非常兴奋。我对我哥说,我喜欢那首《不》,但我哥很深沉地说,他喜欢《几分钟的约会》。于我,因为年少,所以很喜欢那种节奏感的律动;而我哥,现在想来,他可能在恋爱,而且恋爱得不太顺利。

《一生何求》让我第一次见识到"一"的粤语发音,而《不》则让我领略到那种斩钉截铁的快乐,就连一个"请"字都那么决绝。我从那时开始感觉到粤语发音的一种不同,那是种没见识过的美感,很久以后才明白,那是入声字的腔调,而这种腔调不传久矣。

陈百强眉目爽朗。连长相都那么清晰的人,心地一定也很干净。《一生何求》唱到了"一生",配合粤语的发音,我大概就此明白了"一生"二字的力量。这是首对我而言很难说归于流行歌曲的一首歌,即使它的和弦走向非常流行,但歌词却有超越世间俯身叹息的点醒,好像宝玉从白茫茫一片大地穿越而来,他就会唱起这样的歌。

三、《不见不散》

我对谭咏麟1988年的专辑《迷惑》里那首至今没有火过的《不见不散》情有独钟。我不记得从前是不是也许下过不见不散的约定,如果有,它也像一个沉入海底很深很深的钓钩,静默多年不动如山,不知它还能钓起什么了。

这是由德永英明的曲重新填词的歌。德永英明是那时候很多磁带内页都会见到的名字,比如谭咏麟另一首更加有名的《情义两心知》。

"灯柱刻上今晚不见终不散",旧年代的小游戏,不知是否早已失传;"在人海知心终须分隔",词作用心,则如见未来。

人间故事,不合逻辑者多矣,就像这句词,唱起来顺畅,其实省略了关键的"但是"二字。

四、《千枝针刺在心》

这是我听的第一首林子祥的歌。后来我知道资深听众都叫人家阿Lam,我很想跟着改过来,但做不到了。一种称呼一旦经历了年月的烙印,就自然拥有了年月的深情。

我最先听的都是他那些高得不得了也快得不得了的歌!天!这些歌!即使林子祥主动跑来说"来,我教你唱歌吧",我也会抱抱拳赶紧逃之夭夭。

《真的汉子》《同行万里》《生命之曲》……我像个愣头青一样跟着吼啊吼啊吼到现在,也只是在进电梯入厨房坐夜车发闷呆的时候,会幽幽地暗叹一句"没再管花街七十号"。

和快歌的高亢昂扬相比,他的慢歌悠长深息。直到如今,对快歌慢歌的处理,我依然最服林子祥。

很多歌,你听不懂粤语歌词会抓狂,但这首不会,因为你首先感动的是它的旋律。这种歌好像有旋律就足够了,你完全可以填进任何你的故事你的方言,因为旋律已经清清楚楚告诉了你——它很惨啊,它是首不得已而为之的情歌。

也许自己当时正当少年,从此之后,这首凄怆婉转的旋律响起时,总让我想起数十年前的少年时光,好像少年维特就要破茧而出,他低眉垂首突然展颜一笑,又一脸心酸得意。那模样,真的就有千枝针刺在心了。

五、《天长地久》

词曲唱演俱佳的周启生是个直到现在也默然在大众之外的名字。在我少年的时候,出道太早的他忍不住少年心性,出了那些属于他自己的专辑后,从此隐退幕后。

周启生唱歌的腔调很特别,从前的歌手,似乎都拥有属于自己的独特腔调和音色。比如前两天我听到《昨日渡轮上》的一个版本,我跟朋友说,"不知道谁唱的? 一听就不是专业歌手。但真好听真喜欢啊。"大概这才是所谓唱歌的意义——见心,而不是见规范。

懂规范的太多,舍得一片心的太少。

情歌之魅力在于,即使你美满得不得了,依然很想去经历一番歌中描绘的情境。比如,你可能也想过要勇敢地试试"孤单的手紧抱着你的腰",想要失一回恋,以便回味"像昨日正相爱的时候"的心情。

少年的你甚至血气得想听见她说"今天以后,不必再见也不必问候",而时代使然,你可能解不开的问题是"如果是你真的贪新厌旧,伪装悲哭梦湿透",但最后到底是谁说出那句"一声今天以后,不讲再见也不肯回头"的决然诀别呢?

这就是首少年人给少年人的歌,只要世间还有少年。

六、《随想曲》

只要有心,流行歌中也能听见关于人生的指引和点拨。

这首就是。

那时候的粤语歌曲好像内容比现在丰富很多。比如《一生何求》的人生喟叹,《生命之曲》的不懈歌颂。小凤姐除了这首《随想曲》的迎风轻叹,还有《顺流逆流》的浮沉慨然,和《长城》的风光无限。

这是一盒我哥带回来的难得的盗版磁带,那个年代的所谓盗版磁带,印刷包装虽然都有,但歌词往往都印得一塌糊涂,完全看不清楚。封面上的小凤姐虽然掉色得厉害,也还是依稀可见迎风披袂的大富大贵相。

我哥跟我说:"你能不能把这首《随想曲》听写出歌词来?"我以为我可以,试了一下,发现不可以。那毕竟是八十年代末的四川乡下啊!

我听着都是中国人唱的歌词不知所措的时候,就明白了同文不同音的所以然。

郑国江的词是真好,过了那个年代之后,他应该寂寞很久了。

寂寞很久的其实不只是一个人,还有一个年代,以及一个年代里曾经风云叱咤的歌。他们像一条茫茫大河的上游和中游,曾经风生水起,水急流湍,奔泻千里之后,终于到了中下游,新生并汇,又成一番岁月景象。只有尚未褪色的点滴光影,记忆着从前的浪奔浪流。

2020 年 6 月 18 日

辉黄二圣

一

一位研究粤语歌曲的朋友问我："你最喜欢的填词人是谁呢?"我的脑海中刹那风生水起沧海桑田,毫不犹豫地说:"黄霑。"那是一种承载着从前的中国人的感情和气魄的文字,我最初关于情怀的理解,就是听他们那些歌种下的。

霑叔当然也作曲,比如《沧海一声笑》《旧梦不需记》,刚柔并济,傲绝一时。不过在他的有生之年,他主要和另一位作曲家合作,即顾嘉辉。虽未结义,但辉哥不像霑叔的合作伙伴,倒更像他的结义哥哥。他们卸下戏服,从他们歌里的故事中走出来。一对大侠,手牵手行走江湖,从此江海伴余生。

二

疫情初发的那年春节,我在家里喝着酒看他们二十二年前的演唱会影碟,抚杯嗟叹。未来北顾仓皇,有人寄望收拾旧山河,人间的传奇渐已力不从心,甚至更有人不知道,短短数载后自己即将死去。

"想不到海山竟多变幻,再也不见旧时面",鬼马歌后仙杜拉欢天喜地地唱着这首成名曲,她的身姿是香港流行音乐的缩影——在台上就做台上的秀;而歌词则像一番印证,山海与海山,一字反转,时间就过去了。

嗟叹的情绪总不能保留太久,轻快的旋律和节奏,像一个抿着嘴努力奉呈的笑容,中有苦涩,却绝不枯竭,人间暖意在这璀璨如末世光景的舞台,由是绽放流淌。

"叶满枝,透艳红,更妙微风吹送",有效仿蝴蝶飞的意气,就有分享天地的豪情。嗟叹的往往是看戏的人,而戏中的他们,平静如初狂放如初,仿佛隔岸观火多年,早已宠辱不惊——唯一一次辉哥显露出戏的表情,是两年后千禧夜同样"辉黄"的演唱会,鼓着掌的他突然神采失守,眼光失措,我想了很久才想通:哦,辉哥突然发现,指挥棒不在手里了。

三

"辉黄二圣"是粤语流行歌开山立柜的人物,他们的歌里浓缩着从前的时间,那些时间充满着悲喜聚散。比如1980年的《风云》,直接记录当年香港城市农村转变的过程;1977年的《家变》描述了商业大潮下人心善恶道德古训的支离变迁。欣然的是这些创作是最能和民众对接的娱乐影视,比如为1980年TVB同名剧集所作的《轮流转》:"千秋百样事,几多次轮回;今天少年人,他朝老年人;抑或到头来一切消逝。"禅宗有"万古长空,一朝风月"的句子,霑叔填的最后一句,则像勘破门关前最后的叩问——当一切循环当一切轮流,始终有没有改变?

古月照今人,其实古乐也照今人。唱片的意义也在于此,不同的声音,正是不同时代最活生生的记忆。关于声音,必须说到霑叔的唱。他唱歌的方式和他为人处世一模一样,不遮不挡。他就像一直站在歌唱的原点,从来没有任何技巧沾染影响过他(虽然他口琴吹得很好)。他不需要三十年后才看山仍是山,他是个把三十年一点没浪费,从来就看山是山的人。山也罢人也罢,他只看一眼,就了足平生。他会在很多演唱会跟原唱合唱他写的歌,当他没有开腔的时候,我们都会觉得原唱唱得可好了;而当他唱的时候,我们才悚然发现,原来歌是该这样唱的呀!所谓直契如来,他抛弃了世间意义上的好听悦耳,他只管唱,用自己的嗓子唱出自己的声音,就像濠梁之下的鱼,它才不管庄子对还是惠子对,只管游自己的。最重要的是,他本来就游在自己创作的世界里。

四

穿过岁月,依然温暖照顾着自己的,除了他们的歌,还有他们自己本身。

去年在广州,我看过一出高志森导演执导的音乐剧《广州仔黄霑》,化名黄占士、古国辉的"辉黄二圣"重新纵横在属于他们的舞台上。因为辉哥温厚低调的秉性,故事从他与霑叔相识之后,浓墨书写了霑叔变幻多端的个人生涯——情人、朋友、事业,霑叔起起落落在自己一手营造的口水江湖之中,真假难辨。同床共枕的是非自当由同床共枕的人来说,我们真切的交集只在音乐,就只能相信音乐里的那个他。很多事都这样,既然如此,就只得如此。能看开做到的人并没几个。

我喜欢的霑叔是舞台上那个霑叔。我看千禧年那场《龙发制药香港辉黄2000演唱会》时,越看霑叔越眼熟,终于一拍大腿想起来——至尊宝!《大话西游》的至尊宝!他唠唠叨叨手舞足蹈唧唧歪歪神魂颠倒,不就是那个还没找到三颗痣的猴子吗?若干个五百年后,他依然跳脱在人世间。他像那个斗战胜佛在人间的化身,不想解脱更不愿意解脱,来了就玩,玩完就走,千山独行,不必相送。

他的未曾结义的哥哥,那位很多时候都低眉顺眼地,明明年纪比他大但他叫霑叔而自己叫辉哥的哥哥,顺从地跟着这个跳脱的兄弟,按照这个惯来调皮的兄弟的姿势,在舞台上别扭地蹦蹦跳跳。他真的就像哥哥陪着弟弟在玩,好像他早就知道弟弟时日不久一样。

看影碟的时候,我当然会激动挥泪于那些参演歌手的表现和存在,比如看到辉哥的家姐顾媚,平生第一次有了美人迟暮的扼腕;光阴渐老物是人非,一些原唱终于被迫缺席,但歌总得有人唱啊,于是换人。但换人总觉得不对,因为他们可能连原著小说电影也没看过,那么歌就只是一些旋律了,它的背景消失了。影视歌之精彩就在歌曲背景的原著空间,那个空间才是超越时空的所在意义。即使2012年那场,我喜爱的林子祥来唱《两忘烟水里》,也有一种张三丰跑下武当山帮少林派顶场的彼此无措感。

五

我最喜欢也最羡慕的是"辉黄二圣"兄弟一般的情义。

霑叔说"一世人,两兄弟",就是指他和辉哥。

搭档组合有很多,那是相知;但兄弟不止于相知。萍水相逢,生死以托。

词曲之好,足见此生相逢不易。

现实生活里的你帮我扶共担辛苦说来也难,但再难也还有个"捱"字!

精神世界的开辟就不是一个"捱"可以扛得住的了;成就成,不成就毁。

我做乐队,我清楚什么是艰难,什么是门槛。

所以最喜欢也最羡慕。

1998年那场演出,叶丽仪临时打断了已经开唱的叶振棠,因为她要反击黄霑。虽然是玩笑,甚至是导演组的设计,但真好啊!一帮好兄妹,一片好江湖,云水意,江湖情,从此余生无故人。

六

世事多寥落,人间合苍茫。

再辉煌的时代都是一瞬,总有人去。

活蹦乱跳的霑叔不知道,自己将在千禧年之后的第四年止于人间。被时代抛弃的老人家，他不知道自己还能忍受多久赖活的寂寞。

辉哥呢？媒体上说，霑叔过身，辉哥很是平静。我有两个理解：其一，宠辱不惊老来看破，因为真的在旧日词曲已经相濡以沫、足慰平生；其二，深知手足，深情若此，不如归去，浪荡生涯本是梦啊，何如做那梦醒人。

七

眼前光景似幻似真。

他们写下无双音符，因此在人间光影璀璨。一朝作别，刹那风云散。人间不过是个绝大的舞台，将身法一收，此身就归于那一个个的音符。一如天上星主归位，来去人间，仍在人间。

八

率性任情，兴风做雨；泥沙俱下，识者几许。

不动声色，有容乃大；夫唯不争，声色俱佳。

此二公，做如是观。

关于《两忘烟水里》

我从八十年代开始，到霑叔过世的2004年，听了无数"辉黄二圣"的歌，甚至可以说，他们的歌奠定了我前半生的性情基础。当编辑大人让我在他们的无数作品中选一首歌词以做介绍时，我踌躇了很久，回头又细数了他们的若干作品，最后选了这首《两忘烟水里》。

年少时，最喜欢那些悱恻缠绵的歌，如"爱你恨你，问君知否"，现在看来，都是那时对世间的向往，因为向往，所以才爱这样的歌词，总想打动些什么。

青春，是一场又一场不管你得不得意依然马蹄急的过场，于是开始自我的焕发，开启自我立世的姿态。"豪情少年敢为敢做"，管他昂不昂扬，总须飒爽，于是一改悱恻缠绵，都是些精神抖擞乃至不可一世的腔调，比如那些需要大声吼出来的歌，《沧海一声笑》，好像这样笑一笑闹一闹，世界就是自己的了。真是"万水千山纵横，岂惧风急雨翻"，也不知道为什么，反正得意之极。

及至中年，经历体验渐丰，逐渐到了"得失唯我事"的时候，既不想对外的打动，也不再挥杆立旗，"女儿意英雄痴"都已"风中化成唏嘘句"，千回百转，依稀能见到尘埃落定的自己，于是最爱《两忘烟水里》这样中有前尘却不挂前尘、内有唏嘘也不容唏嘘的句子歌谣了。

1982年，无线投拍《天龙八部》剧集，"辉黄二圣"为此合作了三首歌,《两忘烟水里》便是其中一首,另两首分别是《万水千山纵横》和《情爱几多哀》,三首均由关正杰主唱,这首《两忘烟水里》,则加入了关菊英的合唱。

《天龙八部》原著中附录了一封陈世骧先生的书函:读《天龙八部》必须不流读,牢记住楔子一章,就可见"冤孽与超度"都发挥尽致。

"塞外约枕畔诗",两情相悦相逢别离是所谓冤孽吗?"笑莫笑悲莫悲,此刻我乘风远去"是超度吗?古今多少事,都成了"往日意今日痴","他朝两忘烟水里"是否就是霑叔心中最好的归宿呢?人生得意,一朝情了,古人说"看穿而不道破",只不知霑叔词中道破多少。

霑叔的旧日爱侣林燕妮曾经讲过:"这首歌二部合唱的歌词,除了黄霑,还有谁写得出来!"关于《两忘烟水里》,同样还有一段林燕妮与霑叔的传说。话说当年,霑叔准备角逐"十大中文金曲奖"的最佳填词,选了自己重新填词的罗大佑《童年》的粤语版,被林燕妮力阻,她觉得罗大佑国语词毕竟珠玉在前,同曲异词难保胜算。更重要的建议是,不如选《两忘烟水里》,结局果然不负佳人妙算。这首歌也摘得当年最佳中文(流行)歌词奖,入选"1982香港十大中文金曲"。主唱关正杰是位如歌潇洒的人物,九十年代,香港歌坛准备颁发最高荣誉奖——金针奖给他,他没来,理由竟是"不想为了领奖而减肥",名利之心至此一淡耳!

那是个天才辈出、众星捧月的时代。他们出没在那个狭小但星光璀璨的小岛,相逢一笑,一笑别离,不仅留下太多的作品,还留下了无数的传说。

同样是《两忘烟水里》,最著名的传说大约是,某次媒体采访霑叔,请他列出自己最得意的作品,霑叔一下列出两首:《沧海一声笑》豪迈高远,大气磅礴;《旧梦不须记》哀而不怨,柔情万种,可谓双璧。传到辉哥耳里,不禁笑道:一首《两忘烟水里》就侠骨柔情兼得啦,这个笨黄霑居然还选两首! 霑叔听了,立马改口。

林燕妮的弟弟林振强亦是香江著名词人,比如王菲的《如风》,陈慧娴的《傻女》《千千阙歌》,张国荣的《春夏秋冬》,以及林子祥那首我深爱的《追忆》,不胜枚举。前文说到霑叔为《童年》填的粤语版,则由当时才子型创作歌手蔡国权演唱。

这些即使名动江湖却从未进入过某些人耳中的名字,他们渐息笙歌,相继于多年后消隐舞台,陨落人间。旧日恋曲在我此刻所在的荔湾湖畔忽隐忽现,如这秋水连天的湖,云在青天水在瓶,"女儿意英雄痴",终于"他朝两忘烟水里"。

2020年9月10日

惊回晓梦忆秋娟

一

前不久看了粤剧电影《白蛇传·情》，撩起了我对粤剧的记忆。

记忆幽深，搜索起来特别好玩，比如我第一次接触粤剧，竟是因为八十年代一部貌似与粤剧理应毫不相干的武打电影《南拳王》。之所以想到这部电影，是因为其中两个重要的粤剧元素：红船与南拳。

先说红船。红船是当年粤剧戏班的交通工具，并因此成为粤剧招牌式的存在。

当年的粤剧戏班，多以流动演出为主，而岭南多水系，行船在旧时是不二的便捷选择，除了担负交通，整个戏班的吃住也在船上。船体刷作红色，船头立着戏班的旗子，所以当年的粤剧演员又有另外一个颇为江湖的称呼，叫作"红船子弟"。《南拳王》的故事就发生在这样一艘不大不小的红船上。

"梨园歌舞赛繁华，一带红船泊晚沙。但到年年天贶节，万人围住看琼花。"这首《汾江竹枝词》记载了清末佛山演出粤剧的盛况。其中的琼花是指建于明代中叶的佛山戏行会馆琼花会馆，直到现在，世界各地的粤剧从业人员还会在粤剧祖师华光大帝诞辰这天，共谒佛山琼花会馆。

关于南拳，它似乎比红船更拥有在粤剧中必不可少的地位。早期的粤剧戏班甚至有这样的说法：拳为种，棍为师，刀枪为父母。其中的拳就是南拳。老辈粤剧艺人视练拳为学戏的生发之种，形容南拳为"开门见山"的基本功，练好南拳，才能做到身坚气壮，手灵足稳，刚柔融汇，身段优美。因为拳的练习，才能达到精气神并存的状态，才能做到师父要求的"站有站相，行有行样"。

红船行走的是江湖，而红船本身也是个江湖，有只属于他们自己的规矩和称呼。据说，当年总有一些特殊的角色，他们以食客的身份加入红船，而他们大多身怀绝技，除了可以教授戏班功夫，还能在戏班走码头时周卫戏班的安全。红船子弟给这些人物有个特别的称呼叫"找散"。关于找散，最富传奇色彩的是关于摊手张五和洪熙官的传说，而这两个不同人物的传说也是少林功夫传入粤剧班子的最著名的两个故事。其中的摊手张五，直到今天还和华光大帝一起被供奉在琼花会馆。著名戏剧家欧阳予倩在《试谈粤剧》中记载：

（张五，绰号摊手五）从北京逃到佛山，把京腔（即弋阳腔）、昆腔和武功教给红船子弟，成立戏班，并在佛山的大基尾建立了琼花会馆。

并不是因为迷恋于传说中的少林武功，而说了这么多关于武打的话，如前所述，《南拳王》真是一部与粤剧貌似无关的电影吗？非也，其实莫大的关系更在于，南派武功曾经是粤剧非常重要的组成部分。

我们今天看到的粤剧，恐怕多有轻舞飞扬软语呢哝的印象，其实在早期的粤剧里有一个词，叫作"打真军"。打真军的意思是，当年粤剧演出开台前的助兴表演，都由专攻武行的五军虎担纲，以实战武技融入舞台表演，这才是早期粤剧有别于北方戏剧的重要特征。五军虎又有个称呼叫"挞烂台"，挞是粤语摔打的意思，说的就是五军虎的表演以实战入戏，火爆激烈，常常打烂台上的桌椅。日后香港电影必不可少的演员群体"龙虎武师"，即因五军虎而来。开场助演之外，当年粤剧的正式演出据说也多以真兵器为主，动辄一二十斤，即便没有开刃，若缺乏扎实的刀兵功夫也无法完成如此高难度的表演。也因为此，在后来南北戏剧融合的时期，貌似不太文明雅致的南派武功逐渐从粤剧舞台隐退，至今多已不练了，只化作老一辈粤剧前辈对今天粤剧舞台的一声嗟叹。

早期的粤剧武打自成一派，雄浑有力、威武豪放，以逼真刺激著称，特别适合塑造性格粗犷、勇武仗义的英雄人物，因此留下著名的粤剧剧目《鲁智深出家》《林冲夜奔》《关公斩蔡阳》《三英战吕布》《张飞喝断长坂桥》等，充分表现南派武打挑、打、扑、杀的精湛功夫。在我的听闻里，关于打真军最猛的传奇，来自晚清饮誉广佛的粤剧名伶李文茂。李文茂精通武技，擅长扮演《芦花荡》的张飞和《王彦章撑渡》的王彦章。咸丰四年（1854）七月，身为广东天地会主要领袖的李文茂在广州北郊起义，竖起"反清复明"的大旗。属于红船子弟的传奇在攻城拔寨时终于逼真上演，每逢攻城，李文茂麾下先遣必是跟随他一同起义的红船子弟，以五军虎为主，尽情展示登云步梯高来高去的功夫。听起来像电影,但却在岭南地真实上演过。此间英雄气,舞台犹留香。

二

飘零去,你都莫问前因,只见半山残照照住一个愁人……

电影《黄飞鸿之男儿当自强》中,山河破碎,妖氛冲天,摇摇欲坠的小茶寮一如内忧外患的家邦国运,潦倒半生的瞽师于仓皇人群中兀自拉弦,声调悲凉,唱出了这段《惊回晓梦忆秋娟》,没有惊醒身边的人,只是让百年之后看电影的后生们听过这段唱词后,开始了各自纷纷的寻找。

南派武功早已从戏曲融合中隐退,当年人物也早已尘埃落定。粤剧中分流出更方便演出的粤曲,为后世享誉天下的粤语歌曲做了最初的试探;从传统龙船歌、木鱼歌中则走出了我最喜欢的南音。《惊回晓梦忆秋娟》就是南音著名曲目《客途秋恨》中的一段。

南音分舞台南音、妓寨南音,以及我最喜爱的地水南音。多美丽的名字啊地水南音!它真实的来历却可堪悲苦。地水南音又叫瞽目南音,最早的时候都是失明的艺人演唱,又因为只唱南音往往不能保障生活的所需,他们往往又辅以占卜打卦,"地水"二字,就来自地水师卦。南音所唱,多悲苦忧愁,一如瞽师师娘(女艺人叫师娘)同样悲苦忧愁的命运,以平喉入唱,曲调低沉,唱腔哀绝,即使只是聆听录音,你也能从中听到人生真正的艰难和无法挽救的不得意。悲苦人唱悲苦戏,连剧目都是悲苦的,如《叹五更》《客途秋恨》《吊秋喜》《吟尽楚江秋》……

以平喉(依据粤剧对人声的分类法,平喉是平常说话的声调)入唱的先声,则为后来粤语歌曲的发声做了直接和间接的探寻指引。在张国荣和梅艳芳主演的电影《胭脂扣》中,张国荣也唱过一段《客途秋恨》,明眸皓齿,唱的却是戏中人毁诺独存多年后的老来悲情。

中国电影与地方戏曲的关系向来密切,关于粤剧的电影自然也不少。最早的时候就有粤剧大老倌们亲自饰演的众多粤剧电影,马师曾、红线女、薛觉先、任剑辉、白雪仙等,都在银幕留下了他们鲜活的身影。粤剧时代的电影,我最爱《南海十三郎》和《虎度门》,前者由高志森导演、谢君豪主演,描绘粤剧传奇编剧江誉镠跌宕起伏的一生;后者由萧芳芳主演,有人说戏中冷剑辉上有任剑辉的影子,其实又何止呢? 那是一个粤剧时代在一个人身上最后的谢幕啊。

三

2003年,黄霑最后一场演唱会开场,唱了一首自拟的南音:

凉风有信,今晚月色无边,等我在狮山脚下,共各位话当年。

当年,即使粤剧其实也不是用粤语演唱的,而是沿袭外江班传统,用官话演出,只允许丑角念白时偶尔可以用粤语。

更早的当年已是宣统二年(1910)的中秋夜,饮酒夜归的著名报人劳纬孟,登上西关家的屋顶,凉风有信,遥闻南音传奇艺人钟德曲调隐隐,凝神细听,五更始歇,不觉凉露沾身。

西关如今也要加上个"老"字了,我就住在这个曾经盛产粤剧名伶的老西关,周边的恩宁路、多宝路、逢源路、宝华路,曾经有上百间名伶故居。广东粤剧会所八和会馆在此,五军虎驻扎的銮舆堂在此,而李小龙祖居和銮舆堂仅仅一墙之隔,他的父亲李海泉当年与廖侠怀、半日安、叶弗弱并称"粤剧四大名丑"。

荔湾陈旧的街道愈趋萧条,名伶不复,老倌散尽,台上台下都有了南音般的疏散沉郁。更早的前两年,我在荔湾湖公园的"江湖边·小廊桥"之侧,就有一个戏剧舞台,不下雨的下午,总会有粤剧的演出。台上的演员不再年轻,台下的观众俱已暮年。我常混在他们中间,绕梁余音,一出旧戏唱起,如晓梦惊回,秋娟重忆。一街之隔的多宝路上,当年曾住过粤剧"头架"(乐队首席)黄不灭,其名生机盎然。天地之间,愿生机如此名,"但到年年天贶节,万人围住看琼花"。

2021 年 6 月 24 日

百鸟向何处朝凤

1997年冬天，衣食难继的我和当时乐队的鼓手站在福州陌生小巷的一个小杂货店前，对着店门上悬挂的一块木牌惴惴忐忑。木牌上写着四个字——招募乐队。嗑着瓜子的中年老板娘抬头微瞥了我们一眼，继续低头专心地看着手上的瓜子说："你们不适合的。"我们惊诧了！这座城市在一条小巷的小杂货店都有招募乐队告示，可见本地乐队文化如何深入民间；老板娘只抬头一瞥，就看出我们俩水平不行，可见这座城市乐队文化素质之高。我们怯怯地问："为何不行？"老板娘像一个捉弄了所有观众的魔术师笑道："人家要的是送葬的乐队。"

电影《百鸟朝凤》中，焦三爷的焦家班就是这样送葬的乐队。看完电影那天，我突然发现我们在都市里的几乎所有演出都只是形形色色的娱乐。动人心魄的是那些还在祖宗留下的土地上吹拉弹唱的农民兄弟们，因为他们的演奏早已不是表演，而是一场规规矩矩认认真真的死生大事。

我理解的"传统"其实并非一行一艺的具体传承，而是祖先制定的用于后世子孙如何更好安身立命、修心养性的生活法则和法门。比如焦三爷唢呐吹得好，文化馆的人认为这是非遗是民间艺术，但焦三爷本人却从不会有"艺术"这样的想法。对他而言，唢呐就是黄河边上生生世世不能缺少的一件东西。这件东西由师门历代相传,伴随着黄河边上历代的生死。它不像一件乐器,倒更像一门法器,师门历代艺人的心血滋养了它,黄河两岸的人们用自己的生死赋予了它的神性。法器和乐器的不同处在于,乐器值得珍惜,法器必须尊敬。

物有物性,亦有物命。虽然"仙道贵生",然而"长生不死"终究还是成了一个"下士闻道,大笑之"的神话。人有生死,四季有更替,天地也有开阖。这数千年滚滚翻叠的人间,传承着祖宗家法的华夏传统在世代人心的洗刷淘汰下,终于式微,像那些堆积在家里的老旧家具一样,有了被扫地出门的命运。荡然了规矩,无存了讲究,小小的一根唢呐在铜管吉他架子鼓艳女旗袍前终于显露了它本来脆弱的物性。

再强悍坚韧的物命也抵不住红尘冷淡,人心反转。唢呐如此,焦三爷如此,游家班如此,电影本身亦如此,连天地大道也逃不过这令人扼腕的命运,让高远的继续高远,余者自求多福,互不相干,容众生在阳关道上相互摩肩接踵,便许我在独木桥上独自惊天动地。命有尽时,性海不灭。有绝情而去的今天,便有应愿再来的来日。看一部电影,添上一点心头的堵,就已经为未来播下了一粒种子。

世间多的是"百鸟",而失掉了"朝"这个规矩,"凤"又哪里会轻易让你看到呢?反之,"凤"或许并非活生生一种动物,而是世代心念化生的一种信奉,失掉这种信奉,百鸟又到何处朝凤呢?

2016年5月13日

脚踏流年，许我独行

——又看《似水流年》

电影开始的时候，另一个你不由自主地跳荡起来，跃出你的胸腔，只一纵，就跳进了那辆摇摇摆摆蹉跎而来的老公汽里。它正从银幕里一点点抬出头，向你眼前的世界歪歪倒倒地晃来。我们彼此的年光都如一片轻羽，失重在记忆里了。

姗姗的年光在车窗外的天空土地飘飘荡荡，如无人召唤的孤魂。那个叫顾美华的主演坐在车里，想象着姗姗的模样，这模样和她逐渐融合成了一张脸。你看着这奇妙的变化，走进了一场叫《似水流年》的电影。

遥远的从前，人们有名还有字，合起来成为"名字"。姗姗是名，字来迟。在古代，"字"是需要由授业老师来选择的。姗姗的授业老师是她的故乡，于是故乡给了她"来迟"为字。"字"是"名"的诠释和期望，故乡知道姗姗未来的轨迹，名"姗姗"字"来迟"，像个无奈的预言。

姗姗回来的时候果然已经很晚很迟了。没有人看到她中年的白发，她风姿绰约步履慵懒眉目含情，所有的光彩都是年光的光彩，朦朦胧胧，不再清晰不再纯净，所过之处，带起了一圈一圈同样朦胧的涟漪。如行画中，又如画携人行，走过哪里，哪里就老了。

年轻的人儿只会回家，不会返乡。回家是惯常的行走，返乡是精神的归来。写"少年不识愁滋味"的人，并不是表达一己的姿态，而是对世情深深的看破。风物依旧年华不再，故乡的土地坚实如故，它承受着归乡的游子变得沉重的脚步，和被他们拖扯回来的满身天南地北的记忆。故乡的人也依然，爱你的人依然爱你，只是那份爱若等不到你开启便永不见天日。忌你的人即使学会了负手而谈，也终究掩不住那份山村的朴实，最后被你玩耍在股掌。

人间的重逢是道不容错过的风景，你的目光追着老华侨的脚步向村子跑去，老华侨的西装和挑子都让你想起你的四川。同样熟悉的田埂上，你看到那些欢迎老华侨的老老少少们，然后你看到那个沉默（后来你明白，其实是隐忍）的憨实汉子——孝松。

一段情既已开始便永无结束，只是换一种方式继续而已。缘分的线在多年前曾经被风雨吹得不知所踪，当时机成熟的时候，它会回到本身的轨迹，出现在你面前。这就是机缘。

姗姗晕倒的时候不知道来接她的会是他，孝松去接她的时候同样不知道他即将看见的是她。他沿着那条细长的田埂飞快地跑去，像跑在当年他们从没亲眼识破的一线因缘。他们的重逢是沉静的，或许是因为有太多说不完说不出的话堵塞了口舌——现实啊，其实容不得太多真情纵横。

你可以是孝松，也可以是姗姗，因为你也是个来迟的人。小学校长叫什么名字你还记得吗？你看清了他睁开眼后看见姗姗时，眼中除了惊喜还有什么吗？中年人啊，他们除了表达自己的欢喜，更多时候还会懂得如何收藏自己的真心。

每一间古老的屋子里都该有一张古老的画像。那些生于清末民初的老人家们,过身之后的遗像总是千篇一律———一顶毛绒帽子,干瘪的脸颊,黑白的碳晶画像。它们被摆放在黑暗的屋子一角,等着不知道什么时候还会踏进门来的儿女子孙。它们固执地矗立在桌上或墙上的某个位置,似乎还乐意看到那些被它们看着长大的人们。而那些长大的人们也还乐意再看见它们吗? 姗姗来迟了,她带回的是早已过身的父亲遗像,跟妹妹的满腔纠结。

故土的床,是每个游子最魂萦梦牵的地方。没有人还能再成为小孩子,没有人可以再回到母体,唯一可以让你心怀初衷的所在,恐怕就是故乡家里的那张床。你可以最安心地躺下,做最温馨的梦,在梦里做最不可能的相遇。你还可以放下所有外面世界的纠结牵缠,没有什么七情六欲可以带到这张床上来,连即将把你闹得倾家荡产的妹妹,你也只会想起你们一起长大的最美好的时光。你睡在最不可思议的亲情里,浑然忘却人情世故世态炎凉。这时候你是个小孩子,拥有最纯净无瑕的心灵。

如果你还抱着遇见什么人发生什么事的期望回你的故乡,你一定还很年轻。真正的归乡,一定是怕遇见什么人,怕发生什么事。故乡,是真正的游子最渴望也最害怕回去的地方,因为那里藏着你最深的情最厚的爱,而这深情厚爱却早已成了往事,足以侵袭你心。爱也罢忌也罢,不甘不舍又如何? 有衣袖便挥挥衣袖,光膀子何妨跺跺脚,发一两狠声,然后转身,重逢。

终须重逢。

于是孝松低垂了眼,他怕眼睛泄露心底的真情。于是小学校长挺胸昂头故作挥洒,她须得多年后让你知道她也是个强者,不容掳虐的强者。于是相逢于是拥抱握手，于是共聚于是突然尴尬，于是吵架于是连猪也跑了，于是男人怒冲冲离家出走又怒冲冲抱回跑走的猪。该爱的继续爱，该忌的继续忌，他们在故土上演着终须上演的最后一场戏，否则，大家怎得安生呢？

在故乡，
有最不可告人的爱和思念。
花开过几遍人去过几转，
抽身之后，就都是
世间最模糊的容颜。
无言的人终需出走，
归来的人终须无言。
天地人间，爱忌缱绻。
终于水波不兴，
如这似水的流年
随了自然。

"你看，连我们这种年纪都在开始死去了。"
"下一次相逢，恐怕又要十年以后。"
说完最后的台词，我们各自转身，向另一个方向，脚踏流年，许我独行。

残篇蓄旧情

金庸先生辞世的数日间，几个有心的朋友来江湖边寻我把盏话武侠，其中就有林锋。林锋是中大的教授，相貌和声音都非常文秀。外表的文秀并不妨碍他热爱武侠小说，这也是我们相交的初因。我们把盏说着那些江湖旧事，意气风发扼腕击节。尽兴而散之际，林锋说，这次来得匆忙，下回给匡叔带套金庸来应时。第二次来是立冬了，林锋从袋子里拿出套《射雕英雄传》，他说最近淘宝都抢疯了，只好把这套书房现货以兑前诺。

武侠非是梦想，实乃往事。

所谓往事，就是那些你大概不太记得但确实发生过的往日故事。对我而言，武侠小说所叙的种种，就属于这种往事。它们不再只属于作者一己的创作，终究演化成了一代两代人共同的记忆。真切温暖，与深远的年光早已和光同尘，真假莫辨。

那些故事的作者们，已然像口述历史的老前辈，他们不只让我们知道从前的故事，还告诉了一些故事的意义。它们编织成一段纷繁复杂俨然梦境的真实光阴，有一天我们成人之后，从梦境里抬起头来，就像这段歌词：

依稀往梦似曾见

心内波澜现

抛开世事断愁怨

相伴到天边

——《射雕英雄传之铁血丹心》

立冬之后，小雪匆匆，忙得忘乎所以的我才把《射雕英雄传》看到第三回。重读的价值在于重新发现，而不是重温记忆。

我一直想写篇武侠小说。武侠的架构基本可以装下我迄今的诸般所学所好所知所能所有种种。我心里那篇武侠的开头，是由一个唱道情的人物扯开篇章的，这就和《射雕英雄传》开篇的说书先生（不过宋代的话，可能是唱鼓子词）很像了：

那说话人五十来岁年纪，一件青布长袍早洗得褪成了蓝灰带白。只听他两片梨花木板碰了几下，左手中竹棒在一面小羯鼓上敲起，得得连声。唱道：

小桃无主花自开，烟草茫茫带晚鸦。

几处败垣围故井，向来一一是人家。

——《射雕英雄传／第一回／风雪惊变》

从小到大，我至少受到过两种学校之外的教育——评书和武侠小说。这二者的生成土壤都是距离所谓现实很远的世界，我现在就活在这种世界里。所以重读"风雪惊变"，看到的就不只是杨铁心，而是长坂坡的赵云，一样单骑冲阵，一样要救两个女人，包括其中夺马让马的情节，如出一辙：

> 包惜弱惊道："后面又有官兵追来啦！"
>
> 杨铁心回过头来，果见一队官兵手举火把赶来。杨铁心咬牙道："大哥已死，我无论如何要救大嫂出来，保全郭家骨肉。天可怜见，你我将来还有相见之日。"
>
> ……
>
> 杨铁心心中一酸，抱着妻子亲了亲，硬起心肠拉脱她双手，挺矛往前直追，奔出数十步回头一望，只见妻子哭倒在尘埃之中，后面官兵已赶到她身旁。
>
> ——《射雕英雄传／第一回／风雪惊变》

义气，其实早已被曲解。杨铁心这一段，是古义的风展。

评书与武侠小说都是以说故事为主的艺术。武侠小说与"唐传奇"固然关系匪浅，但武侠小说与评书话本之间的关系却少有人见，至少在创作目的和人物设计上，同宗同源。评书我爱听袍带，绝不听短打，究其原因，可能就是我把武侠小说当短打书看了。而评书的短打多脱胎自公案小说，无论时代性或武打设计，自然远不如后来的新派武侠，这是武侠小说比评书优胜的地方。但因为我听评书比看武侠早得多，所以说到影响，评书对我的影响也大得多。比如前些日就自己琢磨，为什么对朝廷魏阙全无兴趣？后来得出结论，全在评书——一个从小就深知岳家将杨家将水浒好汉下场的人，这颗心恐怕早在儿时,就已放舟江湖。

说到二者的长短,禁不住再闲扯些趣事。关于取名,武侠小说的人物名字就比评书讲究得多,比如郭靖杨康的名字,来自丘处机对"靖康之难"的切齿。评书里也有个跑龙套的角色,这家伙经常在各套书里跑出来,通名报姓之后迅速各种死,这家伙叫作"青椒不辣"。直到如今,我都没明白这个名字有什么道理。难道杀死他的人都是因为爱吃辣椒,嫌青椒不辣才杀他吗?

书归正传。

最近为江湖边寻觅分馆,找到一处二楼亭阁,湖湾静水,舟艇泊岸,推窗望去,就似乎看见韩小莹飞舟而来,赴一场把生死付诸一诺的江湖酒宴:

> 完颜洪烈正赏玩风景,忽见湖心中一叶渔舟如飞般划来——却是个女子。
>
> ——《射雕英雄传/第二回/江南七怪》

我在可能做江湖边分馆的二楼,凭窗轻眺,心里升起韩小莹轻舟过江湖的画面。曾经很多朋友也这样来到我的江湖边,来时场面都煞是好看,但谁能料到最后都落了书中的结局呢?飞马飞舟地赶来,竟是为了一场假作真时真亦假的是非……唉,最好的画面,可能只在当时推窗望去的那人心里了。

初见林锋那晚,酒后我妄评东邪西毒:西毒自不待言,疯了;北丐聪明,但缺智慧,徒有风尘游戏;南帝既未成个造福一方的帝,儿女之事偏他还最多,连僧衣都很尴尬;只有东邪,是个把自己活自在了的人。总的说来,老派武侠小说终究于我只是闲书,缺了"点拨"二字,然而"奈何年少许你共时光"啊!林锋也说:"大家对武侠都有相似心路呀!大几岁后清楚这并非绝诣,奈何小时候有过如痴如狂的年月。"

小雪时节,这没有雪的天地间,曾经有一些英雄的故事发生流传过。斯人已去,看不见的江湖上漂浮着从前的故事,气若游丝。操桨行舟的人不知所踪,只有一叶空舟,泛若不系,无人问津。荒山藏古意,残篇蓄旧情,只得如此了。

2018年11月29日小雪之夜于双桥水岸

一年到头，回到厨房

一

乡愁越来越淡了。

我在广州的阳光下穿着单衫蹬着布鞋轻捷如飞，川南阴冷的故乡，已像一场儿时的梦般遥远。

父亲去年批评我："你把有些事情看得太重了。"现在我有点按我的理解认可这句话。情怀无量，做《弟子归》时，我实实在在半参半悟过祖宗香火，以及因此涉及的此身来历，结果当然也是半参半悟。真正的放下是为了更认真的捡起，乡关万里身心魂灵，是种触不可及的心思，已颤巍巍指向更杳不可知的时空。大漠风沙里的南八仙沉睡如山，封存着只有当年人才了然的记忆；黄金海岸的港岛岁月流金，涌动着曾经光亮的月明。"故园书动经年绝，华发春催两鬓生"，一切都会老去，但老去之前可以给自己做个选择，于是"自是不归归便得，五湖烟景有谁争"。我还不能肯定地知道自己最后落点何处，我需要准备的是，当最后的选择显形时，还有足够的体力和命数去抵达。

二

去年病了三次,两次感冒一次急性阑尾炎,康复之后我写日记,"你不应该为你如此轻松的痊愈而欣喜,而应该把心思放在你为何得病?"老旧的医院,混浊的气息,病殃殃的人群,跑跳不得的自己,众生皆呈苦相。"太不体面了,"后来我对天真说,"我才不要成为端着自己的尿在大庭广众走来走去的人呢!"

体面是需要支撑的,最大的支撑大概就是自己的肉身。当常规验尿需要你和一个连尿都尿不出来的老人家各自端着塑料杯并肩站在一起的时候,其实你的生命已无法选择。"火生于木,祸发必克;奸生于国,时动必溃",你的身体让你有了屈辱的感觉,这是好事,因为更不好的事是,你的身体一直让你自信满满。

急诊的医生年纪太小,居然摆出一副老教授的派头和蔼地拍拍我的肩,让我很不自在。天真撇撇嘴说:"咦,你看人家小,那是因为你太老了。"

啊?原来如此!

虽说年老体衰尚不至于,但身体已经友好地开始提醒自己:"小子!再不老实,我让你连北京猿人直立行走都别想你信不!"我听着身体给我的这种威胁,不只害怕,而且羞愧地低下了头。此生或许漫漫,来日已非方长,最好的护佑非由求神拜佛,乃是自己这点惶恐。

三

　　小年之后，我在地铁里观察那些回乡的人，幻想着自己回去之后的可能。我想我当然要首先吃一碗豆花饭一碗羊肉汤，然后趁着夜色，和最好的兄弟去最老的街道走一走，我们大概都不会矫情地倾诉对老街的记忆，更不会说起一些旧人旧事，我们只是各自提着自己的酒瓶，勾肩搭背走在那些夜色如织岁月如晦的旧街故道，各怀心事，最后多半再找个小店继续喝酒。我看着他们想着自己，身上的热血已不会随时奔腾喷薄，我从猛张飞变成了妖诸葛。

　　四川人的乡愁在舌头上，你看我首先想起的就是豆花饭羊肉汤。年关将近，故乡的六弟妹给我寄来腊肉、香肠、烧白、粑粑肉。从前四川的冬天，晾晒腊肉、香肠是道风景，每家每户把晾衣服的三脚（就是三根竹子绑一头做架，一边一个，上面一条竹竿）摆到坝坝操场头，不晾衣服，挂满了香肠、腊肉。烧白则是扣肉，我们家乡喜欢甜烧白，成都则是咸烧白，肥而不腻，保护喝酒的胃，下面垫的是宜宾芽菜，特别下酒。粑粑肉是家乡特有，造型大概是午餐肉那样，但内容绝对迥异，猪肉鱼肉铡碎，蛋皮抹边，下托酥肉菜头，荤素都有，是只有过年时才会做的菜。四川是一个特别适合吃素人的地方，因为素菜特别多特别好吃，比如麻婆豆腐只需要去掉肉碎就是很好吃的家常豆腐。哪怕仅是泡菜，大概就可以让终南山上的假修行都下山。剑侠传说源自蜀山，张天师立道也在蜀山，古来怪杰出栈道，恐怕吃得安逸也是能安心修道的因素。有一种泡菜叫菱角菜，我从小爱吃，直到去年,六弟还亲自做了给我带回来。菱角是样子,菜其实就是榨菜头,把刀乱劈,腌制入味,再根据喜好调入麻辣佐料,下粥下酒简直一绝。出川之后只好在淘宝买,才发现这是道宜宾风味,就想起小时候,我们那个小镇还属于宜宾,而祖母即宜宾人氏,父亲至今仍有宜宾口音,我们则已经是一口自贡话了。一道小菜里往往隐藏着家族迁徙的线索,所以实在找不到家的时候,可以先找一口家乡菜,四川人的舌头上,藏着太多秘密。

四

我从小在一个中学长大。现在从我家出去买菜,会经过市一中。我看着假期里寂寞的一中篮球场,心情会跟着寂寞起来。空荡的校园让我想起我的少年时光,寒暑二假,师生散去,我孤零零地晃荡在了无生气的校园,除了回忆就是想象。我想遇见我想见的人,一生大约都抱着这种幻想。

五

去年我写《一年到头,回到书房》,今年则回到厨房。书房是静定的自我安放,厨房是人间烟火的自我成全。外卖满天飞的时代,你怎么能相信一个连饭都不做的人呢?

我是我们兄弟姊妹中最不会做饭菜的人,这和我后来的命途一样,所有我感兴趣的事物非得自己慢慢学来。我早已从小时候空荡荡的校园学会了寂寞的自我周全,对我而言,所有自己学习的过程,都是寂寞的最温暖的本相。

下午回江湖边喂猫,来去专门捡了自己一直没写完的动机和没有排练的demo来听。音乐里尤其demo里可能有最真实也最喜欢的自己,其余时候,多半还挂着一个"事"字。一年到头,我们都需要回到自己,看一看想一想,如此才能踏实。我听着那些没有人听过的录音,像听着另一个匿笑余藏在时间里召唤自己的声音,人啊,其实最应该是被自己感动的。"风景依稀似旧年",我还是如此碌碌也如此无为,尤其后者,让我可以不那么羞愧地行走在城市。

喂猫归程,地铁正抽查身份证,我相当配合,甚至乐滋滋主动凑上去,因为我有新的身份证了,岳母大人说我"在此地潜伏这么多年终于拥有了广州户口"。我爱这片土地,就像无论川菜粤菜我都喜欢,我希望能做一些粤诗歌,让自己对得起这小小的一片身份证。我对未来从不会有妄想,只希望能踏实一点再踏实一点,像去年踏实地坐在书房一样,还能踏实地站在厨房,因为厨房里不只有书房的静定,还有"照顾"二字。

戊戌年腊月廿九于广州家宅

伍

唯余清影落江湖

1983年，与祖母、父母、兄长，于永年中学

哀哀父母，生我劬劳。

1990年，祖母于永年中学

1990年，与父亲，于永年中学，适逢大雪

　　我跌跌撞撞追寻着一个如此陌生而又
如斯血肉粘连的名姓，看见沿途的人情世
故，风物景象都如镜花水月，粘身即逝，
如风拂面，冷暖顿知。

约1934年，祖父祖母，于宜宾艾比西照相馆

1977年夏，与兄长，于永年中学

除了爷爷年轻时和奶奶合拍的一帧黑白小像，从未见过爷爷，然一往情深至此，非至情至性同祖同根之心血澎湃何以释焉？

2018年，与好友老李，于牛佛解放街73号外公外婆老宅

那块刻着"解放街73号"的门牌，像一个小小的放音机，它播放着这些不成曲调的音符，随其自然地奔碌回荡在这匆促的世间，那些深情的游子们有他们独特的耳机，一连上线，他们就再不孤独。

"九街十八巷，中间有个鸭
儿凼，五省八庙七栅子，河北老街
隔河望"，清代流传至今的牛佛民
谣，记录着这个古镇从前的繁盛。
四宫八庙，后来多数做茶馆了。

2010年9月，于牛佛后街

乡下的地名被乡下话念了几代人之后，就有一种挥之不去的泥土味。然而，当它们行诸文字付诸页面的时候，就显露出它们本来的风范来。比如我出生的偏僻小镇，叫"福善"，既福且善。我真正生活长大的另一个小镇叫"永年"：德康寿永，在世长年。由地名而知，其间有多少先人们对后世子孙殷殷切切、绵绵密密的期盼祝福。

2016年2月，于富顺关刀堤

吹将是从小人书而来——把书里手持兵刃的人物用剪刀细细地剪下来，各自摆在桌上分据两边，把自己的将折起一角当帆的作用，然后各自趴低了用嘴吹，吹得人物慢慢向前，从各种角度两兵相接，然后掌握力度猛吹一口一击必杀。杀中了，则表示赢了。

一个人牵挂自己的念头多寡，多少能见证这个人实在的修行。

江湖边是个传扬传统文化的馆子，所以这间小房的布置会不定期更换，成为一个有主题的房间。比如现在它叫"聚义厅"，因为现在布置的装饰会和水泊梁山息息相关；水泊之后可能会是怡红院，那就是说红楼了；又可能会是水帘洞，那是西游。总之，这间房的主题会一直更换下去。

门外奔跑的少年已成了青年。门里守店的青年，也把自己守到了中年。江湖边自己呢，可还有壮心不已？

2010年6月，江湖边最初的模样

　　十多年来，为了让江湖边成为一个可以安静喝酒的地方，费尽心力，后来干脆把Wi-Fi密码设成"安静喝酒"的全拼。

　　2018年5月，父亲说要拿着这条象征江湖边的船桨拍照的时候，我感受到他内心的澎湃，那是想为小儿子守护江湖边的一种气，有了这口气，船桨在他手中就像一口关刀了。

　　2018年10月，林谷芳老师突袭江湖边。适逢"声声不觉"即兴现场，上半场林老师认真听过，对邹广超说："用吉他做韵做得非常好。""用吉他做韵"这个说法，一针见血。中场休息，林老师说要听我唱一首，"听完你唱一首就要回去休息喽"，于是下半场开始，我即兴为林老师唱了《历尘》，并且一首怎么够呢？行云流水直奔《白云中》，中间还无缝对接了罗大佑一段《是否》，"情到深处人孤独"，是道人的寂寞，也是自足。

2010年，高排（高菲）于江湖边门前

在高排的年光里，她就披着这样
一头乱发一不留神出现在我们面前，
然后憨憨地笑啊，憨憨地笑。

有些人初次相见，仅是丰采气度，就让人有结识亲近的心。那些成为朋友的人，其实多半本来就是朋友，只因前尘隔断，分开太久。

2021年，滨哥于江湖边"期门行间乐队"演出现场

　　它一身白毛，只在头顶有一对蝴蝶翅膀般的黑斑，为了呼应头顶，它拖了一条铁鞭一样的黑色长尾。江湖边日渐兴盛，似乎是从四无来了开始的。多年以后，我很想它。

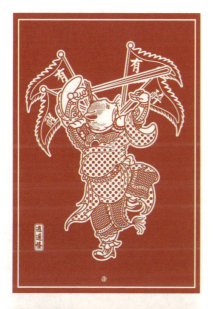

以八怪为原型的版画创作，是后来小廊桥的招牌

江湖边寻猫

「江湖边」镇店之猫八怪，于10月1日下午4点半左右，在江南西青竹大街围院附近走失。

其特征：黄白家猫，雄性（已绝育），8岁半，黄尾，背部一块黄斑，脑门黄色；🐾 13斤左右，体型较大，腹部有明显赘肉（似怀孕）；🐾 嗓音较中低，发音接近「毛」。🐾

八怪是不少青竹街坊都熟悉且有感情的肥猫，国庆当日失踪至今无消息。八怪出生于店内，肥胖胆小，受到惊吓会嚎哭不止，今年尚未打疫苗；曾因严重牙周病满口拔牙（剩4颗虎牙），喂食不当易引致消化危险。

麻烦走期间看见过它的好心人尽快联系我们，提供有效线索或将猫咪送回者，当面酬谢！不胜感激！！好人一生平安！！！🐾

2019年，寻猫启示

曾經一夕後院酒
潑到如今淋漓飛

良吳集食文雅居 戲文

2011年，手写酒牌

　　做完《诸子列传》，我看着阿仲给我们书写的"曾经一夕后院酒，泼到如今淋漓飞"，就对后院诸子信誓旦旦地说，有一天我们一定要找到一种酒给它起"淋漓飞"这个名字，作为"后院"特供酒奉献给喜欢"后院"的朋友们。

一个主唱的幸福，就是他有一班很好的伙伴在台上托着他，如同左膀右臂。我很庆幸有这帮手足。

2016年，"秘密后院"全员——左起：哓哓，佘立宇，匡笑余，邹广超，贩贩（天真），杨钧宇，于贵阳孔学堂

2020年10月，于上海瑜音阁

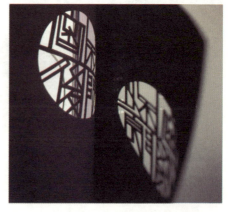

对于"秘密后院"这四个字，我最大的梦想是有朝一日可以之命名，做一个大家落地的安身之所，这个安身之所也是我梦想中可以回去喝回魂酒的地方。

专辑《道情·乙未卷》内页

那一年我40岁，没钱坐火车回四川，但想一想我哥，想一想我身边的叔伯兄弟，想到对父母的愧疚，一无回报，心里就会想，何为弟子？唯一能做的就是在音乐里讲一讲乡土、亲情，让喜欢"后院"的朋友们，心里有知恩图报的感念，我不能直接回报在自己父母身上，但可以通过音乐的影响，让更多的父母受惠。

2019年10月，"重唱"系列演出上海站

2010年的乐队，于泉州清源山弘一舍利塔前

2020年，"神游"专场演出，于平湖李叔同纪念馆

音乐，是最容易魅惑天下的伎俩。做乐队之不易，其实不在扬名立万、功成名就，更在这番反观自察的缺失与否。

2007年，"与时俱退"的排练房

第二张专辑像一个小样，《静》，是关于如何安放自我的。"城市如此喧嚣，可以到哪里去安静地怀一下旧呢？"是那时提出来，我不再愿意与时俱进，我要与时俱退。做《静》的巡演过程中，脑子里突然想写两首歌，一首《晨钟》，一首《暮鼓》，先命题，然后在绿皮火车上开始写，于是有了第三张专辑，也是"后院"第一张真正的专辑，《江湖边》。

2007年，"后院"曾以《去年夏天》为名做了一场演出。我请朋友阿仲把主题写在演出的墙上，他写错了一个字，正在忐忑修改时，拍下了这张相片。当时的去年早已成了旧年，老友已好久不见，未知别来无恙否？

《去年夏天》封面题诗

我特别喜欢两个意象，一个是后院，一个是屋檐。

2020年6月，于洞山

寺里众人鲜有分别心，他们连自己是光头都忘了，这点我特别理解，因为我除了梳头之时，也忘了自己有一头长发很久了。

心花怒放，一朵花开起来
了，绽放了，但只有你一个人知
道，那朵花是你的花。

2020年11月，这位朋友

　　我有一个朋友，他在做一桩极大的商业决定之前，听到"一
晌贪欢初醒，此身虽在堪惊"，从此抽身，回归自己。这种人就
是那种历遍世间烟尘，但终究可以把烟尘收卷，收拾起大地山河
一担装的人。

实体专辑

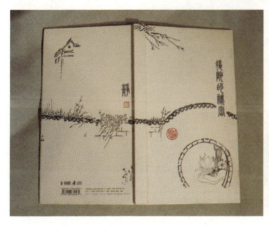

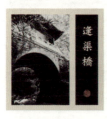